—— 阅读之前 没有真相

午夜文库

劳伦斯·布洛克
雅贼系列

劳伦斯·布洛克 Lawrence Block (1938—)

享誉世界的美国侦探小说大师,当代硬汉派侦探小说最杰出的代表。他的小说不仅在美国备受推崇,还跨越大西洋,征服了自诩为侦探小说故乡的欧洲。

侦探小说界最重要的两个奖项,爱伦·坡奖的终身成就奖和钻石匕首奖均肯定了劳伦斯·布洛克的大师地位。此外,他还曾三获爱伦·坡奖,两获马耳他之鹰奖,四获夏姆斯奖(后两个奖项都是重要的硬汉派侦探小说奖项)。

劳伦斯·布洛克的作品,主要包括四个系列:

马修·斯卡德系列:以一名戒酒无执照的私人侦探为主角;

雅贼系列:以一名中年小偷兼二手书店老板伯尼·罗登巴尔为主角;

伊凡·谭纳系列:以一名朝鲜战争期间遭炮击从此睡不着觉的侦探为主角;

奇波·哈里森系列:以一名肥胖、不离开办公室、自我陶醉的私人侦探为主角。

此外,布洛克还著有杀手约翰·保罗·凯勒系列。

劳伦斯·布洛克生于纽约布法罗,现居纽约,已婚,育有二女。

劳伦斯·布洛克作品年表

1966 《睡不着觉的密探》
1976 《父之罪》《在死亡之中》
1977 《谋杀与创造之时》《别无选择的贼》
1978 《衣柜里的贼》
1979 《喜欢引用吉卜林的贼》获尼禄·沃尔夫奖
1980 《研究斯宾诺莎的贼》
1981 《黑暗之刺》
1982 《八百万种死法》
1983 《像蒙德里安一样作画的贼》
     《八百万种死法》获夏姆斯奖
1986 《酒店关门之后》
1987 《酒店关门之后》获马耳他之鹰奖
1989 《刀锋之先》
1990 《到坟场的车票》
     《刀锋之先》获夏姆斯奖
1991 《屠宰场之舞》
1992 《行过死荫之地》
     《到坟场的车票》获马耳他之鹰奖
     《屠宰场之舞》获夏姆斯奖、爱伦·坡奖
1993 《恶魔预知死亡》
1994 《一长串的死者》
     《交易泰德·威廉姆斯的贼》
1995 《自以为是鲍嘉的贼》
     《一长串的死者》获爱伦·坡奖
1997 《向邪恶追索》《图书馆里的贼》
1998 《每个人都死了》《杀手》
1999 《麦田里的贼》《黑名单》
2001 《死亡的渴望》
2003 《小城》
2004 《伺机下手的贼》
2005 《繁花将尽》
2011 《一滴烈酒》
2013 《数汤匙的贼》

雅贼全集精装典藏版⑨

麦田贼手[1]
The Burglar in the Rye

(美) 劳伦斯·布洛克 著
易萃雯 译

新 星 出 版 社　NEW STAR PRESS

① 本书书名《麦田贼手》取自美国作家杰罗姆·大卫·塞林格（Jerome David Salinger, 1919—2010）的著名小说《麦田里的守望者》。《麦田里的守望者》讲述了主人公霍尔顿·考尔菲德被学校开除后，在纽约城游荡近两昼夜，企图逃出虚伪的成人世界，去寻求纯洁和真理的经历与感受的故事。该书于一九五一年出版后，立刻引起巨大轰动，受到青年人的普遍认同。有评论家说，它"深刻地影响了几代美国青年"。本书中提到的《无名之子》及其作者格列佛·菲尔伯恩皆为本书作者虚构。《无名之子》意指《麦田里的守望者》，而对于格列佛·菲尔伯恩的部分描写则是取材于杰罗姆·大卫·塞林格其人其事。

献给乔·皮特曼

1

　　大堂已经有些年头了，巨大的东方地毯见证了这里过去的辉煌。和屋里的其他家具一样，面对面摆放的劳森沙发看上去已经用了很久，坐靠处塌陷下去，像在发出无声的邀请。两个女人坐在沙发上相谈甚欢。几码外，一个椭圆脸、额头宽阔的男人戴着墨镜，在读一本《GQ》杂志。那副墨镜让他看起来既精明又狡猾，不知戴着墨镜读杂志会是什么感觉，一片漆黑吧，我猜。

　　大堂或许是有些破旧了，但这里给人的感觉不像是年久失修，反倒很舒适。在十月的这一天，壁炉里的火光像是欢迎的信号，一切都在火光中呈现出最好的一面。壁炉架上的立体画栩栩如生，令你忍不住要伸手把它抓起来抱进怀里，它正是与这酒店同名的那位。

　　是一只熊，当然，不是那种喜欢在森林里排泄，又把这种习性当成天主教教条一样严格执行的家伙。你一眼就能看出，这只熊从未踏进过森林，更不可能在那里行为不端。它穿着一件小小的红外套,头戴一顶软塌塌的宝蓝色雨帽,脚上穿着一双和金丝雀羽毛颜色相同的威灵顿靴子,像金丝雀一样快活。它憩坐在架子上,夹在一个手提旅行袋和一个哈罗德百货公司的购物袋之间,头顶悬挂的牌子上写着:失物招领。

不过,不用我继续说下去了吧。即使你没有这样一只熊,你认识的某个人也一定有。因为它就是传说中的帕丁顿熊,还会是谁呢?谁比它更有资格装点这个传说中的帕丁顿酒店的大堂呢?

用传奇一词来形容此处再恰当不过。帕丁顿酒店,这座红砖黑铁筑成的七层建筑矗立在麦迪逊大道和东二十一街的交会处,面朝麦迪逊广场,距斯坦福·怀特[①]的麦迪逊广场花园不远。(又被称为麦迪逊第二广场。你父亲记忆里那个位于第八大道和第十五街交会处的是三号公园,宾州车站入口处的则是四号公园。怀特的麦迪逊公园是建筑学史上的经典之作,但老宾州车站曾经也是。过去的辉煌都已不复存在了。)

帕丁顿酒店的辉煌还在延续,这幢建筑在花园广场兴建之前完工,也存留下来为它的时代做见证。帕丁顿建于二十世纪初,见证了周边地区(以及这个城市和这个世界)这些年来不断由旧翻新,但这座古老的酒店基本上没

[①] 斯坦福·怀特(Stanford White,1853—1906),美国著名建筑师。

有改变。它从未多么宏伟壮观,住在这里的永久房客也一直多于临时旅客,而且从很久以前便开始吸引艺术界人士。在左右两边守卫大门的铜牌上记录下了曾经留宿帕丁顿的名人房客,包括作家斯蒂芬·克莱恩[①]和西奥多·德莱塞[②]以及莎剧演员雷吉纳德·弗伦奇。约翰·斯坦贝克[③]在他某段婚姻触礁时曾在此待了一个月,垃圾箱画派[④]的艺术家罗伯特·亨利[⑤]搬到东南方几条街以外的格拉梅西公园附近以前,也曾入住帕丁顿。

最近,这家酒店吸引了几位来自英国的摇滚明星。和其他美国酒店相比,这些人对这家酒店的破坏欲要小得多——若非出自对帕丁顿悠久历史的尊敬,就是因为觉得自己再次进行破坏也不会吸引别人的注意。已经有两位摇滚明星死在这家酒店里了,一个被自己带回房间的流浪汉谋杀了;另一个的死因要传统一些,他死于海洛因吸食过量。

古典音乐界也派有代表,包括至少两名长期房客以及偶尔巡回演出的乐手。八十几岁的钢琴家阿尔弗雷德·埃

[①]斯蒂芬·克莱恩(Stephen Crane, 1871—1900),美国小说家。
[②]西奥多·德莱塞(Theodore Dreiser, 1871—1945),美国小说家,记者,代表作《嘉莉妹妹》。
[③]约翰·斯坦贝克(John Steinbeck, 1902—1968),二十世纪美国最有影响力的作家之一,诺贝尔文学奖获得者。
[④]垃圾箱画派(Ashcan School),美国二十世纪初反学院派的画派。又称八人派(The Eight),他们的写实主义被称为城市写实主义。
[⑤]罗伯特·亨利(Robert Henri, 1865—1929),美国画家,垃圾箱画派最有代表性的画家。

泰尔，每年他在卡内基音乐厅的圣诞演奏会都座无虚席，他在顶楼的套房里住了四十几年。同一层楼的另一头住着上了年纪的女高音索妮亚·布里甘迪，比起她传奇性的女高音歌喉，她那同样传奇的火爆脾气更广为人知。他们会打开房门，一个弹一个唱，上演一出普契尼，或威尔第，或瓦格纳来娱乐（或骚扰）其他房客。

但除此以外，他们从来都不交谈。谣言纷飞——有关他们的绯闻说他们曾经为了某个房客争风吃醋。据说阿尔弗雷德是同性恋，虽然他结过两次婚，也有儿孙。索妮亚一直没有结婚，但据说有过同性和异性情人。根据谣传，两人都跟埃德加·李·霍瓦特上过床。但霍瓦特的床上可没有别人，当然，除了他的熊。

大堂壁炉上方的那幅帕丁顿熊就是霍瓦特的作品。他是现实主义波普艺术的创始人。二十世纪六十年代中期，在他的第一次个人画展成功举办后不久，霍瓦特就住进了帕丁顿酒店，直到他一九七九年去世。这幅画是他进驻后送给酒店的礼物，因为霍瓦特过世之后，他的作品行情大涨，所以现在这幅画的价格或许已经接近一百万美元。而它就在那里，挂在众目睽睽之处，就在几乎毫无保卫措施的酒店大堂里。

疯子才会想偷这幅画。埃德加·霍瓦特画过整整一个系列的泰迪熊，从早期史泰福公司出品的邋遢熊到当今的长毛玩具熊。而且，无论是在他的肖像画、风景画或是室内画中，总会出现某一款泰迪熊。他在陶斯①短暂逗留的期间画了很多表现沙漠风景的作品，在这些画中，有的泰迪熊趴在一株巨大的仙人掌脚下，有的跨坐在围栏上，还有的斜倚在泥砖墙上。

不过，众所周知，他只画过一次帕丁顿熊。而这幅众所周知的画就挂在这间众所周知的破旧大堂里，任人顺手牵羊，可是带走之后呢？如果是你顺手牵走了这幅画，你打算怎么销赃，又卖给谁呢？

这些我全都清楚，可是积习难改。我只要看到价值不菲之物，就忍不住要动脑筋、想办法把它从它合法的拥有者手中救出来。这幅画镶在镀金的庞大木框里，经过思考，我认为比起连框带画一起拿走，把画从框中割下来带走更加便利。

我正在忙着计划犯下特大盗窃案，前台服务员开口了，问我是否需要帮助。

"抱歉，"我说，"我刚才在看画。"

"我们的吉祥物。"他说。这个人大概五十岁，穿了件波纹领的暗绿色绸缎衬衫，系着一条窄款领带，上面别着土耳其玉领带夹。他的发色是标准的男色主义②出品的黑色染发剂的颜色，但两条鬓角比时尚的标准要求略长些。他的胡须剃得很干净，不过，他更适合留两撇八字胡，最

---

① 陶斯（Taos），位于美国新墨西哥州。
② 男色主义（Just for Men），纽约一家专门生产男用染发剂的公司。

好还能给胡须上点儿蜡。

"是可怜的埃迪①·霍瓦特画的,"他说,"他的死真是让人惋惜,多么讽刺啊。"

"他死在一家餐厅里,对吧?"

"就在路口转角那儿。埃迪有着世界上最糟的饮食习惯,他只吃奶酪汉堡、可口可乐和杯形蛋糕。后来,有个医生说服他改过自新,结果忽然之间,他就成了个健康饮食的狂热拥护者。"

"健康饮食把他的身体吃坏了吗?"

"我没觉得有什么差别,"他说,"不过他开始不停地谈论这个话题,变得有点儿烦人,就像刚受过洗的人一样喋喋不休。我敢说他过不了多久就会变回原来那样,但没机会了。他死在了餐桌上,被一块豆腐噎死了。"

"太可怕了。"

"那玩意儿的味道是挺可怕的,"他说,"因它而死就更骇人了。不过,埃迪的画把我们跟帕丁顿熊永远连在了一起,搞得人人都以为我们的名字是从它而来。"

"是先有的酒店吧,对不对?"

"酒店要早好多年呢。迈克尔·邦德②那本描写勇敢小熊的书《遗失的行李》才出版三十几年,而我们酒店的历

---

①埃德加的昵称。
②迈克尔·邦德(Michael Bond, 1926—2017),以帕丁顿熊系列作品闻名的英国作家。

史可要追溯到二十世纪初。我无法确定酒店的名字到底是来自帕丁顿火车站还是那个地区。只可惜,那一带算不上伦敦最好的区,但也不是最糟的,那里的廉价酒店和亚洲餐厅也不差。威尔士人刚刚走下开进帕丁顿车站的火车,就会拥进那里找房间。那里也有个同名地铁站,不过,若说我们酒店是以地铁站命名的,我可不信。"

"我认为一定不是。"

"你的修养真好,能有耐心听我絮絮叨叨讲个没完。有什么我能效劳的吗?"

我注意到,他的口音在唠叨时起了变化,谈到伦敦时,他带上了英国口音。我告诉他,我预订了一个房间,他问了我的名字。

"彼得·杰弗里斯。"我说。

"杰弗里斯,"他重复着,用大拇指翻过一沓卡片,"好像没……哦,天哪,有人把名字写成了杰弗里·彼得斯。"

我对他说这个错误情有可原,但心里很确定,犯错的那个人正是我自己。我已经成功地把自己的众多化名弄混了。选择用两个名组成的化名①,颠倒姓和名是再正常不过的错误了,而且业余人士一天到晚都犯这种错。这件事可比犯错本身还令人泄气,因为如果连我都不算专业人士,还有谁算得上呢?而如果我开始犯这种业余人士的错误,

---

① 有些英文姓氏是由名字而来的。

又能有什么好下场呢?

我填好登记卡,用了一个在旧金山的地址,一个三天以后的退房日期。之后用现金结账。一个晚上一百五十五美元,待三晚,外加税金以及电话费押金,算下来总共大概五百七十五美元。我数出六张一百美元,那家伙伸出一根手指,摸了摸鼻子下面那两撇并不存在的八字胡,问我想不想要一只熊。

"熊?"

他朝栖坐在文件柜上的那一组三只帕丁顿熊努了努嘴,它们和壁炉上那只长得差不多。"你也许觉得这一套有些过分幼稚了,"他说,这会儿,他的英国口音不见了,"也许你是对的。这种服务是在埃迪的画给酒店带来新一波的名气之后推出的。他收集泰迪熊,你知道,在他死后,他的收藏在苏富比[①]的叫价高得离谱。对玩具熊来说,贴上霍瓦特收藏品的标签,就跟一串养殖珍珠项链在杰奎琳·欧[②]的脖子上挂过几个小时的效果一样。"

"这么说,这三只熊是他的喽?"

"哦,不,没这回事。这些熊是我们的,我猜是经理从施瓦茨公司或者玩具反斗城买的。我也不太清楚到底是在哪儿买的。但每个客人在入住帕丁顿期间都可以有一只

[①] 苏富比(Sotheby's),全球三大拍卖行之一。
[②] 杰奎琳·欧(Jackie O.),杰奎琳·肯尼迪·欧纳西斯(Jacqueline Kennedy Onassis, 1929—1994)的简称,美国第三十五任总统约翰·F. 肯尼迪的夫人。

熊相伴。这项服务是免费的。"

"真的?"

"别以为我们是大发善心。决定放弃押金把帕丁顿熊带回家的客人多得让人惊讶。倒也不是每个人都会拿一只熊上楼,不过只要拿了,很少会有人放弃不要。"

"我要一只熊。"我豁出去了。

"那我就要收你五十美元押金,退房的时候也很乐意将押金一并奉还——除非你想让它陪伴你一辈子。"

我又数出了几张钞票。他开了张收据,把四一五号房的钥匙递给我,然后一把抓过帕丁顿三熊组,让我挑一只。

依我看,这三只熊没什么区别,所以我就做了在这种情况下通常会做的事。我挑了左边那只。

"绝佳的选择。"他说,就像你在点菜时说要羊肉配新品种的马铃薯时,侍者会有的反应一样。我常常对此感到纳闷,糟糕的选择是什么样的呢?如果有糟糕的选择,为什么还要把它们列进菜单里呢?

"好个可爱的小家伙。"话说到一半,可爱的小家伙就从我手中滑落到地板上。我弯下腰,一手捡起它,一手拾起一个紫色信封。信封上只有一个名字,用大写字母写的:安西亚·朗道。"这封信在地板上,"我对前台服务员说,"恐怕我已经踩上去了。"

他撇了撇嘴,从柜台后面的盒子里拿出一张纸巾来擦我的鞋印。"应该是有人把信放到柜台上,"他一边说,一边利落地擦着,"然后有谁把它碰到地上去了。好了,现在很干净了。"

"帕丁顿倒是毫发无伤。"

"哦,这家伙很结实,"他说,"不过,我必须承认,你真出乎我的意料。我没想到你真的会要一只玩具熊。我在跟自己打赌,猜谁会要玩具熊,谁不会,不过经常猜不中,我觉得该放弃了。每个人都有可能拿,也有可能不拿。出差的男人最不可能带走熊,不过有时也会让我感到意外。有个从芝加哥来的先生,一个月入住两次,每次住四天。他每次都要一只熊做伴,从不例外,不过也从来不把小家伙带回家。而且就算每次拿到的熊都不一样,他好像也无所谓。这些熊长得不一样,你看,大小啦,还有帽子、外套和靴子的颜色都不同。大多数穿黑色马靴,不过,画里面那双是黄色的。"

"我注意到了。"

"游客通常都愿意挑一只熊,而且会留下当纪念品,尤其是新婚夫妇。只有一对夫妇例外。太太想带帕丁顿回家,先生想要回押金。我可不看好他们的婚姻。"

"那他们带走熊了吗?"

"带走了,等他们离婚的时候,男人八成会跟他太太争夺那只熊的抚养权。不过对于大多数夫妇来说,这都不是问题。他们都想要熊。欧洲人会拿——英国人除外,他们一开始就不会拿。日本人一定会把熊带回房间,有时还不止一只，而且他们绝对都会付钱把熊带回家。"

"而且还要拍照。"我大胆猜道。

"嘿，让你说对了！他们不仅自己抱着熊合影，还拍了我的照片——抱着熊的和不抱熊的，和他们的熊站在酒店门前那条街上留影，在可怜的埃迪的画前拍照，在他们自己的房间里，还在我们一些名流客人住过的或者死在里面的房间外拍。你说这么多照片他们要怎么处理啊？他们哪有那么多时间看照片啊？"

"搞不好他们的相机里没装胶卷。"

"哦，彼得斯先生！"他说，"你真是太坏了！"

可不是吗。

不管有没有熊，四一五号房看起来都不像是一晚一百五十五美元外加税金的房间。红棕色的地毯上线头已经脱落，梳妆台上散落着没人收拾的香烟，而唯一那扇窗户面对的是通风管。任何纽约喜剧协会的成员看到这间房都会告诉你，这个房间小到你得走到大堂里才能改变主意。

不过我原来也没指望会有多好。对于长期住客来说，帕丁顿酒店非常合算，他们的月租比短期客人一周的房钱还要少，房间还更大。我猜这是一种交易，临时房客砸下一大笔钱，换来在画家、作家和音乐家的荣光下自我陶醉的时光，同时也可以补贴这些一年到头住在这儿提供荣光的艺术家。

我不知道这位头戴蓝帽子的小家伙在这种交易里起了什么作用。说这种服务迷人也好，太过做作也罢，总之有助于行销，使酒店更加人性化（呃，熊性化），形成一条小小的产业链。如果有一半客人选择从前台挑一只熊，而这一半中的一半无法割舍他们的熊，保守估算，如果每只熊都能赚取百分之五十的利润，那么通过这项服务，就能凑足钱付每年的电费——起码也是一大半。至少能补贴酒店的运营成本，绝对是一笔合算的买卖。

壁炉底下的火炉早就被砌上砖、抹上灰泥封了起来，我把帕丁顿放在上面，这里的视野不错，它可以举目环顾，观敌瞭阵。"我很愿意带你看看窗外，"我告诉它，"不过外面没什么好看的，只有一面砖墙，一扇拉上窗帘的窗户。嗯，拉上窗帘说不定是个好主意。你觉得呢？"

它没说话。我拉上窗帘，把手提箱往床上一扔，咔嗒一声打开了箱子。我把我的衬衫、袜子和内衣放进梳妆台抽屉，把一条卡其裤挂在一个迷你衣柜里。合上手提箱，让它立在墙边。

我看看表。该出门了。我还有正事要办。

我跟小熊道过别，它报以我的热情跟我和我的猫道别时得到的热情差不多。我拉上门，门一关闭，弹簧锁就自动扣上了，不过在搭电梯去大厅以前，我还是用钥匙把门锁了两道。

两个女人已经结束了谈话，或是把谈话带去别处了。那个椭圆脸，额头宽阔，戴着玳瑁边太阳镜的男人已经放下了《GQ》，拿起了一本平装书。我走到前台，把我的钥匙扔在上面。那是把真正的黄铜钥匙，和新酒店通用的电子房卡不一样，上面还附了条笨重的铜链——精心设计的惩罚功能，如果你把它随身带走的话，它就会把你的口袋磨出一个洞。我很高兴把它留下，为有个借口能在走过前台时迅速看一眼那三排房客信箱而感到窃喜。

我在地板上找到的紫色信封被放进了六〇二号信箱。

我啪的一声放下钥匙，朝那位发色过黑的家伙点了点头，笑了笑，看到一位身材修长的、优雅的年长绅士从街上踏入大厅——模样像是从那个长脸男人的《GQ》杂志里走出来的人物。他身穿剪裁合体的运动夹克和长裤，身边伴随着一位比他年轻很多的女人。

我们的视线相遇了。他的眼睛因认出我而瞪大了。我看不到自己的眼睛，不过它们可能也做出了同样的反应。就在他显然认出了我的同时，我也认出了他。正如绅士们在酒店大堂相遇时会做的那样，我们一言不发地擦身而过。

2

要办的事在巴尼嘉书店。它是一家位于东十一街,介于大学广场和百老汇大道之间的二手书店。帕丁顿酒店和我的店之间有十四个路口,而曼哈顿所有南北向的街道都是每英里二十个路口,这道数学题就留给你吧。我本想在两点开门,那是我在门上的告示牌上写的时间,不过早几分钟或是晚几分钟也无所谓,何况天气太好了,搭出租车或地铁都太可惜。我乘出租车去酒店时带着行李箱,但回来时完全可以步行。

我穿过麦迪逊广场,向切斯特·爱伦·亚瑟的雕像致敬——他是美国第二十一任总统,而且姓名里的名比杰弗里·彼得斯还要多[1]。我一边沿着百老汇往回走,一边试图回忆起我对切斯特·爱伦·亚瑟的所知所闻。等我开了店门,拉出特价桌("三本五美元")摆在门外以后,我便翻

---

[1] 彼得斯和亚瑟这两个姓最初是名。切斯特·爱伦·亚瑟这个名字中有三个名,而杰弗里·彼得斯中只有两个。

阅起自己的存货，找到威廉·福特斯丘写的《总统列传》。此书出版于一九二五年，而且只写到沃伦·甘梅利尔·哈定①（一个名，一个姓，还有一个既是名也是姓）。此书显然是为青少年读者写的，虽然我实在想不出有多少青少年会急忙关掉MTV，跑来查阅福特斯丘是如何谈及富兰克林·皮尔斯②和拉瑟福德·博查德·海斯③的（你也看到了，这两个人凑在一起全是姓，一个名都没有）。

福特斯丘的书已经在巴尼嘉书店的架子上驻留了很久，是几年前我从利泽尔先生手里买下这家店时接收过来的原始存货之一。我没指望能很快把它卖出去，这可不表示它注定会上特价桌。这本书有它自己的价值，是那种你愿意摆在书店里的书，而且这也不是我第一次用它查找资料了。几个月前我才跟福特斯丘请教过扎卡里·泰勒④的资料——虽然我已回想不起多少当时读到的东西，也不记得当时查阅的原因了。不过话说回来，当时他可挺有用——我的意思是福特斯丘，并非泰勒，而现在也是。

我把这本书放在柜台上，生意清淡的时候便拿起来翻一翻，而这种时刻在二手书店老板的生命里还真是数不胜

---

①沃伦·甘梅利尔·哈定（Warren Gamaliel Harding, 1865—1923），美国第二十九任总统。
②富兰克林·皮尔斯（Franklin Pierce, 1804—1869），美国第十四任总统。
③拉瑟福德·博查德·海斯（Rutherford Birchard Hayes, 1822—1893），美国第十九任总统。
④扎卡里·泰勒（Zachary Taylor, 1784—1850），美国第十二任总统。

数。我那天下午倒是有几个客人，也做了几笔买卖。一位常客找到了几本她没读过的侦探小说，外加一本绝版的弗雷德里克·布朗[①]，她觉得那本书她以前肯定读过，但是再读一次也无妨。我也正有此意，还没来得及回顾就得眼睁睁地跟它分开让我很难过，不过卖书难免遇到这种事。

一位留着无精打采的八字胡，身材矮壮的绅士花了很多时间翻阅那套欧曼写的六卷装《诺曼征服之前的英格兰》皮面精装版。我标的价格是一百二十五美元，留下了一点降价空间，不过不会低太多。

"我会回来的。"他终于扔下了一句，然后就走了。也许他会遵守诺言，不过我可没抱太大希望。顾客（或者更准确地说，非顾客）把这句话当作台阶，跟男人对女人说"我会给你打电话"一样，不过是用在卖书人身上。也许他们会的，但多半不会，所以完全没有必要坐在电话旁边痴等。

下一个客人从特价桌上拿了一本书进来，付了两美元，然后问我能否在店里稍稍浏览一下。我跟他说随便看，不过也告诉他这是危险的消遣。谁也说不准你什么时候会碰上非买不可的书。

"我乐于承担这个风险。"他说着便消失在书架之间。过去这个星期他来过几次，打扮还算体面，只是稍稍露出

[①] 弗雷德里克·布朗（Fredric Brown，1906—1972），美国著名科幻小说和侦探小说作家。

了些许落魄的模样，带着一股淡淡的威士忌味，倒不算难闻。他大概六十岁，和我在帕丁顿看到的那个男人年纪差不多，皮肤晒成了深古铜色，短短的胡子修剪得颇为整齐。胡子修成一个V字，精准地结束于一点，色泽银亮，和他的眉毛、头发的颜色一样，或者说跟露在棕色贝雷帽外的头发颜色一样。

这是他第一次在这儿买书，我有一种预感：他觉得这两块钱可以充做入场费。有些人就是喜欢在书店里闲逛，我买下这家店以前就是这样，而银胡子先生一看就是个无所事事、无处可去的家伙。他不是流浪汉，作为流浪汉来说打扮得太体面了，看来是特意到这里来消磨时间的。

如果他继续待到六点的话，我可以请他帮我关门打烊。不过他在那之前就早早溜了。大概五点半的时候，电话响了，是爱丽丝·科特雷尔。"我订到房间了。"我说，没提熊的事。

"今晚吗？"

"如果一切顺利的话，"我说，"房费我预付了三天。不过我觉得越快越好。"

接下来就不像是二手书店店主和顾客之间的对话了。我压低了声音，就连银胡子先生跟我挥手离开以后也没提高嗓门。我们叽叽咕咕地说了很长时间，最后，她道了声再见，我自己动手把特价桌搬进店里。我往拉菲兹的水盆里倒了清水，为它的碟子添上猫粮，确定浴室门开着，以便它用马桶。之后我便打了烊,锁上门,去了"饶舌酒鬼"。

我和卡洛琳·凯瑟几乎每天晚上都要到饶舌酒鬼来杯"感谢老天下班了特饮",这是附近的一家酒吧,里面有台点唱机,和一个连调杯金汤力都得先参考他那本老波士顿先生手册的酒保。我们有固定的座位,不过就算被人占了,坐到别处也没什么大不了的。今晚我们的桌子被人占了,两个女人坐在那里。我又看了一眼,发现其中一个女人正是卡洛琳。

另一位是埃丽卡·达比——最近轰轰烈烈地闯入了卡洛琳生命的女人。埃丽卡在一家有线电视台上班。具体做什么我不清楚,不过肯定非常重要,可能还很体面。埃丽卡给人的感觉就是如此。她精明干练,长得又漂亮,栗色长发,蓝色眼眸,还有一副我出于理性而不去过分注意的身材。

"嗨,伯尼,"她说,"最近生意怎么样?"
"轻松有趣。"我说。
"好极了,"她说,"如果我的生意轻松有趣,也就意味着快混不下去了。"她推开椅子,站起身来。"我得走了,两位。"她俯下身子,吻上卡洛琳的嘴唇,"回头见。"

她像风一样离开了。我坐下来。卡洛琳面前是盛在高脚杯里的红宝石般的液体，我问她那是不是覆盆子果汁。

"金巴利开胃酒加苏打水。想尝尝看吗，伯尼？"

"我好像尝过一次，"我说，"而且一次好像就够了。总之，这里面有酒精，对吧？"

"他们是这么说的，"她说，"不过我可喝不出来。"

"哦，那我就姑且相信了。"我一边说，一边招手跟玛克辛示意。她走过来以后，我点了巴黎水。

"你今晚有活儿要干。"卡洛琳说。

"我今天下午登记入住了。"

"房间怎么样？"

"挺小，可谁在乎呢？不过是摆小熊的地方罢了。"

"什么？"

我解释说酒店提供陪宿的玩具熊，卡洛琳扬起一边的眉毛。"我也搞不懂我为什么要了一只，"我继续说，"也许是不想让它觉得没人要吧。"

"不错的理由。"

"总之，我退房时可以拿回押金。"

"除非你想留下熊。"

"留下它干什么？"

"免得它觉得没人要啊，"她说，"而且等你们两个的关系更进一步以后，甩掉它的影响可就更严重了。伯尼，我知道你的问题出在哪里。"

"是吗？"

"是啊。你的神经紧张过度。得放轻松。我这就让玛克辛给你拿杯威士忌,可你是不会喝的,对吧?"

我摇摇头。"很难说今晚能不能成功,"我说,"不过还有机会。我已经在帕丁顿酒店预付了三天的现金——"

"更别提你还为小熊花了钱,伯尼。"

"所以就别提了吧。总之,如果可以一晚搞定的话,那就没什么好抱怨的。何况我还知道房间号码,所以应该没问题。"

"你订了间房,而且还知道房间号码?你的功力真是不减当年啊,是吧,伯尼?"

"我知道安西亚·朗道的房间号码,"我说,"你这是明知故问吧?"

"哦,是啊。"她捧起她那杯金巴利,做出通常在喝了一口那种饮料之后才会做出的鬼脸,尝都没尝就放下了杯子。"所以你只喝巴黎水喽?"她说。

"没错。"

"我就知道,"她说着,向女招待扬起一只手,"嗨,玛克辛,"她叫道,"帮咱们的伯尼拿杯酒来,黑麦威士忌,干脆双份好了。"

"我才说了……"

"我听到啦,伯尼。我知道。今晚有工作,你上班之前不喝酒,只喝苏打水、果汁、咖啡和其他根本算不上饮料的东西,这我全都知道。"

"那你还……"

"我了解你的禁酒政策,"她继续说,"虽然依我看是稍稍有点儿过头了。当然,我可不想坏你的好事。"

"可你才帮我点了一杯酒。"

"没错,"她说,"而且点的是黑麦威士忌,因为前几天晚上你好像很喜欢喝。怎么,这么快就端来了。谢谢,玛克辛,你可以把这杯拿回去倒进漱口水瓶子里了。"她把没喝完的金巴利递给玛克辛。"那我就不客气了,伯尼。"

然后她便捧起我的酒一口灌了下去。"因为我跟埃丽卡说好了,"她解释说,"她不太喝酒,所以不懂酒,你知道,她帮我点了金巴利,是因为喝一杯就不想继续喝了。"

"多棒的推荐词。'点杯金巴利,保你下不为例。'"

"重点是,她很在乎我喝多少。"

"你平常也喝不了多少啊。"

"我知道,"她说,"而且,如果我点了杯女孩喜欢的饮料,外加水果沙拉和几把小雨伞,或者灌下几瓶霞多丽白葡萄酒配晚餐的话,她是绝不会反对的。可就因为我喝酒像个男人一样,她总想着冲到匿名戒酒协会去跟会员们报告我灌起酒来有多可怕。"

"你偶尔是会喝醉,"我同意道,"不过很少酗酒。"

"我就是这个意思。总之,我每熬过一天洗狗的日子,就来个稍稍过火的庆祝,她对此忧心忡忡。她要我干脆就别来饶舌酒鬼了。我跟她说这事没有讨价还价的余地。'我全世界最好的朋友就是伯尼,我可不打算让他不得不独自喝闷酒,所以你漂亮的小脑袋就别再有这种念头了。'说起来,她可真漂亮。伯尼,你说对吧?"

"非常漂亮。"

"更妙的是,"她甩了一下头说道,"她觉得我很漂亮。简直是妙不可言吧?"

我也同意——虽然对这事我不打算多想。卡洛琳·凯瑟的身高比她自称的五英尺二英寸还要矮两英寸,所以和街头方向(或者街尾方向,取决于你面朝哪里)两个店面之外的"贵宾狗工厂"里那些她经手美容的狗比起来,她也高不了多少。我们每周一到周五在她的店里或我的店里一起吃午餐,下班后则一起到饶舌酒鬼放松,她是我的至交好友,偶尔充当智囊。若不是她偏偏是个女同性恋(或者,依此类推,若不是我偏偏是个男人),我们或许会像普通人一样谈场恋爱,而且像普通的恋爱一样,这场恋爱也早晚会结束,然后我们就彻底玩儿完了。不过照目前情况来看,我们可以永远都做至交好友,对于这一点我深信不疑。(有一回我们俩跟同一个女孩上床,当时是搞得有点儿复杂,不过我们安然渡过了那一关,没对我们的友谊造成任何伤害。)

所以没错,她是挺漂亮,深色头发,圆脸上有双大眼睛。偶尔我会赞美她的打扮,就像我有可能夸奖男性友人的领带一样。不过这种事发生的概率不高,因为我很难闲出一只眼睛去注意她穿了什么。

"她说得没错,"我说,"事实上,你看起来是有点不一样。你的头发长了,对吧?"

"大家都是如此,伯尼。不剪头发的话就会长啊。这跟刮胡子可不一样。不用天天剪。"

"看起来比往常要长。"我说。自从认识卡洛琳以后,我只看她剪过荷兰男孩头,或许是潜意识里在向那位把指头堵进堤坝而救了荷兰的机灵男孩致敬吧。"刘海的长度没变,后面的头发比过去长了。"

"我想尝试一下新鲜感,"她说,"只是想知道看起来会是什么样。"

"哦,看上去很好。"

"埃丽卡就是这么说的。其实是她出的主意。"

"挺适合你,"我说,"感觉好像,呃……"

"别吞吞吐吐的,伯尼。"

"看起来不一样了,就这样。"

"'比较柔和,多了女人味。'你是想说这个吧,伯尼,对不对?"

"呃……"

"用不了多久,男人就会在我进出的时候为我拉门,我喝的酒会从尊尼获加变成茴香甜酒,然后失去自我,变成秀兰·邓波儿那样的小甜妞。你就是打算说这个,对吧？"

"事实上，我是想谈谈切斯特·爱伦·亚瑟。"

"为什么？看在老天的分上。"

"为了换个话题，"我说，"还因为我在麦迪逊广场看到了他的雕像，花了一个下午阅读有关他的资料。一八八〇年，他因为纽约州共和党主席罗斯科·康克林的大力举荐，赢得副总统提名。他是加菲尔德的竞选搭档，而且——"

"你指的不是约翰·加菲尔德吧？"

"不，也不是布莱恩。是詹姆斯·艾布拉姆·加菲尔德[①]，而且他们赢得了选举的胜利，加菲尔德三月就职，然后——"

"不是一月吗？"

"那个时代的选举耗时较久。加菲尔德三月就职，六月和查尔斯·吉托会面。'我叫查尔斯·吉托，我永远不会否认这个名字'记得这首歌吧？"

"不，伯尼，一八八一年的歌我能记得的不多。"

"有个民谣歌手几年前翻唱过这首歌。本以为你可能听过。"

"我八成是忙着听安妮塔·奥德[②] 跟比莉·哈乐黛[③] 才

[①] 詹姆斯·艾布拉姆·加菲尔德（James Abram Garfield, 1831—1881），美国第二十任总统，一八八一年七月二日遇刺身亡。
[②] 安妮塔·奥德（Anita O'Day, 1919—2006），美国爵士乐女歌手。
[③] 比莉·哈乐黛（Billie Holiday, 1915—1959），美国爵士乐创作型女歌手。

会漏掉了。宝拉或公爵夫人店里都不放查尔斯·吉托的歌。查尔斯·吉托是谁?为什么会有人把他写进歌里?"

"他申请公职失败。由于过度失望且就职困难,向加菲尔德开了一枪,一个月之后,加菲尔德死了。"

"看来以前的人连死都耗时较久。"

"吉托的死可没花多长时间。他们把他吊死了,然后切斯特·爱伦·亚瑟成了美利坚合众国的总统。罗斯科·康克林以为他从此就可以为所欲为了,不过事与愿违。亚瑟开始推行公务员任用制度,废除了联邦政府一大半的任命权,所以当权者能分发的官职自然就减少了。"

"我看这也不失为一个减少因申请公职失败而失望过度的人数的好办法,"她说,"可这样是赢不了的,对吧?这样一来,光是应付心有不满的邮局雇员就够受的了。结果呢?大家把亚瑟当成了英雄吗?"

我摇摇头。"康克林气得要命,所以亚瑟没能得到一八八四年的党内提名,他们选了詹姆斯·布莱恩参加竞选,结果被格罗弗·克利夫兰①击败了,而切斯特·爱伦·亚瑟便恢复了众人认为他更适合的无名小卒身份。"

"不过他至少为自己赚到了公园里的一座雕像。"

"康克林的命运也一样,"我说,"同一座公园,不过在另一边。两人隔着麦迪逊广场遥相对视,看起来都挺失

---

①格罗弗·克利夫兰(Grover Cleveland, 1837—1908),美国第二十二任和第二十四任总统。

望的。"

"真是个悲惨的故事,"她说,"由此可知,追求正义的人是什么下场。"她挥起一只手,"玛克辛,"她叫道,"伯尼才给我讲了一个悲惨的故事。你最好再给这个可怜虫拿杯双份威士忌过来。"

她灌下我的酒,我又陪她喝了杯巴黎水。我们举杯共敬切斯特·爱伦·亚瑟身体健康,我真纳闷到底有多久没人举杯敬祝此人健康了。大概很久了,可能有几百年了。

"这样好些了,"卡洛琳放下她的空杯子说道,"跟你说实话吧,只要有你跟我坐在同一张桌子旁,我就算只喝刚才那杯漱口水也无所谓。待会儿我要跟埃丽卡见面,她也许不会说什么,不过就算她问起来,我只要跟她说实话就行。'我陪伯尼聊天的时候,'我会说,'只喝了那杯金巴利。'"

"我觉得,有些人可能会认为这是省略性说谎。"

"我认为你是对的,伯尼,但是管他们呢,去死吧。"她瞥了我一眼。"我知道你在想什么。你想在出发之前再点一杯,不过我可不允许。我打算表现出一点儿自制力——就算你不想。"

"太感谢了,没有你的话,"我说,"我现在八成正在阴沟里打滚。"

"而不是跑去作案。"她做了个手势,要来账单,挥手打断我伸手拿皮夹的动作。"省省吧你,"她说,"你只喝了氧化氢和二氧化碳。我来付账是应该的。"

"要是我能把东西拿到手,"我说,"这可以算成公务消费。让头脑在工作的夜晚保持清醒,这个价钱算是很低了。"

"你觉得今晚可以行动吗,伯尼?"

"越快越好。"

"欲速则不达,"她睿智地说,"而且凡事应该三思而后行。"她皱起眉头。"可话说回来,打铁总得趁热,而且犹疑又是失败之母。"

"这话对我很有帮助。"

"希望如此,"她说,"因为我自己都他妈的讲糊涂了。刚才最后那一杯你真不该点,现在我晕头转向的。"

"下次我一定节制一点儿。"

"总之,"她说,"这回由我付账。你已经把大笔的钱用作这个案子的投资了,对吧?"

"六百美元,外加一点儿零头。"

"就为了方便进入酒店。"

"进出自由,"我说,"跟合法的房客一样——而我的确是个合法房客。想万无一失地通过酒店安保系统,这是唯一的办法。订个房间,付清房费,这里就是你的天下了。当然,你无权乱闯其他客人的房间,问题是,他们没有办法防范。"

"看哪,你讲着讲着脸上都放光了,伯尼。你自己真该看看。"

"唉，刺激嘛，"我说，"酒店对小偷而言就像自助餐厅一样，或是供应节日盛宴的餐厅。只不过食物都没摆上桌——全塞在关着的门后面。而且你永远也不知道会找到什么。"我对着一个回忆微笑起来。"有一回，"我说，"我住进了阿斯特酒店。那时是我事业的初期，酒店生命的末期，不过我们有过那么短短一刻的交会。"

"你说得像是在讲罗曼史。"

"我拿到了钥匙，"我说，"不过我花了近两个小时，又磨又刮，才让它变成可以打开酒店里每一道锁的万能钥匙。其实我对撬锁得心应手，不过有钥匙的话可以更快一点儿。那个晚上我闯进了五十多个房间，其中大多都没斩获，不过全加起来，还算是个丰收夜。"

"你该不会也要在帕丁顿酒店闯五十个房间吧，伯尼？"

"一间就绰绰有余了。"

"你真觉得你会找到想要的？"

"不知道。"

"能找到的话，六百美元的投资是很合算。找不到的话，那六百美元就只能白白冲进了下水道。"

"退还小熊的时候，"我说，"可以拿回五十美元。我还付了电话押金，但没打算打电话，所以这笔钱也能拿回来。"

"你真觉得你可以把小熊的押金要回来吗，伯尼？"

"除非我不得不匆匆离开。要不然的话，当然可以，他们会把钱如数退还给我。只要我把帕丁顿完好如初地还回去。"

"我不是这个意思。"

"不是吗？"

"不完全是。我的意思是，你能舍得和它分别吗？我小时候就有一只帕丁顿熊，不管给我五十美元还是五百美元我都不会舍弃它。它是我的小伙伴。"

"我那只熊称得上完美，"我说，"不过我可不认为会有多少离别的苦楚。我们还没有足够的时间建立感情，而且如果一切顺利的话，在我们还没有难舍难分之前我就逃之夭夭了。"

"也许吧。"

"你好像不信。"

"我只用了不到十秒就爱上了我那只帕丁顿小熊，伯尼。当然，那时我的年纪比较小。现在我可没那么快跟谁定下来。"

"你年纪大了。"

"没错。"

"经过历练，比较成熟。"

"当然。"

"你用了多久被埃丽卡迷得神魂颠倒的？"

"不到十秒钟，"她说，"不过那可不一样。我对她是一见钟情。她真美，对吧，伯尼？"

"她非常漂亮。"

"其实你都会爱上她，对吧？"

"不会，"我说，"原因不用我说你也知道。不过，把这当作假设性问题的话，当然，她是个很有魅力的女人。"

"美丽是件肤浅的东西，"她说，"不过除非你是放射科医生，否则光有美丽也就足够了。伯尼，你瞪着我看什么呢。整个晚上你总是偷偷看我，这会儿你又来了。"

"抱歉。"

"也许你应该再来一杯。不过我可不敢说这是个好主意。"

"我也不敢说。卡洛琳，你看起来不太一样。所以我才会一直盯着你。"

"我想是头发的原因。"

"原本我也以为是，不过还有别的什么地方，到底是什么呢？"

"别疑神疑鬼了，伯尼。"

"是口红，"我说，"卡洛琳，你涂了口红。"

"别嚷嚷！你是怎么回事啊，伯尼？"

"抱歉，可是——"

"你想让我怎样？'嗨，伯尼，我的胭脂和睫毛膏涂得怎么样？'然后让整个酒馆里的人瞠目结舌地看着我吗？"

"我说了抱歉。我没做好心理准备,仅此而已。"

"是啊,真抱歉给了你一个惊吓。咱们在这儿坐了将近一个小时,可我直到现在才吓着了你。"

"口红。"我说。

"省省吧,伯尼。没什么大不了的。"

"长发和口红。"

"不是长发。只是长了一点儿。而且口红只是为了添点儿颜色。"

"涂口红还有别的目的吗?口红也只能这样,增添颜色。"

"没错。所以你犯不着小题大做,行吗?"

"口红,"我瞠目结舌地说,"我最好的朋友成了个口红蕾丝边①。"

"伯尼……"

"再见了,宾尼男装,"我说,"欢迎,维多利亚的秘密。"

"什么见鬼的秘密啊。你知道他们每个月寄出多少份目录吗?他们可没赚到我的钱,伯尼。我只喜欢看图片。"

"原来如此。"

"喂喂,我家里可没有整整一柜子的法兰绒衬衫,你知道。我的打扮从来都不是非常男性化,对吧?夹克配衬

---

① 口红蕾丝边(Lipstick lesbian),亦称为口红女同性恋,魅力同性恋。在美国,口红蕾丝边一般指那些装扮极为女性化的女同性恋。

衫可算不上男性化。"

"差远了。"

"而且我只是稍稍抹了点儿口红。你在我对面坐了整整一个小时都没注意到。"

"我注意到了，"我说，"只是不知道到底哪里不对劲。"

"就是这个意思。不抢眼，只是稍稍一笔带过。"

"女人味儿。"

"年轻的感觉，"她说，"如果我是少女的话，就不用擦了，不过我已经老得需要借助一点儿外力来润色了。不要这样看我，伯尼。"

"怎样看？"

"那样看啊。好吧，去死吧。是埃丽卡的主意。这下你高兴了吧？"

"我原本已经很高兴了啊。"

"她是如假包换的口红蕾丝边，"她说，"而且这一点我从来都没反对过，伯尼，不管就价值观或者美学层面来讲。我喜欢口红蕾丝边。我觉得她们很性感。"她耸耸肩。"只是从来没想到我自己也会成为她们中的一员。我以前从不觉得自己是这块料。"

"不过现在你已经改变主意了。"

"埃丽卡觉得我太自卑了，对自己的外表没有信心。她觉得温柔点儿的发型再加上口红可以改变我对自己的感觉，我必须承认，我觉得她的话有道理。总之，她喜欢我现在这个样子。"

"事实胜于雄辩。"

"我就是这么想的。"

"而且你看上去很不错，"我说，"老实说，我可等不及要看你穿晚装的模样了。"

"少来了，伯尼。"

"低胸，有蕾丝花边的，一向错不了。要不就穿那种露肩雪纺衫好了，有吉卜赛风情，可能很适合你。"

她翻了个白眼。

"要不就穿酒娘装①，"我继续说，"酒娘装到底是什么玩意儿啊？长什么样？"

"这个词对我来说，"她说，"每次看起来都像是拼写错了，除此以外，我可不知道那是什么奇装异服，也不打算弄明白。咱们能换个话题吗，伯尼？"

"耳环，"我建议道，"金色大耳环搭配雪纺衫应该很合适，不过配上酒娘装会是什么效果呢？"

"继续说呀，伯尼。咱们接下去该谈什么了？裤袜？高跟鞋？"

"还有香水，"我说，然后坐直身子闻了闻，"你擦了香水！"

---

①酒娘装（Dirndl），德国巴伐利亚庆祝啤酒节时的女性传统服饰，一种紧身连衣裙。

"是古龙水,"她说,"有一瓶已经在贵宾狗工厂摆了好几年了。下班以后我偶尔会洒一点儿,遮住狗味。"

"哦。"

"不要摆出一副大失所望的表情。听着,今天谈得简直是难以形容的愉快,而且我也很高兴你愿意让我请你喝那几杯酒。看来你的确放松了不少——虽然喝的人是我。"

"呃……"

"不过天下没有不散的筵席,"她继续说,"包括这场引人入胜的谈话。咱们该走了。我跟某个美女有个深夜之约。先生您则跟小熊有约。"

3

　　我没吃午餐，所以你可以说我已经空腹喝过两杯双份黑麦威士忌了。感谢卡洛琳，我没领教它们的威力。不过我觉得最好还是吃点儿东西，于是在回帕丁顿的路上，我在一家早就想去的西非餐厅停了下来。我点了炖蔬菜配泥豆，因为听上去很有异国风味，结果发现所谓的"泥豆"是我们的老朋友花生先生的另一个绰号。不过吃起来的确很有异国风味，而且每一个服务员都笑容满面。我点了杯猴面包树汁，听起来比泥豆更带异国味，别问我喝起来是什么滋味，因为他们卖完了。我只好点了柠檬水，喝起来就像柠檬水。

　　我走完了剩下的路程，没在大堂里看到哪个老朋友——除非你把前台服务员算进去，也就是差不多八小时以前为我办理登记入住的家伙。我过去要了钥匙，顺口提了句他轮的这一班好像挺长的。

　　"从中午到半夜，"他说，"我本应该八点下班的，可是保拉今晚有场表演。她是魔术师，今晚要去单身派对表演。"

"单身派对找魔术师？"

"她要裸体演出。"

"哦。"

"我以前试镜的时候她帮我代过班，很高兴能还她这份人情。只希望她半夜能出现，要不然我可能要在这儿困到四点，一直等到查理上班。"

"然后明天中午再来上班？"

他点了点头，往前趴下来，胳膊肘支在柜台上。给人一种柔若无骨的感觉，让我想起漫画书里的塑胶侠。"对，不过我八点交班，所以也没那么糟。"他皱了皱眉。"我知道你的房间在四楼，可我不记得房间号码了。"

"四一五。"

"是小房间。希望你还满意。"

"还满意。"

"一两天以内我也许可以帮你换到大一点儿的房间。"

"不用麻烦了，"我说，"我只打算在这儿住几个晚上。"

"当初我也是这么对自己说的，一晃已经过了二十多年。"他伸出手指，用指尖抚平一边的眉毛。"从那时起就在这个城市，一直待到现在。我在这儿住了……唔，七年左右。当初奥利芬特先生需要找人填补前台的空缺，他跟我收房租的时候非常宽容,当时我已经拖欠了三四个月,所以我就替补上去,在时间允许的情况下一直做了下来。你知道吧,我是个演员。"

他之前提到了试镜,所以这话我听了并不惊讶。而且这也解释了他的英国口音为什么会忽隐忽现。

"我叫卡尔·皮尔斯伯里,"他说,"你也许看过我的舞台表演。"

"我刚才就在想,你很眼熟。"

他跟我讲了几出他演过的戏,都不在百老汇,然后又说我应该没看过,因为我不是本地人。"不过你可能在电视上见过我,"他提示我,"几年前的普拿疼①广告里,我演那个航空公司的售票员。我还在《法律与秩序》里演过小角色。当然,你知道他们都怎么说。不怕角色小,只怕拿钱少。"

"这个说法挺好笑。"我说。

"你觉得好笑?这句台词是我自己想的,而且我很喜欢,不过不是人人都懂。有可能是我讲的方式不对。我在几家夜总会做过脱口秀表演,笑料还不错,不过我必须承认,大多数时间,观众的反应都很冷淡。我觉得我的表演大概不是非常好笑。可能有些奇怪的幽默感,不过没办法引得观众哈哈大笑。"

---

① 普拿疼(Excedrin),一种止痛解热剂。

奇怪的幽默感，这一点毋庸置疑。我偶尔冒出几个字让谈话进行下去——他对我的要求也仅此而已——其余的他全包了。他大部分时间都在谈论自己，所以就算我曾怀疑他是否真的是个演员，他也成功地打消了我的怀疑。不过他也谈到了酒店，说在此工作、生活就像成了其乐融融的大家庭里的一员——虽然这个不健全的家族里都是疯姨妈和怪叔叔。

他让我怀疑自己搞不好也会成为永久住客，把三天的入住时间延长为几十年。或许我偶尔还会亲自坐镇前台，向入住的客人们倾吐我干这行只是权宜之计，主要还是在等本职工作（即私闯民宅）有所突破。

等我终于抽身和他道别的时候，得到的帕丁顿酒店相关资料已经远远超过所需，而我拿到的关于卡尔·皮尔斯伯里的一手资料更是已经超过任何人所需。他祝我一夜好眠，我则希望他的接班人能准时现身，然后我便一把抓过钥匙，向电梯走去。

那个紫色信封，我注意到，已经不在六〇二房的信箱里了。

房间和我离开时一样，小熊仍然站在壁炉架上。我朝它点了点头。我还没准备好要跟这家伙说话，不过也没办法完全不理它。

关于安西亚·朗道我知道些什么？嗯，我知道她是文学经纪人。她做这行已经半个世纪了，这段时间她都住在帕丁顿酒店的一间套房里读稿，通过信函和电话来处理事务，和偶尔出现的客户碰面。近几年，她的生活变得更加隐秘，绝少踏出门外。因为我用紫色信封玩了个小花招，所以知道了她的房间号码。如果我想见她，六○二房间便是我要去的地方。

不过我不想见她。我只想看看她的房间，而且希望房间里没人。

某些窃贼对于登门造访时主人在家这种事毫不在乎。的确，我就认识这么个家伙，他说除非有把握住户都在家里睡觉，否则他绝对不会闯进去。如此一来，他解释说，你就无须担心他们会在你动手时回到家，当场把你逮个正着。

他跟我讲起这事时，我们都是政府的客人，所以接受他的忠告时必须把这一点考虑进去。（他人还算不错，只是能谈的话题范围稍窄了点儿，不过你能在牢里碰到的小伙子大都是蠢汉无赖之流，所以离开他们就跟离开监狱一样求之不得。我获得假释时，他们警告我不要跟登记在案的罪犯来往，这种提醒其实是多此一举。）

就我个人而言，我宁愿闯空门。你可以说我是天性孤僻。我曾经试过当主人在家睡觉时闯进去——无意或是不得已——我必须得承认，我恨透了像只猫一样蹑手蹑脚；

我从来不会弄出多大动静，离开时会尽量保持屋内原貌，不过"做客"时我总喜欢像在自己家里一样自在的感觉。有人在隔壁房间睡觉的话，显然不容易感到宾至如归。

不过我可能没有选择。据我所知，安西亚·朗道不常出门。就是因为她足不出户的习惯名声在外，我才会花上六百多美元拿到一把房间钥匙。如果能趁她白天出门时闯进去的话，我会很乐意和酒店的安保措施放手一搏。午餐前后要偷溜过前台其实并不困难。我有各种即兴策略让自己隐形，或者让自己看起来就像这里的一员。我曾在不同的场合里玩过各种花招：假扮送货员，会见另一名房客，或者只是拿着一个记事板摆出官员的派头大摇大摆地走进去。

唯一不能做的事就是看起来鬼鬼祟祟。如果你偷偷摸摸地进去的话，全世界的人都会偷偷摸摸地跟在你后头，然后用不了多久，法律便会伸出长长的手臂揪住你的领子。不过如果你摆出一副正在做你该做的事的派头，你猜怎么样，他们就会双手奉上前门钥匙外加保险柜的组合密码给你。

这一套我是从嗨叔叔那儿学来的。嗨叔叔的名声一向很好。有一次，他结束公务旅行正要回家，看到一个登机口前的柜台上挂了个电子标志牌，正在为某家航空公司打广告。（是布兰尼夫航空，所以你知道这件事不是一个星期前才发生的。当时我在念高中，不过当时在任的是哪位总统我就不说了。)

嗨叔叔的儿子、也就是我的堂哥谢尔顿,喜欢收集标志牌,用来装饰他的房间。我还记得有个绅士花生的标志牌,花生老先生倚在墙上,龇牙咧嘴笑得就像斯蒂芬·金[①]笔下的怪物一样。(我想,在西非他可能会被称为泥豆先生。)不过这个标志牌展示的是一架飞机还有一棵棕榈树,大大赞扬布兰尼夫开往加勒比海的班机。嗨叔叔对它一见倾心,觉得摆在谢尔顿的房间里效果一定不错。

所以他便绕过转角,回到他自已那班飞机的休息室,放下行李箱,解开领带,脱掉夹克,卷起了袖子。

然后他回到布兰尼夫的柜台前,手里捧着本便携记事簿。那里已经排起了一条长队,不过他径自走到最前头,只见一名年轻女子正在给乘客发放登机牌。

"就是这个标志牌吗?"他质问道。

她当时一脸茫然,要不就是请他再说一遍或者变得结结巴巴的。反正就是那种反应。

"这边这个玩意儿,"他指过去说道,"就是这个标志牌吗?"

"呃,我想是吧。"

"嗯,"嗨叔叔说,"就是这个。"然后他便把标志牌从挂钩上拿下来,年轻女子也放下手里的活儿帮他忙活。他

---

①斯蒂芬·金(Stephen King, 1947—),美国作家,被誉为"现代恐怖小说大师"。

把东西塞到腋下，走回他放外套和行李的地方。外套和行李都安然无恙，没人碰过。（身为一个诚实正直的人，嗨叔叔理所当然地认为别人也都是正人君子，而且很少对此失望。）他把标志牌塞进行李箱，撸下衣袖，系上领带，穿好夹克外套，等着他的航班登机广播。

那个标志牌在谢尔顿的房间里的确耀眼夺目，等他长大以后，重新布置房间，撤下花生先生和他的朋友，换上《花花公子》的比基尼美女的时候，布兰尼夫的标志牌还是保留了下来。风格很一致，谢尔顿说，你能想象出那些漂亮宝贝躺在棕榈树下，啜饮着菠萝鸡尾酒，展示她们全身古铜色皮肤的景象。你甚至可以想象她们就是布兰尼夫的空中小姐，为你奉上咖啡、茶，或者牛奶，还有你想要的其他东西。

这已经是陈年旧事了。谢利[①]现在是医生，他的候诊室里挂着的是医疗保险公司的标志牌，绝没有人会偷。嗨叔叔如今已经退休了，住在佛罗里达的庞帕诺比奇，忙于收集折扣券、打高尔夫球以及不断增加他的邮票收藏。我每次偷到邮票都会想到嗨叔叔。他收集英联邦邮票，这些年来我偶尔会发现我认为他可能用得上的邮票，比如稀有的维多利亚临时邮票或者爱德华七世高价邮票，我在寄给他时都会附上字条，解释说是在旧版狄更斯的《马丁·翟

---

① 谢尔顿的昵称。

述伟》里发现的。如果嗨叔叔怀疑过邮票来源也许不够正当的话，他可是谨守绅士风度，从没提过，而且也太过热衷于收藏，没把邮票退回来。

我是家族里唯一的败家子，有时我也会奇怪到底是哪里出了错。罗登巴尔和格莱姆斯两家都有杰出人物可以做我的榜样，我怎么会永远无法抑制住自己鬼鬼祟祟偷偷摸摸的欲望呢？

一定是基因突变，有时我会这么想，某个染色体发了疯。不过我一想起嗨叔叔，就又觉得奇怪了，看他这一生，你会发现他可是个正直的生意人，诚实可靠、奉公守法。可是某天下午在某一座机场里，他却展示出了骗子般丰富的想象力和飞贼的胆量。如果早年出了什么事，把他朝错误的方向轻轻一推的话，谁知道他会变成什么人呢？

当然，我倒也不认为他会有我这样开锁的才华，这可是天分。不过只要受过一点儿训练，任何人都可以精通各种锁，学会如何把它们打开。

如果嗨叔叔可以拿起邮票镊子，他自然也能处理开锁工具。谢尔顿是外科医生，自然能把本行技巧应用到雷布森、西格尔、费切特和普拉德①等人的造物上。要是他们年轻时猛地打了一个左转弯，随便我哪个亲戚都有可能步上歧途。而且要是他们做了贼，我敢打赌，铁定一个个都

---

①雷布森、西格尔、费切特和普拉德皆为锁的牌子。

他妈棒得不得了。

结果呢，他们全都成了模范公民，而我则是已经准备好了，要闯进一个老太太的酒店房间里。

你能想象这件事吗？

安西亚·朗道的名字在分类电话簿上的文学经纪人一栏里。我用外线给她打电话，号码拨了一半，我猛地挂断了电话。如果打她的私人电话，必然会留下通话记录，这可不是我想要的后果。

我拨了七，然后拨六〇二。挂断前我让电话响了六下。

真的这么简单？真的这么走运？她真的外出吃晚餐，或者看戏，或者去拜访朋友了吗？

看来有可能。我留给她的信封已经从她的信箱里消失了，这就表示她可能下楼取过信。（同样也可能是卡尔或者哪个酒店员工把信送到了她门口——孤僻的房客享有这种待遇绝非不可能。）

就算她是亲自取信，也不表示她没有出去转一圈，而是直接回房去了。不过她现在没接电话，所以有这种可能，不是吗？

也许她已经睡熟了。现在还不到九点，对于我认识的大部分人来说，时间都还早，不到上床睡觉的时候。不过我怎么会知道安西亚·朗道的起居时间呢？说不定她有午睡的习惯。说不定她习惯傍晚就睡下，然后熬上一整夜。上年纪的人都睡得很浅，只要电话铃响就可以惊醒，可谁能保证朗道女士不是个例外呢？也许她习惯以速可眠配伏特加来迎接墨菲斯①，所以地震也叫不醒她。

也许电话铃响的时候她正在浴室，无法及时接电话。也许她正在看电视，而且看《宋飞正传》的时候从不接电话。

也许我应该再试一试，我把手伸向话筒，又及时制止了自己，在我的手有可能惹祸上身之前把它抽了回来，放在腿上。我已经拨过她的号码了，没人接。那我现在是在干什么？拖拖拉拉以便在酒店待足三晚，免得付出的房费不划算吗？我可等不来她绝对不在房间里的保证，好让我神不知鬼不觉地自由进出。如果需要保证的话，我算是入错行了。

是时候开始工作了。

---

①墨菲斯（Morpheus），希腊传说中的梦神。

4

帕丁顿有一道单向楼梯，通向楼梯的逃生门上挂了个牌子，上面解释说，此楼梯和蟑螂屋的设计恰恰相反：客人可以出去，可是无法走回头路——想回自己的房间得一路往下走到大堂才行。

才怪。

我走进楼梯间，向上走了两截楼梯。五楼的楼梯转角处有个架在墙上的消防水龙带，附着笨重的大号黄铜喷嘴，他们还真选对了地方摆放这玩意儿，因为整个楼梯里满是烟味。显然，至少有一个酒店员工习惯躲进楼梯大抽一通，如果旁边有个易燃物的话，搞不好早就起火了。不过这儿除了金属楼梯和白灰泥墙之外什么都没有——除非你把消防水龙带也算在内，可你从没听说这种东西着过火，对吧？

到了六楼，我把耳朵贴在门上，确定除了自己的心跳外没有别的声音之后，我便掏出工具摆弄起来。真没什么复杂的，一小截弹簧钢片弹回弹簧锁，我便踏上了六楼走廊，身上一半的毛孔都流淌着自信与得意，然后便迎面撞上了一个正在等电梯的女人，她从头到脚打量了我一番。

"晚安。"她说。

"晚安。"

哦，到目前为止，今晚尚安。而且在一般情况下，看到她也不会影响到这种安宁。她身材高挑，肤色如同掺了大量奶精和糖的咖啡。她的额头很高，鼻子又长又窄，颧骨高耸，下巴挺翘，头发编成了非洲式的小辫。我通常觉得这种发型很滑稽，不过现在看起来却很完美。她在衬衫上罩了件短外套，衬衫下是一条裙子。猩红色外套，金丝雀黄的衬衫，裙子则是宝蓝色，这种配色听起来挺俗气，不知为什么实际上倒没有给人这种感觉。事实上，这套配色的感觉还真是熟悉。安全的搭配，虽然我想不出原因何在。

"我想我们应该没见过吧，"她说，"我叫艾西斯·戈蒂耶。"

"我叫彼得·杰弗里斯。"

见鬼，我想道。这可是我第二次搞错了。我叫杰弗里·彼得斯，不叫彼得·杰弗里斯。我怎么连自己的名字这么简单的事都记不得？

"我敢发誓，"她说，"你刚才是从楼梯那头的门里走进来的。"

"是吗?"

"没错。"她说。我当天下午在大堂见过她,但没仔细打量,想不起当时她穿了什么,不过我敢说绝对没有现在这样光彩夺目。而且,那时我连她眼睛的颜色都没注意到。我现在注意到了,是矢车菊的蓝色,这就表示,她不是戴了隐形镜片,就是基因变异。不管是什么原因,效果都非常惊人。已经很多年没见过如此不同凡响的女人了,我只能期盼上帝让电梯快来,把她载出我的生活。

"那些门是自动上锁的,"她继续说,"从走廊这边可以打开,楼梯那头是打不开的。"

"戈蒂耶,"我沉吟说道,"法国姓,对吧?"

"对。"

"有个作家,泰奥菲勒·戈蒂耶。《莫班小姐》[①]是他的著作之一。你们该不会是什么亲戚吧?"

"我敢说他一定是,"她说,"某人的亲戚,不过不是我的。你是怎么从楼梯那边走进来的呢,杰弗里斯先生?"

"我刚才出去的时候,"我说,"趁门关上以前在锁孔里塞了些纸。这样就可以再回来了。"

"纸还塞在锁里吗?"

"没有,我刚才抽出来了,所以门就可以按它原先的设计继续履行它的职责了。"

---

① 《莫班小姐》(Madmoisell de Maupin)为戈蒂耶的长篇小说。

"想得真周到。"她说着，露出了一个温暖的微笑。她的牙齿白得发亮，嘴唇丰满。我有没有提过她的声音低低的，有点儿沙哑？她几乎是接近完美了，我真巴不得不要再见到她。

"为什么，"她似乎非问不可，"你会想到要用楼梯呢，杰弗里斯先生？"

"用不着这么正式，"我说，"叫我彼得就好。"

那就叫我艾西斯吧，她应该这么回答。不过她只是咬住了那个问题又重复问了一遍。所幸这时我已经有了答案。

"我想抽烟，"我说，"我住的是无烟房，又不想破坏规矩，所以就躲到楼梯里抽一支。"

"正是我需要的，"她说，"能给我一支吗，彼得？"

"我刚抽完最后一支。"

"哦，真可惜。我看你抽的大概是超低尼古丁的牌子吧。"

她这么问是想干什么？

"因为你闻起来根本没有烟草味，你知道吗？"

哦。

"所以我不觉得你躲进楼梯间是去抽烟。"她闻了闻空气，"事实上，"她说，"我怀疑你恐怕很多年都没抽过烟了。"

"被你抓住了。"说着，我露出了一个令人解除敌意的笑容。

她似乎像密歇根民兵团一样难以解除武装。"真的吗，"她说，"到底是抓住了你在干什么呢？你在楼梯那头做什么，杰弗里斯先生？"

该死，我想。刚刚到了只称呼名字的阶段，现在又变回杰弗里斯先生了。

"我来找人。"我说。

"哦？"

"住在另一层的某个人。我想谨慎一点儿，因为我的朋友不希望有人知道我来。"

"所以你才走楼梯。"

"对。"

"因为如果你搭电梯的话……"

"楼下的卡尔可能会在闭路电视上看到我。"

"概率很小，"她说，"再说他看到了又怎么样呢？"

"或者有可能在电梯里碰到什么人。"我说。

"结果你碰上了我。"

"没错。"

"在走廊上。"

"是啊。"在等该死的电梯时碰到了，我想道，而且电梯显然根本不动，因为到现在他妈的怎么还没到。

"你的朋友叫什么名字？"

"哦，我不能说。"

"嗯，不错，"她说，"你是个绅士，这年头绅士可真少见。男的还是女的？"

"我觉得应该很明显吧，"我说，"你刚才说了我是绅士，我也告诉了你我的名字，所以我当然是男的……哦，你是说我的朋友。"

"真聪明。"

"我的朋友是女的，"我说，"而且有关她的事恐怕我只能讲到这里。哦，瞧。你的电梯来了。"

"也该来了，"她说，但没有要进电梯的意思。"有时候等个没完。她是长期住客吗？或者只是小住一阵？"

"对你来说有什么区别吗？"

"她应该是长期住客，"她说，"不然你们或许会合租一间房。而且她可能是自己单独住，不然你们俩应该会在你的房间见面，而不是她的。"

"该我问你一个问题了。"我说。

"事实上，你已经问过了。你刚才问我，你的朋友是不是长期住在酒店里，对我来说有什么差别。没什么区别吧，我觉得。"

"还有一个问题，"我说，"你是做什么的？因为如果你有心致力于此的话，也许会是个出色的私人侦探。"

"这我可从来没想过，"她说，"很有趣的想法。晚安，彼得。"然后她便踏进电梯，电梯门随之合上了。

所以她根本没有回答我的问题，我也还是不知道她是干什么的,其他事也是一无所知。不过至少我们又回到了称名不道姓的阶段。

六〇二房间的门下面没有灯光透出来。

这说明灯的确熄了,而我则弯下腰,眯眼凑近锁孔,仔细检查了一遍。灯熄了,电话响过没人接,这意味着什么?她不是出门了,就是睡得很沉。不然,或许我刚才打电话时她正在浴缸里,而现在她正坐在一片黑暗里,孤独地回忆着她过去发掘的作家和打败的编辑。

放弃任务吧,心里有个声音在催促我,及时止损,拔腿快跑,起航拉锚,抬起屁股,趁还来得及,快跑吧。

我竖耳倾听那个静悄悄的声音,这话听起来很有道理。为何不乖乖照办呢?

为什么不呢?安西亚·朗道永远都在那里。她又不可能去别的地方,而她收集的信件也一样。今晚为什么不休息一下呢?

为什么?另外一个声音反驳道,我来告诉你为什么。因为事情就是这样开始的,连这么简单的盗窃工作都要拖延。照这样下去,没过两天,你就会每逢阳光普照的早上都不开店门,不想把时间浪费在书店里。要不就是碰上下雨天,你磨磨蹭蹭地不想出家门。拖延是偷时间的贼,更可怕的是,它也是危险的恶习。任性也一样,它们当中不管哪个都会得寸进尺,接下来你会发现自己在有任务的晚上喝起酒来,因为一时冲动而乱闯公寓,像坐牢一样待在没有客房服务的破酒店里,连只泰迪熊都没有。

这话听起来夸张吗?唉,这就是你们所谓的良心。我的良心从来不懂得轻重缓急,也没学会举重若轻。这个良心很拘谨,是我心里一个尖厉的小声音,我真不敢开口让它闭嘴。

我敲敲安西亚·朗道的门,声音不算大。没有反应,我又敲了一次,第二次还是没有人应门,我便迅速向周围看了一圈。没有艾西斯,感谢上帝,什么人也没有。

我可以用我的房间钥匙试一试。总有几把相同的——拥有一千个房间的酒店可不会打制一千把不同的钥匙——不过我连这点时间也没浪费。我的开锁工具派上了用场,而且几乎跟真正的钥匙一样快。

门无声地在铰链上缓缓打开。里面又黑又静。我闪身进去,把门在身后关上。然后站了一会儿,让眼睛适应黑暗。我觉得它们应该是在适应,不过很难说,因为我还是一件该死的东西都看不到。此处显然安装了遮光帘,显然她已经拉上了帘子,显然那该死的帘子没被虫子蛀烂,因为我能看到的唯一亮光就只有门底那道窄缝。

我抽出袖珍手电筒,用那束狭窄的光扫过屋内——从我刚才破解的那道门开始。我很高兴看见门上有一条链锁——而且没有拉上,这个迹象进一步表明屋子里只有我自己。如果她已经上了床，很可能会把它锁上，那我就得回四一五房间休息一晚。（倒不是因为链锁会造成多大的障碍。强壮的贼猛地一推就能撞开，用切锁刀也能破解；机灵点儿的则可以把螺丝拨开，不造成损伤，也不留下痕迹。）

在碰到屋里的任何东西之前，我先把屁股口袋里的塑胶手套拿出来戴上。然后我便锁上门，拉上门链，四处仔细看了一遍——或者说，在袖珍手电筒的光下尽可能仔细地看了一遍。我所在的是用作办公室和客厅的房间，两面墙边排满了书柜，第三面墙边摆着档案柜。书柜顶着天花板，而在档案柜的顶部，我看到了几十张裱在黑框里的照片和信件。

这就是安西亚·朗道工作的地方。我可以看到她坐在书桌旁抽烟（烟灰缸里高高地堆着烟蒂），喝咖啡（她十二盎司的马克杯上写着："让我休息一下"），用烟头烫电话线。而且我也可以想象，她坐在安妮女王式靠背扶手椅上，两脚搭在配套的矮长椅上翻阅手稿，背后亮着一盏漂亮的阅读灯。手稿中一定包括了格列佛·菲尔伯恩早年的作品，从他惊人的处女作《无名之子》，到最后一本由她代理的书《牺牲的天分》。

告诉你吧，我还真觉得非常刺激。不过其实每次都一样，只要我让自己进入别人的住所或者办公室，通过所有旨在防范本人入侵的措施之后，一定会有这种感觉。行窃所得可以支付我的房租，确保拉菲兹的猫粮不断，不过对我来说，这可不仅是用来糊口的活儿。这是召唤，这是神圣的天职。十三四岁时，我第一次钻进某个邻居的牛奶滑道时感受到的刺激还未完全消失，而且，每次闯入私人空间我都能重新捕捉到那股狂喜。我天生是贼，上帝助我，而且我乐在其中。我一向都是个贼，而且永远不会改变。

不过，即使以合法的形式被这个房间的住客迎进来，我也会惊喜交加。和所有满怀心事的美国半文盲青少年一样，我也曾沉迷于《无名之子》中，被这本书彻底洗礼，认定书中饱受折磨的主角阿切尔·曼纳林是我无法见面的终生挚友，相信那个冗长的故事是他讲给我一个人听的。

就在这儿，在这个房间里，那时还很年轻的安西亚·朗道念了《无名之子》的开头几页，马上发现这是美国小说再次崛起的重要声音。她一口气看完此书，中途给某个出版商打了一通电话，表示她手上有本书，他一定要读一下。

剩下的就是出版界的历史了，一切都是从这儿开始的，就在这个房间里。

这是一个烟雾弥漫的房间。许多人都戒了烟，而且，这种嗜好在许多公共及私人场所都遭到禁止，所以我还真不习惯闻到烟味。嗯，在路上是偶尔会闻到飘来的烟味，饶舌酒鬼里也总有几个人吞云吐雾，不过这里可不一样。安西亚·朗道自从住进来的那一天就开始吸烟，这个习惯一直保持到现在。何况,她可从没躲到楼梯间里,她就待在家里像只烟囱一样猛抽。

如果我再碰到艾西斯·戈蒂耶——上帝保佑还是免了吧——她可不能张着鼻孔指认我不抽烟了。很难说我的衣服到底吸附了多少烟味——因为现在我就站在烟雾之中——不过看来是不可能不沾烟味就逃出去了。

混在烟味里的还有另一个味道。两种味道完全不同,却似乎来自同一个地方,而且我虽然觉得另一种味道非常熟悉,却又无法确定究竟是什么。

不过我为什么站在这里拼命嗅着味道,活像一只把头伸出汽车窗外的狗呢?行窃固然刺激,不过如果被当场逮到的话,满足感可是会大打折扣。

我直接走向第二个档案柜,标出F—G的顶层抽屉没上锁。我一手拿着手电筒,一手迅速翻过档案夹。有两份装满资料的E档案——佛斯特·伊文以及奥利佛·伊斯力,接着是F开头的高登·费迪曼,以及朱利安·法夫纳。如果这些人是作家的话,我想道,他们可没有出名的成功作品,因为我一个都没听说过。然后便是罗伯特·克兰·法梅尔,这个人我知道,我的特价书桌上还摆了他的一本书。除非有人把那本书买下来或者偷走了,不然它应该还在那里。

我继续搜索,因为搞不好格列佛·菲尔伯恩的档案就在里面,只是放错了位置,不过没找到,而且我也不太惊讶。天下哪有这么容易的事,对吧?

想翻出菲尔伯恩的档案得多费些神查找才行，我便做了或许一进来就应该做的事。我摸到了卧室，确定这间套房里除了我以外，一个人也没有。

卧室门开了一条几英寸的缝。我缓缓推开门，走进去。这里的窗帘也拉上了，我的手电筒已经关上，所以房间里就像母牛的肚子里一样漆黑一片。和套房的其他地方一样，这一间也弥漫着刺鼻的烟味。

烟味遮住了其他味道——晚霜、扑面粉和古龙水组成的味道。而另外那股异味在此处越发明显。我皱起了鼻子，仍然无法断定那是什么气味。

也许菲尔伯恩的档案就在床头柜上。我希望这个念头是真的，当然——我想一把抓起档案尽早走人——不过这个愿望也并非遥不可及。朗道很可能坐在床上，一边啜饮热巧克力，一边凝神细看她最知名的客户寄来的信。她有可能用记忆取暖——不然就是用想起那些信札即将带来的钱来取暖。

我很肯定此处空无一人——我没听到呼吸声，没发觉有人——尽管如此，我在打亮手电筒前还是用另一只手遮住了光源。

然后急忙关上了，我在枕头上看到了一颗长着白发的脑袋。

我静静地站着，屏住呼吸，专心倾听是否有任何声响证明我打扰了她的好梦。我听不到一丝声响，便倒回卧室门口,踮着脚尖,踩着碎步,诚惶诚恐地不发出半点声响。如果档案就在她的床头柜上——只不过我没看见,而且连她是否有床头柜都没注意到——如果真的在那儿的话,那就让它留在原处吧。我可不打算冒险吵醒这位女士。要是她睁开眼睛看到我的话,有可能被我活活吓死;如果她放声尖叫,我可能会被她活活吓死。

回到另一个房间后,我走向书桌,开始主攻抽屉。总共有七个,两边各三个,中间一个。我一一打开,直到找到上锁的那一只。值得上锁的抽屉通常恰恰是最值得费事撬开的那一个。

书桌抽屉的锁对我来说从来都不是挑战。如果灯光昏暗,你又戴着手套,而且不想制造一丝声响的话,是会麻烦一些,不过对我来说还是小事一桩。

我希望里面最好没有枪。上锁的书桌抽屉里通常可以找到一把手枪,如此一来,如果屋主需要自卫的话,他就得从钥匙放在哪儿开始找起。

我对枪从来没有好感,尤其讨厌藏在书桌抽屉里的枪。它们放在这里的目的就是要方便主人枪决小偷,我对这一点不敢苟同。光是想到这一点我就恨得牙痒痒。

我打开抽屉,没在里面找到枪,不过也没找到菲尔伯恩的档案。我关上抽屉,如果时间充裕,我会把抽屉锁好,不过这次我没有。我把其他抽屉打开又关上,只是迅速瞥了一眼里面的东西,没有找到菲尔伯恩的信件,也没找着什么枪,而且——

火药。

我闻到的正是这种味道。火药,无烟硝化甘油,随你怎么称呼。我闻到了你在刚刚发射过子弹的房间里会闻到的那种味道。我终于闻出来了,刚才在卧室里的味道还要更浓,我也没听到呼吸声,可是以她抽烟的量来说,她的呼吸声应该很响。我又回到卧室,这一次我比较在乎速度,而不是声响。我直接走到床边,还是听不到呼吸声,在这种距离之内,就表示根本没有声音可听。

我伸出一只手去摸她的前额。

她死了。虽说不是正常体温华氏九十八点六度,但也没降到室温。她没死多久,不过我在触摸到她以前也已经猜到了。如果她已经死了一段时间的话,我在这个小房间里闻到的可就不仅是硝化甘油和烟味了。

我不是告诉你了吗?心里有个声音不停地唠叨着,我不是说了让你放弃今晚的任务吗?我不是说了要你赶紧拔腿跑吗?可你听进去了吗?你有哪一次听进去过吗?

我现在是在听,不过不是在听心里的声音。我在听房间外面的声音,走廊上的声音。我可以听到脚步声,而且必须要很多只脚才能发出那种声音,而且一定是扁平足①。我还听到了人声,听到有人在敲门喊叫。听不出他们在说

---

①此处原文为 flat feet,直译为扁平足,英语中指警察。

什么，不过我觉得不会是我想听的话。

这时有人正在猛敲我的门——呃，朗道女士的门——喊着"警察！"还有"开门哪！"我早就知道是警察，开门可是我最不想干的事。

我拉开窗帘，往窗外看去。没有逃生梯，街道在下面很远的地方。

我听到锁孔里的钥匙声，卡尔的万能钥匙，然后锁便转动起来。等门开了个缝时，我还在卧室里，链锁挡住了他们，我藏在拉下的窗帘后面摸索。啪的一声，我推开窗户，感谢老天以及圣狄司马斯①，外面有个逃生梯。

我爬上梯子，正当我把身后的窗户关上时，只听见他们哗啦一声破门而入。

---

① 圣狄司马斯（St.Dismas），《圣经》中的善贼。

5

我没在逃生梯上等待时机。一路经过四楼和五楼亮着灯的窗户,亮着灯不一定表示里面有人,不过我可不想浪费时间去凑近观察。我继续走,直到在三楼找到一个漆黑的房间。窗户关着,不过没上锁,于是我便开了窗,从窗台上爬进去,在身后拉上了窗。

我拉上窗帘,打开灯,花了点儿时间喘口气。这个房间住了客人——根据化妆台上的那排化妆品来看,房客是女性或者男性易装癖者——不管是谁,她已经出门去找乐子了。除非她突然思乡病发作要径直奔向机场,不然迟早会回来的。所以我不能在这儿无限期地耗下去,不过眼下,我可以安枕无忧。

安枕无忧,而且是在别人的卧室里。这种情况激发了我的第二天性——四处寻觅可偷之物。我刚刚非法进入这个领地,很显然,我不属于这儿。但既然人在这里,何不顺手拿点儿什么呢?

譬如说，项链和耳环。

如果我不该偷的话，它们又为什么摆在光天化日之下呢？我是说，它们就搁在化妆台第二个抽屉，塞在胸罩和内裤底下掌心大小的珠宝盒里。呃，也许这不完全叫光天化日之下，不过……

每只耳环上都大大方方地镶嵌着一枚一克拉左右的红宝石，周边镶着钻石碎片。项链上的红宝石更大——我猜有三四克拉。哇，这一圈红宝石真像假的呀！但我手边没有珠宝商的眼窝放大镜，也没时间仔细瞧，不过依我看，它们应该是真品。颜色很漂亮，没有明显的瑕疵。而且是镶在黄金上，至少有18K，或许是22K也说不定。

如果是赝品的话，这些宝石应该会更大。再说，谁会把假红宝石镶在足有22K的黄金里？对我来说足够真了，若真如此，今晚就还算小有收获。

毕竟，我有笔投资需要回报。我用了不止六百美元付房费。格列佛·菲尔伯恩的信不见了。有人抢先我一步，而且还杀了那个女人以便拿到信。我今晚过得很糟，而且这一晚还没过完，所以为何不抓住机会捞点儿小利呢？

可话又说回来，我即将穿过挤满警察的大堂。我是登记在册的客人，把钥匙丢上前台走出大堂并不会引起怀疑。我的行李大可留在四一五号房间，直到酒店的女服务员打扫房间时帮我一一收起来。我也许在袜子和内衣上遗留了几个指纹，不过那又怎么样呢？谁会不辞劳苦地在空房间里撒灰找指纹呢?再说,帕丁顿酒店的客房整理一向漫不经心,他们搞不好还会找到一整套,从我一直追溯到斯蒂芬·克兰。

所以我现在该怎么做?把红宝石摆回原位,就这么丢下它们吗?

我朝它们看了最后一眼,叹了口气,然后咔嗒一声关上盒子。这样大小的盒子轻轻一滑就能掉进口袋,难道这不是在明显地暗示什么吗?

应该是的。

我出了房门,感谢上帝,走廊里空无一人。我走过电梯,取道楼梯。走到最后一截楼梯下面,我穿过一道没上锁的门,步入挤满了人的大厅,其中很多都穿着蓝色制服。其他人则是平民,想在此处闲晃,直到弄明白这一切骚乱的原因,一些巡警在敦促他们赶快离开,让他们别多操心了,管好自己的事。这正是我的计划,而我自己的事便是赶快逃跑。

我既没有偷偷也没有摸摸,尽可能地闲庭信步,一手攥着房间钥匙,往外走时经过前台,然后——

"就是他!"

我上回听到那个声音——低低的,有点儿沙哑——的时候,觉得它既讨厌又诱人。现在,那个声音提高了很多个分贝，语气急迫。声音的主人——大胆三原色的图案——距我只有几码之遥，正举着一根手指指向我。

"我看到的那个男人就是他，"她继续说，"他在六楼鬼鬼祟祟的，从一道锁着的门里走出来，而且又说不清自己是从哪儿来的。撒了一个接一个的谎。"

而你今天下午走进大堂，我想着，和你一起的那个男人老得可以当你爸爸，虽然我有理由相信他不是。可我把这件事四处张扬了吗？

她的蓝眼睛亮了。"他的名字叫彼得·杰弗里斯，"她说，"他是这么告诉我的。我怀疑那不是他的真名。"

"差不多了。"卡尔·皮尔斯伯里说道，带着一点儿我先前没注意到的南方口音，然后我才想到，他是为了这种场合特意装出来的，就像上台表演一样。"他有入住登记，"他继续说，口音很有说服力，而且丝毫不让人感觉夸张，"住在四一五号房，名字叫杰弗里·彼得斯。"

你染了头发，我想道，而且看上去再明显不过了。可我说过半个字吗？

"你们两个都搞错了，"一个我认识的声音说道，"这一位与本案无关，不过如果他在这儿入住的话，那就有嫌疑了，因为他在西端大道有个很不错的住处。这一位不是别人，正是罗登巴尔太太的儿子伯纳德。怎么了，伯尼，不打算打个招呼吗？"

"你好，雷。"

"'你好，雷。'听起来一点儿都不真诚。"

"我很真诚啊。"

"哦，好吧，说得也是。你不会很高兴见到我，这一点我可以理解，不过总比看到哪个你根本不认识的人要好吧。咱们现在就去市中心给你按指纹，然后你就可以打电话给沃利·亨普希尔，请他去帮你办理保释手续，咱们迟早能把事情弄明白。每次都能，对吧？"

"雷，"我说，"你没理由把我送去警察局。"

"你是在开玩笑吧，伯尼。"

"戈蒂耶小姐说我没办法交代我的行踪，"我说，"有法律规定我必须交代吗？必须跟她交代吗？我可没问她在六楼干什么，她又有什么权利问我呢？"

"我住在那儿。"艾西斯说。

她那身打扮的配色看起来真眼熟——倒不是因为我前不久刚刚在六楼走廊看见过。我一眼瞥见壁炉上方那幅霍瓦特的画，才恍然大悟。她的裙子和它的帽子是相同的蓝色，她的短外套和它的小外套相配，而她的衬衫和它的威灵顿靴子是一样鲜亮的黄色。不可思议，而且她的肤色虽然和它毛皮的棕色不完全相同，却也非常相近了。

"只因为我以往的记录，"我说，"再加上你从来不相信我已经改邪归正——"

"你没有，"雷说，"一分钟也没归正过。"

"——你就以为我在那儿鬼鬼祟祟地要偷什么东西。

好吧，就算我有过那种打算，你也不能因为某个人起了贪念，就把他吊死或者送进监狱吧。我什么都没拿，身上也没带盗窃工具。你不必相信我说的话。你可以搜身。"

"会的，"他说，"等我们把你送到警察局以后。这一点你大可放心，伯尼。"

"搜的时候，"我说，"我保证你什么都找不到，这一点你也大可放心。不过你到底已经掌握了什么呢？我刚好住在我登记入住的酒店里，这算是什么罪名呢？"

"你登记的是假名。"

"那又怎么了？除非我想骗酒店老板的钱，用假名登记可不能算犯罪。我已经预先付清了现金，雷。如果你打算白住，你通常不会事先付钱吧。这一点我是清白的。"

"要知道，"他说，"你还真会帮自己洗清罪名呢，伯尼。你真他妈的是个天才啊。如果只是有人举报说看见你鬼鬼祟祟，如果你真的没有随身携带撬锁工具，身上也没有赃物的话，我也许只能放你走。不过，六楼有个房间里死了个女人，而且看起来是死于他杀，而你正巧被人看到出现在六楼，所以，你说这会让人怎么想呢？"

"会让人觉得此事纯属巧合，"我说，"不管出了什么事，都跟我没关系。我现在只想回家。你没理由扣押我，我对自己的权利一清二楚。"

"你当然清楚，"他说，"也该清楚了，你都听过多少次了。不过以防你的记忆生锈，我还是再念一遍吧。你有权保持沉默。你明白吧？"

"雷，我——"

"嗯，你很明白。你有权聘请律师。你明白吧？嗯，这一点你也了解……"

6

我想我应该从头讲起。

事情发生于一个星期之前——在一个人人向往的完美秋日午后。纽约经历了漫漫长夏的折磨，一直被一层残酷的热浪笼罩着，刚刚被一股从加拿大吹来的清凉空气拯救出来。

当然了，我的店里装了空调，所以就算天热得像地狱一样，这里也不至于太糟。只不过，虽然店里还算得上舒适，但热浪的确可以降低大众逛书店的热情，所以一个星期以来，生意都很萧条。

凉爽的天气把泡书店的人带回店里。书店从开门起就有人光顾，而且每隔一阵就有人买本书。我对此当然很高兴，不过就算没有生意上门，我也不能说自己真的在乎，因为从某种意义上说，其实我不在店里。我正身处几千英里以外委内瑞拉的丛林里，和勇猛无畏的雷德蒙·欧汉隆[①]在一起。

更清楚地说,我是在念关于寄生鲇的书,这种动物又叫牙签鱼,是一种寄生在大型鱼类的鱼鳃以及排泄物中的小型鲇鱼。我读过欧汉隆早期的书《进入婆罗洲的心脏》,所以在一大袋书里发现《祸不单行》时,便把它抽出来,打算看完以后再上架。

我正在读这本书,坐在我认为专属于书店的怡人宁静之中。突然,一只手搭在我的胳膊上。我抬眼看向这只手的主人,是个女人,身材窈窕,黑头发,二十八九岁,鹅蛋形的脸上挂着一张写满关心的面具。

"我不想打扰你,"她说,"不过你还好吧?"

"很好啊。"我说。看来她没能打消担心,而且我知道原因所在。就连我自己都听得出我的声音缺乏说服力。

"你好像……很焦虑,"她说,"好像有点神经紧张。"

"为什么?"

"因为你发出的那种声音。"

"我发出的声音?我没注意啊。可能像说梦话一样吧,我猜,只是我没睡着。"

"是的。"

"这本书我看得太投入了,搞不好就像在睡觉一样。我发出了什么声音?"

[①]雷德蒙·欧汉隆(Redmond O'Hanlon, 1947—),英国作家,学者,以丛林游记闻名。

她侧过脸，我才发现她是个非常迷人的女性，比我原以为的年龄大几岁。三十岁出头吧，我猜。她穿着紧身牛仔裤和男式白衬衫，棕色的头发往后梳成一条马尾，所以乍看之下比实际年龄要小。

"困惑的声音。"她说。

"困惑的声音？"

"我想不出别的词来形容。好像是'啊呀呀'。"

"啊呀呀？"

"没错，不过比较像是：'啊——呀呀！'类似于被人绞死前发出的声音。"

"哦。"

"你说了两三次。有一次你还说：'哦我的天哪！'好像吓得灵魂出窍了。"

"呃，"我说，"我记得曾经想过这些话，啊呀呀和哦我的天哪。不过我根本不知道自己已经大声说出来了。"

"我明白。"

不过我看得出来，她不明白。她像个研究病人的医生似的，饶有兴致地盯着我看，而且这姑娘太过迷人，我可不能让她以为我有毛病。"这里，"我说着，把欧汉隆的书递给她，"就在这里，我指的地方。你读一下。"

"读？"

"请你读一下。"

"哦，好吧。"她清清喉咙，"'在亚马孙河上，如果你喝了很多水，然后又不小心在游泳的时候小便，随便哪只无家可归的寄生鲇——'寄生鲇？"

我点点头。我本意是让她默念这段，而不是大声朗读出来，不过我想不出该怎么礼貌地告诉她。而且她很擅长朗读，声音洪亮迷人。其他顾客原本就因为我发出的声音和我们的谈话而竖起了耳朵，这会儿都已经停下了手边的事，打算听她念完。

"'随便哪只无家可归的寄生鲇'——希望我没读错——'受到尿味吸引，就会把你当成大鱼，兴奋地逆着你尿酸流动的方向游去，如同虫子回到洞里一样进入你的尿道，然后张开它的鳃盖，竖起一组倒刺'……倒刺？'此时你便无计可施了。这种疼痛显然是致命的，你必须在膀胱进裂以前就医，而且必须找个外科医生割下你的阴茎。'"

她合上书，一脸困惑，把书放在我们之间的柜台上。她正放下书的时候，其他的顾客开始慢慢地移步离开书店。有个男人真的用手护住鼠蹊部。其他人似乎没他那么戒备森严，不过也下决心尽快甩掉自己也会遇到这种怪物的可怕念头。

"真恐怖。"她说。

"不会有人因此想搭下一班飞机到亚马孙河去。"

"或者到任何一条河里去，"她说，"或者踏进浴缸里。"

"有可能让你根本不敢下水，"我表示同意，"我可能从此就不喝水了。"

"这不能怪你。不过那到底是什么意思?"

"哦……"

"不是'阴茎',傻瓜。'一组倒刺。'"

"我想应该是类似渔钩上的装置吧,"我说,"意思是因为被倒刺固定住了,鱼儿没法循原路返回去。"

"我刚才就这么想,不过还真长了这种东西啊。这个想法真叫人毛骨悚然,对吧?你脸上刚刚露出了一个真正的啊呀呀的表情。"

"是吗?我可不惊讶。因为这种事的确让人啊呀呀。"

"没错。这应该是每个男人的噩梦。不过不知道对女孩来说感觉如何。"

"女孩?"

"我说错什么了吗?你更喜欢女人吗?"

"比世上的任何东西都喜欢,"我说,"这也是为什么我永远也不想碰上寄生鲇。不过我刚才实在是不够礼貌。不管你怎么称呼,女孩或者女人,我想寄生鲇对她们都没什么可怕的。"

"你面前的这一位是不怕,"她说,"因为她可没打算和那样可怕的动物身处同一块大陆。不过女孩也游泳,跟男人一样。而且我们有时候也会在游泳池里尿尿,希望没有打破你的幻想。"

"真是晴天霹雳。"

"好吧,欢迎面对现实,先生……我不知道你的名字。是巴尼嘉吗?"

"罗登巴尔。伯尼·罗登巴尔。"

"伯尼是巴尼嘉的简称吗?"

"是比巴尼嘉简短,"我说,"不过这是伯纳德的简称。巴尼嘉灯塔是泽西海岸一处利泽尔先生以前常去度假的地方,所以他开书店的时候就用了这个名字。"

"所以这是他的店喽。"

"已经不是了。几年前他转卖给我了。"

"所以你的名字叫作伯尼·罗登巴尔,我叫爱丽丝·科特雷尔。我们刚刚说到哪儿了?"

"你正欢迎我面对现实,还告诉我你会在游泳池里尿尿。"

"永远不会了,"她发誓说,"我连根脚趾都不会浸到池里去,以防万一里面有只寄生鲇。谁敢保证没有呢?我看那是某种鱼吧。"

"牙签鱼。照欧汉隆所说,是一种鲇鱼。"

"总有人会从南美带鱼过来,"她说,"热带鱼,有些人喜欢养在水族箱里。"

"是的。"

"而且搞不好有人会进口一些寄生鲇,混在一船脂鲤科观赏鱼和月白攀鲈鱼里呢。"

"月白攀鲈鱼的产地是在亚洲。"

"那就混在脂鲤科观赏鱼里好了。你确定月白攀鲈鱼的产地在亚洲？"

"没错。"

"你养热带鱼吗？"我摇摇头。"那你怎么会凑巧知道这种生僻的知识？"

"我开书店，而且没事就会拿本书翻看，这种诡异的知识总会卡在我脑子里，难以抹去。"

"就像卡在尿道里的寄生鲇，"她说，"它们有可能跟着一船的鱼来到宠物市场，有可能跑到某人的水族箱或者户外泳池里，还有可能被人放生了。这里的水对它们来说或许太凉，不过如果把它们放生到佛罗里达呢？"

"你说服我了，"我说，"我永远不会再去游泳了，而且一辈子都要跟佛罗里达保持距离。不过对你们女孩——或者女人——来说，又有什么危险呢？我知道你们会小便——虽然据我所知，你们必须得坐下来才——"

"游泳的时候可不用。"

"可你们又没有阴茎，所以哪儿来的问题呢？"

"你是说根本没有东西可让外科医生割掉。"

"对。"

"你真该看看你的表情。你连外科医生都不愿提，对吧？"

"不是非提不可吧，是的。"

"我们没有阴茎，"她说，"不过我们会小便，而且我们有尿道。而且牙签鱼也有办法游到那里头，找个它愿意当成家的地方安顿下来，那女孩该怎么办？总不能跑到外科医生那里去，'把它割掉！求求你了，在我的膀胱爆掉以前，赶紧割了它！''抱歉，办不到，因为你没长那玩意儿。'"

"哦。"

"你懂我的意思了吧？"

"说好了，"我说，"咱们俩永远别去找外科医生。"

"好的。"

"而且也不要到琼斯海滩①去。"

"这也没问题。"

"而且咱们永远不要再谈论这件事了。"

"太好了。"

她唇边留着一抹尚未消失的笑容，棕色的眼眸闪着淘气的光。谈话的焦点集中在寄生鲇这类可怕的东西上，你可不会期望能起到什么调情的效果，不过我们的谈话似乎真有这种效果。也许从我们的话里看不出来，不过这场谈话的笔录可不会包括瞟来瞟去的媚眼和扬起的眉毛，外加偶尔加重的语气以及不时出现的身体语言的细微暗示。没错，就是调情，而且我不希望结束。

"不过我们总得谈些什么，"我继续说，"别管我在看

---

① 琼斯海滩（Jones Beach），纽约市拿索郡一处海滩公园。

的书了。你在看什么？"

"事实上，"她说，"这本也是你的书。我刚从书架上拿下来，还没买呢。"

"你可以买下来，当然了。如果你不想和它分别的话。"

她把书放在柜台上，我马上认出了那本书。是格列佛·菲尔伯恩的《无名之子》。

"这本书大概一个月前才进货，"我说，"我忘了我有没有标价了。是三十美元吗？"

"标价三十五美元。"

"如果你想要的话，"我说，"也许可以砍到三十美元。"

"如果我真的努力砍价的话。"

"没错。"

"这不是初版，对吧？"

"三十美元或者三十五美元的价格？不太可能吧。"

"不过就一本不是初版的书来说，这价钱太高了，对吧？如果我只是想读一读，完全可以买本平装版。这书还有平装版吧？"

"多着呢。这本书自从第一次面世以来就一直在加印。"

"对菲尔伯恩先生来说是件好事。"

"我不知道这书每年的销量是多少册，"我说，"也不知道他的版税怎么算，不过我同意这对他来说是件大好事。可这是他应得的，你不这么认为吗？这本书很精彩。"

"改变了我的一生。"

"很多人都有这种感觉。我十七岁的时候读了这本书,当时还真可以发誓说这本书改变了我的一生。而且现在看来,搞不好是真的。"

"改变了我的一生。"她直截了当地说,用食指敲了敲书,"没有封套了。"

"没有。"

"不过还是可以帮你赚到三十五美元。"

"哦,还没有,"我说,"不过我活在希望里。要是这本书有封套的话,我会把它拆下来,等到拿到哪本没封套的初版书时再套上。也可以分开卖,封套本身值两百美元,或许还要多一些。初版书有和没有封套,价格就是差这么多。"

"这么多啊?"

"原本应该更多的,"我说,"是因为后来这种加印书也带封套,价格才落下来的。封套长得都一样,至少前十次印刷都是如此。然后他们就开始在封底印上书评和摘抄了。你想知道这本书为什么叫价这么高,原因就在于这是初版加印的,如果有人想要初版却又买不起,这本自然可以用于收藏。毕竟,这本跟初版书唯一的差别只是版权页上没印'初版'而已。上面写的是'第三次印刷'什么的。"

"实际上是'第五次印刷'。"

我翻到她说的那一页。"没错。如果你只是想看内容的话,莎士比亚书店就在几个路口以外的百老汇大道上,他们有五块九毛九的平装本。不过如果你想买本接近初版的书,可又不想出一大笔钱……"

"到底是多大一笔钱?"

"《无名之子》的初版吗?我接手这家店以后没多久就拿到了一本。是跟一堆货一起进来的,我发现那是本什么书之后好好感谢了一番上帝。那时我标价两百美元,就当时来说都嫌太低了,不到一个星期我就卖给了第一个发现的人。让他赚到了。"

"你没回答我的问题。"

"没,还没有。格列佛·菲尔伯恩的初版书叫价多少呢?这要视书本身的品相而定,当然,再加上有没有封套,还有——"

"书的品相完美,"她说,"封套完整无缺,也非常完美。"

"我最近一次在收藏书目录上看到的标价是一千五百美元,"我说,"听起来应该差不多——如果书和封套的品相都很完美的话。"

"如果书里有题字呢?"

"你是说作者签名吗?因为如果所谓的题字是'祝蒂米十七岁生日快乐,爱你的内杰拉姑妈',可不会因此涨价。而且恰恰相反。"

"我会让内杰拉姑妈保留她的祝福。"

"或者轻轻地用铅笔写下来,"我说,"格列佛·菲尔伯恩的签名很少见——在这个动不动就开大型新书签售会的时代还真是个异数。你可不会看到菲尔伯恩在电视购物频道叫卖他的签名书,或者拿支笔搭喷气式飞机做全国巡回旅行。事实上你根本没机会见到他,而且以我为例好了,我就算看到他,也认不出来。他从来没接受过访问或者公开过照片。没有人知道他住在哪里,长什么模样。而且最近几本书出版之前,还有人谣传说他已经死了,说他最近出的书都是别人代笔的。据说是 Y.C.安德鲁斯,那口吻简直是不容置疑。"

"不是埃利奥特·罗斯福[①]吗?"

"可能是任何人。总之,有人用电脑做了文本分析——就是那个记者用来证明是乔·克莱恩[②]写了《原色》的那套方法——宣称菲尔伯恩的书确实是他本人写的。不过他从来没签过名。"

"要是他签过一本呢?"

"但又怎么证明真是他签的呢?要在扉页上草草写下'格列佛·菲尔伯恩'也不难,尤其是几乎没有人见过他的亲笔签名。"

[①]埃利奥特·罗斯福(Elliott Roosevelt, 1910—1990),美国空军军官,作家。
[②]乔·克莱恩(Joe Klein, 1946—),美国记者,专栏作家,小说家。《原色》为一部匿名发表的政治小说,克莱恩于一九九七年承认此书为自己的作品。

"如果签名是真的,"她说,"而且假设是像我刚才说的那样——不仅是签名书,上面还有题字。"

"说的是什么小蒂米生日快乐吗?"

"说到了譬如'给小爱丽丝——黑麦的威力／胜过弥尔①的麦酒／叫世人知道错不在己'。永远爱你,格利②。'"

"格利。"我说。

"对。"

"那我猜你就是小爱丽丝。"

"反应很快嘛。"

"大家都这么说。所以你提的不是假设性问题。你有那本书,而且可以确定签名是真的。"

"对。"

"把题字再跟我讲一次吧。"她重述了一遍,我点点头。"他这是在引申霍斯曼③的诗,对吧?'要领悟上帝的裁决／麦酒更胜弥尔顿。'我以前有个朋友在灌下第四杯啤酒之前一定会背诵这两句。不幸的是,从第五杯到第十二杯他都会一再引用,所以听得还真有点儿腻。'黑麦的威力更胜弥尔的麦酒'——为什么单挑黑麦酒来说呢?"

"他只喝这种酒。"

"他应该找点儿比这更好的酒来喝,对吧?因为《无

---

①弥尔意指《失乐园》的作者弥尔顿。
②格列佛的昵称。
③霍斯曼(A.E.Housman, 1859—1936),英国著名诗人和古典文学学者。

名之子》隔了这么多年还在出版,到底有多少年了?"

我还没来得及翻阅版权页,她已经回答了:"大概四十年。他写那本书的时候二十四五岁。现在他已经六十出头了。"

"如果电脑分析没错,而且他还活着的话。"

"他还活着。"

"而且你……认识他?"

"以前认识。"

"而且他还在书里题了字送给你。嗯,说到这本书的价值呢,我也只能凭猜测。要是这本书到了我手里,我会找几个专家看看能查出什么。我会先确定笔迹是真品,然后也许会把书寄存给哪家拍卖公司,看看接下来会发生什么。要我估价可真是强人所难。起码两千多美元吧,甚至有可能高达五千美元。取决于出价者,以及他有多想要这本书了。"

"也要看是否有人竞标。"

"正是如此。而且如果你有知名度的话,也不错。爱丽丝·沃克[1],譬如说,或者爱丽丝·霍夫曼[2],或者甚至是爱丽丝·罗斯福·朗沃斯[3]。这可就成了同仁赠书,对收藏家来说就更特别了。"

---

[1] 爱丽丝·沃克(Alice Walker, 1944—),美国作家,诗人,社会活动家。
[2] 爱丽丝·霍夫曼(Alice Hoffman, 1952—),美国小说家,儿童文学作家。
[3] 爱丽丝·罗斯福·朗沃斯(Alice Roosevelt Longworth, 1884—1980),美国作家,第二十六任美国总统西奥多·罗斯福的大女儿。

"我明白。"

"话说回来,题字本身就挺有趣的。他为什么会签下名字?当初你又是怎么碰到他的?另外,呃……"

"怎么了?"

"哦,这可能是个很傻的问题,不过你确定为你签名的那个人就是格列佛·菲尔伯恩吗?因为如果从来没公布过这个人的照片,而且又没人知道他住在哪里,长什么样……"

她善解人意地微笑起来。"哦,就是格利没错。"

"你为什么这么肯定?"

"我可不是仅仅碰巧在某家书店遇到他,"她说,"我和他同居过三年。"

"你和他同居过?"

"三年。依你看,我的书可以算是留念本了吧。因为我和他的确有交情。"

"什么时候的事?"

"很多年前,"她说,"我二十三年前搬过去,然后——"

"这么说,你当时还是个孩子,"我说,"他收养了你?"

"当年我十四岁。"

"你三十七?我原以为你三十出头。"

"你真会说话。我今年三十七岁,十四岁时碰到格利·菲尔伯恩,十七岁那年我们分手了。"

"那么你们,呃……"

"是的。"

"不是在开玩笑吧,"我说,"你们是怎么认识的?"

"他给我写信。"

"你给他写信,然后他给你回信了?这可真要跌破众人的眼镜。三十几年来,所有美国多愁善感的十七岁孩子都读过《无名之子》。其中一半给菲尔伯恩写过信,但从来没有人收到过回信。全世界的人都知道他从不回信。"

"我知道。"

"可他回了你的信?该死,你那封信一定写得很好。"

"没错。不过是他先写给我的。"

"啊?"

"我很早熟。"她说。

"这我相信,"我说,"问题是格列佛·菲尔伯恩怎么会知道你早熟,他怎么会知道你?又怎么会想到给你写信?"

"他看过我写的东西。而且不是信。"

"哦?"

"我看了《无名之子》,"她说,"不过当时我不是十七岁。是十三岁。"

"哦,你已经说过你早熟了。"

"很多人都对那本书印象深刻,尤其是那些在敏感的青少年时期读过的人。它的确让我印象深刻。我一度真的相信格列佛·菲尔伯恩是以我为原型写了那本书呢,也想过要写封信给他,但是没有写。

"不过,两个月以后我写了篇文章,把它当作作业交了上去,把老师高兴坏了。不难了解为什么,其他人顶多只能挤出两三页语法不通的作业,'我的暑假'之类的陈词滥调。我交上了一篇七千字的议论文,里面充满了青涩的哲学见解和一知半解的灵魂探索。"

"然后你的老师把文章寄给了菲尔伯恩?"

"我敢说这一点她想都没想过。她做了更离谱的事。她把文章寄给了《纽约客》。"

"真的吗?"

"没错。不可思议的是,他们居然没退稿。我原本给文章取名叫《我是如何度过非暑假的》,想制造一种反讽效果。他们把题目改成了《一个九年级学生眼中的世界》。"

"天哪,"我说,"你就是那个爱丽丝·科特雷尔。"

那篇文章造成了轰动,为这位小作家赢得了不少注目。她享有十五分钟的名气[1]——埃德加·李·霍瓦特在那篇文章发表前不久刚刚阐述过这个现象——被评为当月

---

[1] 成名十五分钟理论,事实上是由美国波普艺术的开创者安迪·沃霍尔(Andy Warhol,1928—1987)提出的。

所有专栏的最佳文章。之后，当骚动平息下来的时候，她收到了用紫色信封寄来的信。

信被打字机打在相同颜色的信纸上，而且洋洋洒洒地用单倍行距写了三页。开头是针对她的文章所写的答复，算是篇回复性的文章，不过到了第二页中间，文章便渐渐跑了题，充满了这位中年作家对生命以及宇宙的思考。

她几乎从第一句话就认出了作者是谁，尽管如此，当她看到签名时还是感到无法呼吸——格列佛·菲尔伯恩，漂亮而流畅的手写字迹。而且，在签名下面还有个位于新墨西哥州特苏基乡间路上的地址。她查阅了地图，发现那个地址就在圣达菲①北边。

她写了回信，小心翼翼地避免表现出被喜悦冲昏了头的样子，他的答复也跟着回信到来。他告诉她，他目前暂时住在特苏基镇旁的一幢有三个房间的印第安式小屋里，房子是幢随手盖成的泥砖屋，没有建筑蓝图，但非常舒适，他写道，最美好的事物通常不都是自然发生，未经计划的吗？他是在没有大纲、没有故事主线、甚至连自己在干什么都不知道的情况下写出了《无名之子》，结果却比他任何精心计划的故事都写得更好。

他的信戛然而止，没有任何邀请她来访的暗示。她立刻回信告诉他，他的小房子听起来很迷人。如果真有机会

---

①圣达菲（Santa Fe），美国新墨西哥州首府。

造访,她写道,她确信那幢房子看起来会很眼熟,就像她曾在隐约记得的前生住过一样。

这一次的回复比上一封花的时间要久一些。信只写了短短的一页,完全没提两人先前谈过的任何事情,只写了他一个邻居养的两只混种狗。他说,两只狗虽然脾性各异,其中一只远比另一只更爱冒险,不过它们却从不分开。看完信后,她根本搞不清是否真有这样两只狗,不知道它们是否只是他为两人的关系而编造出来的故事,算是个小小的寓言,但用意不明。这封信就像之前的信一样,打在紫色信纸上,封在紫色信封里。里面还附着一张从纽约飞到阿尔柏克基①的机票。

四天后,她登上了飞机。飞机降落时,他等在出舱口。两人都没看过对方的照片,不过视线一接触,他们就认出了彼此。他高大而瘦削,肤色黝黑,相貌英俊。他们一起等待她的行李箱出现在传送带上。她向他指出自己的行李,他把行李扛到车上。

在开车去往特苏基的路上,他告诉她,当初他看到她的文章时就已经知道了即将发生的一切。"我知道我希望你来这里,"他说,"也知道你会来。"

---

① 阿尔柏克基(Albuquerque),美国新墨西哥州最大的城市。

小屋和她想象中的一模一样,也跟他当初宣称的一样舒服,从那里可以俯瞰小溪谷。之后的三年,他们一直住在里面。

"我不明白,"我说,"他哪儿来的胆子给你写信,而你又怎么敢接受他的邀请。他知道你当时只有十四岁吗?"

"他知道我在上九年级。如果我比十四岁大很多的话,我一定是有智力问题。"

"他从没想过你的父母会想办法找你吗,而且他很可能会面对刑事诉讼?"

"我觉得他根本想不到这些事,"她说,"格利并不鲁莽,不过他不怎么花时间考虑行动后果。他可能根本不相信什么因果报应。你读过《无名之子》吧。"

"是的。"

"所以你应该知道他是怎么看待因果报应的。总之他知道不会有问题。就像他当初知道我会用那张机票一样。"

"那你父母呢?"

"他们是一对老嬉皮,"她说,"我父亲当时在尼泊尔,待在加德满都,每天沉浸在大麻带来的迷幻状态中。我母亲待在老家康涅狄格州的格林尼治,靠信托基金过日子,每周有三天在一家游说大麻合法化的机构当义工。那家机构的缩写名称叫 NORML,虽然她和那名字完全扯不上关系[①]。"

[①] NORML 的发音和 Normal "正常"相同。

"所以她没有反对?"

"她开车送我到机场。格利没有电话,过了几天,我在小屋外面的路上找了个地方给她打电话,说我有可能会待一阵子。她觉得挺酷。"

"你当时真的是十四岁吗?"

"我以前常说我有一颗苍老的灵魂。很难说我是不是真的相信这一点,不过我跟一般十四岁的孩子的确不一样,也从未觉得自己应付不来。我觉得很自在。"

这其中有一部分是她在书店告诉我的,拉菲兹趴在她腿上咪呜咪呜,其他顾客则三五成群避得远远地站着,就好像害怕侵犯我们的隐私似的。她在大学广场的雪松酒吧跟我说了更多的事——打烊之后,我们去了那儿,而她也就是在那儿问了侍者是否有黑麦威士忌。侍者回来告诉她说他们有,于是她便点了双份黑麦威士忌外加一杯水。

我说我要点和她一样的饮料,不过要加冰块,浇点苏打水。我问她这种喝法怎么样。她说最好不要掺别的东西,所以我改变了主意——双份纯黑麦威士忌,外加一杯水。

我们在雪松酒吧喝了两轮,然后步行了几个路口,去了我知道的一家外表低调的意大利餐厅。室内装潢也不怎么样,但那里的食物完全可以弥补这些不足。我们吃了炖小牛肘,喝了一瓶瓦尔波利切拉葡萄酒,最后,服务员又送来两杯免费的香草利口甜酒来配我们的浓缩咖啡。如果是在佛罗伦萨的一家小店,这一餐或许能吃得更好,不过我很难想象还能够好到哪里去。

吃饭时她又跟我说了一些过去的事,而到了餐馆外面的人行道上,在葡萄酒温热的凉夜中,我们就像当初她和菲尔伯恩在阿尔柏克基机场时一样,深深地望着对方的眼睛,她在我提出问题以前给了我答案。

"去你那儿。"她说。

我举起一只手,一辆出租车冒出来。就是有这样的夜晚。

7

"这就是黑麦,"卡洛琳说,"对我来说稍甜了点儿,伯尼,和苏格兰威士忌比起来。"

"我知道。"

"不过不算糟。只要能克服它的甜味,其实味道还挺特别的。口味很有层次感,虽然无法跟格兰·德拉姆纳德罗希相比。"

格兰·德拉姆纳德罗希是某个周末我们在伯克郡尝到的一种很少见的单一麦芽苏格兰威士忌,自成一格的好酒,什么酒都不能和它相提并论,也许只有酒神在奥林匹斯山上倒给众神的佳酿可以与之媲美。

"我以前还以为黑麦威士忌是指的那种廉价混合酒,"她继续说,"你知道,就是那种有数字的威士忌。"

"数字?"

"像三根羽毛,或者四朵玫瑰之类的。"

"五只金环。"我说着,做了个手势要玛克辛再给我们拿一轮酒。

"六只天鹅在游水,"她说,"七位国王在撒野。想当年,我还是孩子的时候,黑麦威士忌和姜汁啤酒正是我的姑妈们在家族聚餐之前喝的饮料,就是三根羽毛或者四朵玫瑰,诸如此类的东西。"

"混合威士忌,"我说,"大都是几种谷物中和蒸馏出来的。很多人把那种酒叫作黑麦威士忌,不过确切地说,并不是。真正的黑麦是纯威士忌,跟苏格兰威士忌或者波本一样,只不过所用的谷物不同。苏格兰威士忌是用大麦酿的,波本是用玉米。"

"黑麦威士忌呢?"

"黑麦威士忌是黑麦酿的。"

"谁猜得到呢?谢了,玛克辛。"她举起酒杯,"敬犯罪一杯吧,伯尼。"

正如各位可能已经猜到的,我们在饶舌酒鬼。我昨晚给卡洛琳打电话取消了我们通常下班后的小酌,而今早她又打来电话取消了我们通常的午餐之约,所以这会儿我们是在弥补失去的时光。

"依我看,"她明智地说,"这玩意儿越喝味道越棒。好的威士忌就是靠这种方法鉴定出来的,你说对吧?"

"我想这只是证明了里头有酒精而已。"

"呃,也许这就是鉴定好威士忌的标准。黑麦是种谷物吗?"

"听说过黑麦面包吧?"

"当然听过。可这玩意儿喝起来一点儿也不像那些小种子。"

"你说的是小茴香籽,那只是为了增添面包的风味用的。黑麦是用来磨面粉的。"

"没被烤成面包的就成了威士忌?"

我点点头。"格利·菲尔伯恩只喝这种饮料,而且显然喝得很多。"

"呃,祝他健康快乐。这么说,她也喝这个喽?那个爱丽丝·科特雷尔?"

"她晚餐也喝葡萄酒,餐后还会来一杯香草利口甜酒。我的公寓里没有黑麦威士忌,苏格兰威士忌她好像也能接受。不过她习惯喝黑麦。和菲尔伯恩共度三年的后遗症之一。"

"现在你倒是开始喝黑麦了,"她说,"我也是。你说这是不是一种流行趋势,伯尼?会不会席卷整个美国?"

"也许不会。"

"'如果黑麦威士忌杀不死我,我会活到死期。'你知道那首歌吧,伯尼?"

"不清楚。"

"那我可以唱给你听,不过得再来三四杯这玩意儿我才提得起兴致。歌词是'方块J,方块J,方块J我嘶喊,如果黑麦威士忌杀不死我,我会活到死期。'"

"方块 J 是怎么回事?"

"我怎么知道啊。"

"而且这根本讲不通,谁不是活到死期啊?不管喝不喝威士忌。"

"伯尼,这是民谣,看在老天的分上。'告诉罗德姑妈老灰鹅已经死了'这合逻辑吗?罗德姑妈是谁啊?她怎么会在乎鹅死不死啊?灰鹅和别的鹅有区别吗?民谣原本就没道理可讲。写词的人全是普通老百姓,不是科尔·波特[①]。"

"哦。"

"真不敢相信你竟然不知道这首歌。你难道从来没和民谣歌手谈过恋爱吗?"

"没有,说来你倒是什么时候……哦,当然了,是敏蒂·海鸥。"

"她姓西格尔。你还记得她?"

"那个吉他手。"

"我可不会称她是吉他手,伯尼。她只会三个和弦,而且听起来全一样。她只是在唱歌的时候拨弄吉他而已。"她耸了耸肩。"而且她的声音也好不到哪儿去。"

"不过她小巧的身材还挺带劲儿的。"

"妈的,你说什么呢,伯尼。"

[①] 科尔·波特(Cole Porter, 1891—1964),美国作曲家,歌曲创作者。是著名曲目 *Anything goes* 和 *Let's do it*,*Let's fall in love* 的作者。

"可别说什么这话有性别歧视,因为你原本就打算这么说。'她的声音不怎么样,不过小巧的身材挺带劲儿。'这话你本来是要脱口而出的,对吧?"

"我说出来的感觉不一样。按理说,你不该注意到她的身材。"

"敏蒂·海鸥?谁会看不到那一对翅膀啊?"

"伯尼……"

"而且你这么说是什么意思,我为什么不该注意到?就因为她是女同性恋?你也注意异性恋女人啊。你甚至勾引她们,有时还很走运呢。"

"短期关系算走运,变成长期关系就是倒霉了。而且这跟敏蒂是女同性恋没关系。你不该注意到她小巧可爱的身材,是因为她跟我有过一段。"

"哦。"

"不过已经过去了,"她说着,啜了一口酒,"而且你讲得没错,她是长了副可以把你送上月亮的翅膀,所以就忘了她吧。那你呢?"

"我可没什么翅膀好讲。"

"我是说你跟爱丽丝进展如何?走运吗?"

我垂下眼睛。

"伯尼?"

"绅士绝不多嘴。"我说。

"我知道。所以我才会问你,而不是问菲利浦王子。

怎么样？有什么进展吗？"

当一个女人主动提出要去你家时，应该是煮熟的鸭子飞不掉了。不过我可没打算一口咬上去。那一晚的大部分时间里，我们都在谈她跟另一名男子的恋情，而此人又正好是神秘浪漫的传奇人物，这算是什么打情骂俏的前奏呢？

所以，我把那张梅尔·托美①的唱片留在架子上，放了别的音乐。这张唱片的历史记录非常辉煌，不过依目前的情况似乎不太合适。

正当科尔特兰为我们弹奏时，她又跟我讲起格列佛·菲尔伯恩的事。说他如何每两年就重生一次，换一个新名字，展开全新的生活方式，移居到美国的其他地方。对他来说，隐姓埋名是件轻而易举的事，她解释说，因为没有人知道他的长相，所以也没有人能在加油站或超市里认出他来。他购物多半付现金，不得不开支票时，也会签上他当时用的假名，而且他总有满满一皮夹的身份证来以防万一。

他也没有社交生活，从不交朋友。"我们不跟外面的人打交道，"她说，"住在那样的村子里，要做到这一点很

---

①梅尔·托美（Mel Tormé，1925—1999），美国音乐家，杰出的爵士歌手。

容易。他比我起得早——总在破晓以前——而且会在早餐前完成当天的工作量，按照惯例做好两人份早餐。我们走过许多长长的步道，时常出去开车兜风，去过几个不同的印第安泥砖屋部落。他对圣伊尔德丰索[1]部落的陶器很有兴趣，还打听谁是部落里最出色的陶艺家。我们和她一起度过了几个小时，最后，他买了她母亲做的一只小圆瓮。我们把它带回特苏基的家中，他把瓮放在一张桌子上，朗诵起华莱士·史蒂文斯[2]那首把坛子摆在田纳西州一座小丘上的诗。你知道那首诗吧？"

我点点头。"不过不太确定诗的意思。"

"我也一样，不过当时好像懂得。我还留着那只瓮，或者坛子。"

"是他买给你的吗？"

"是他留给我的。我搬进去那天他告诉我，我想待多久都可以，还说希望我永远不会离开他。不过他会离开我。"

"他是这么跟你说的？"

"他只是陈述了一个事实。就像天是蓝的，个体现象印证群体进化，终有一天你醒来会发现我走了。"

"可以编成乡村歌曲，"我说，"只除了个体现象印证

---

[1] 圣伊尔德丰索（San Ildefonso），美国新墨西哥州的一个印第安部落。
[2] 华莱士·史蒂文斯（Wallace Stevens, 1879—1975），美国著名现代派诗人。

群体进化，加思·布鲁克斯①可没办法把这句唱出来，实在不像他的风格。"

"后来有天早上，我醒来的时候，"她说，"他已经走了。"

"就这样？你事先没有发现任何迹象？"

"也许有，不过我没留意。事实上，一开始我根本不知道他走了。他留下了汽车和别的东西，只带走了身上的衣服。在那之前的几个星期，他才刚刚寄出他那本书的手稿。我原以为他只是早餐前散个步——有时他会这样，后来我才找到字条。"

"'玩得很尽兴，不过和其他的事也没什么区别。'②"

"嗯，差不多就这个意思。是斯温伯恩的诗。'此爱生绿，彼爱转灰。明日对昨日已无话可说。'"

"这可比华莱士·史蒂文斯的诗清楚多了。"

"起码让我知道发生了什么。另外还有条附注，那些话我一直牢记在心，不过已经不在意了。他说我想待多久都可以，房租他付到了六月底，也就是六个星期以后。梳妆台顶层的抽屉里有些现金，外加一张到纽约的机票；我可以用那张机票，也可以把它退掉，买张去别处的机票。屋里所有的东西都任我处置。他已经把汽车转到了我的名

---

①加思·布鲁克斯（Garth Brooks, 1962— ），美国乡村音乐歌手，极具商业头脑，多次登上流行音乐排行榜榜首。
②科尔·波特为音乐剧《庆典》（*Jubilee*）所创作的歌曲中的歌词。

下，过户文件就在汽车的手套箱里，所以我要开走或者卖掉都可以，随我的便。"

"你会开车？你不是说你十四岁吗？"

"当时我十七岁了，不过我不会，我一直没学开车。我本想找个邻居把车开到经销商处卖掉，可后来我还是把车留在了那里，还留下了差不多所有其他的东西。我收拾好当初从格林尼治带去的行李箱，拿了那只黑色的圣伊尔德丰索陶瓮，把它包在我的衣服里，以免破掉。它没破。现在还在。"

"然后你就飞回了纽约？"

"差不多吧。我搭巴士到了机场，拿到登机牌。不过，当他们广播我的航班时，我没有登机。我只是拾起我的行李袋，走出了机场。我想应该有办法把机票换成现金，不过好像挺麻烦的。我还有足够的钱买张灰狗巴士的车票去旧金山，于是就去了那里。"

"带着你的衣服，还有那个黑瓮。"

"我在谭德隆租了个房间。把衣服放进衣橱，把瓮摆在梳妆台上。我哪首诗也没背。"

"当时你十七岁。"

"当时我十七岁。已经发表了自己的作品，还和一个著名小说家共度了三年时光，天天听他给我上关于写作的课，不过自从离开康涅狄格州以后，我一个字都没写过。那时我还是处女。"

科尔特兰已经唱完,这会儿我们听的是切特·贝克①。

我说:"处女。这是个隐喻还是……"

"是字面意思。处女,完璧无暇,或者什么拉丁语的说法。"

"他,呃,没兴趣?"

"他性致勃勃。我们差不多每天都做爱。"

我想了想。"他去过亚马孙河,"我给出了一个解释,"而且还光溜溜地跳进了水里,结果碰到一条寄生鲇。"

她摇摇头。"没动手术,"她说,"也没有勃起问题。他只是不愿意把通常所知的那根'棍子'插入通常的那处入口,但其他各种方式他都尝试过了。搭车去旧金山的那个女孩,从定义上来说还是处女。"

"为什么?"

"他从来没说过。格利不常向别人解释自己的行为。有可能是因为我的年龄,或者因为我还是处女,或者他和其他女人也这样。搞不好他是太害怕孩子,到了病态的地步,或者,那也许是他的一个实验,或许他正在经历某个阶段。凡是我发觉他不想回答的问题,我都尽量不问。因为他会露出失望的表情,而且反正他也不会回答,所以我学会了闭口不问。"

"所以你们都对这件事闭口不谈了。"

---

① 切特·贝克(Chet Baker, 1929—1988),美国爵士乐小号演奏家、歌手。

"这只是我们闭口不谈的事情之一。习惯以后就没什么了。再说我们还有很多其他事情可以谈。何况我的性教育也没被耽误,因为我们做了很多其他的事。"

然后她就开始讲述其中的某些事。我们坐在沙发上,她稍稍凑向我,把头放在我的肩上,谈起二十年前,她和一个老到可以当她爸爸的男人所做的事情。

"伯尼?你要干什么?"

"我马上回来,"我告诉她,"我要放张唱片。希望你喜欢梅尔·托美。"

"那么,"没过多久,我说,"现在你不是处女了。"

"傻瓜。我到旧金山的第二个星期就不是了。而且,我能撑那么久还是因为头一个星期我碰到的所有迷人的男孩都是同性恋。"

"哦,旧金山。"

她在旧金山待了一年半——花了这段时间写下一本小说的初稿。写完后,她把稿子搁置了一个星期,然后读了一遍,认为那是本烂小说。她原本想把书丢进壁炉里烧掉,但是她没有壁炉,所以她就自己动手撕掉,把所有的稿纸都撕成两半,再撕成四份,让垃圾工人运走了。

她一直都在咖啡店当服务员,自食其力。后来她做腻了,旧金山也住腻了。她搬到了波特兰,还带着那个圣伊尔德丰索瓮,然后又搬到了西雅图。她在西雅图拓荒者广场找到一个房间,在一家书店找到了工作,又写了个短篇故事。她把稿子寄去了《纽约客》,稿子被退了回来,她又寄给了安西亚·朗道——她认识的唯一一个经纪人。菲尔伯恩偶尔会写信给安西亚,偶尔也会收到安西亚寄到圣达菲邮局信箱的信。

"她把稿子退回来了,"她说,"还附了一封信,说我的故事虽然技巧圆熟,但缺少原创性,没有说服力。她还说她已经不再是格列佛·菲尔伯恩的代理人了,所以我当初提了他的名字或许是失策了。"

她又读了一遍那个故事,觉得经纪人说得很对。她撕掉了稿子,过了一天还是两天之后,在书店买了本禾林[①]出的爱情小说带回了家。她当晚就读完了,第二天晚上换了一本,周末又读了另外五本。然后她便坐在打字机前,没用一个月就写好了一本书。她把书直接寄给出版商,他们寄了张支票和合约给她。

她用的笔名是梅丽萨·曼纳林。曼纳林这个姓来自《无名之子》,不用解释,而取梅丽萨这个名字只是因为她觉得和曼纳林这个姓很配。第二本书写到一半的时候,她辞掉了书店的工作。后来,她开始为另一家出版社写皇家

[①]禾林(Harlequin),禾林出版社,全球最成功的浪漫小说出版商,始创于加拿大。禾林小说在全世界拥有五千多万女性读者,美国三分之一的女性都至少读过一本禾林出版的言情小说,被称为"出版界的麦当劳"。

爱情故事，书里有属于那个时代的对话和懦弱的男主角，那些书的笔名则是维吉尼亚·弗隆。她每过两年就换一个城市，朋友和爱人换得更频繁。她出书的速度很快，钱从来都不是问题，不过也没有快到让她担心自己失去创作热情。

每隔一段时间，二十年里有八到十次吧，她会收到一个印上了她当时地址的紫色信封。里面则是格列佛·菲尔伯恩写给她的信。

"他不需要雇私家侦探，"她说，"我不像他那样过着匿名生活。每次搬家我都会把新的地址寄到邮局。我从来没额外付钱申请不把电话登记在黄页上。不过他还是得费点儿工夫才找得到我。"

第一封信是在梅丽萨·曼纳林的第一本小说面世后几个月出现的。也许是那个笔名引起了他的注意。总之，他马上就认出了她的写作风格，也花了时间把书看完，写了评语。这让她感到受宠若惊。他还附上了回信地址——密苏里州乔普林的邮局信箱，以及一个假名，让她回信。她火速写好一封长信，撕掉，又写了封短信，寄出去，没收到回信——直到两年后，另一个紫色信封从千里之外寄过来，这次邮戳上显示的是缅因州奥古斯塔。

时间就这样过去。婚后不久，她收到他的一封信，两年以后又收到一封，是在她离婚后不久。他们两人不断地在国内搬来搬去，偶尔也会搬到国外。他们的路线从未交会，不过她从来没有连续两年听不到他的音信。每一个紫色信封都让她惊讶，而且每次读的时候总是既兴奋又害怕。她不得不承认，他一直都是她生命里最重要的男人。有时她会因此诅咒他，不过这是事实，无法改变的事实。

隔了杳无音信的三年之后，差不多三个星期前，她又有了他的消息。

"在纽约吗？"

不是，当时她住在弗吉尼亚州的夏洛茨维尔，是今年春天搬到那儿的，租了个可以步行到弗吉尼亚大学的公寓。她和楼里的其他三个房客共用一座玫瑰园，她把他的信拿到花园里读——在某个清风里带着甜香的温暖午后。

他非常激动。这一点颇不寻常，因为他的信一贯笔调轻松。他想知道，她把他寄给她的信怎么处理了。她把信销毁了吗？她能不能把信全销毁呢？要不然，能全寄回给他吗？

她马上写了回信，表示她保留着所有的信，包括他最开始寄给她的那一封。她一向轻装旅行，留下的东西不多，连自己写的书都不是每本都有，不过她手上还有他题字送给她的那本《无名之子》，而且也还保留着他的信件。她还想继续保留下去。他为什么要她把信毁掉？

他寄来了答复——内附回邮信封——是登在《纽约时报》上一篇文章的复印件。他以前的经纪人安西亚·朗道要在苏富比拍卖他多年来寄给她的所有信件。

他给那个女人打过电话，当时气急败坏，失策地让诸如"吸血虫""只知道敛财的吸血鬼"以及"不及我灵魂的十分之一"的话跑了出来。朗道挂了他的电话，他再打过去时，她拒绝接听。他写了封信给她，委婉申明自己的立场，强调当初写信时认为只有她一个读者，并表示无论如何都得把信要回来。他提出要付钱买下信，让她定个价钱。她无须再向拍卖行多付佣金，他说，也不用把这笔款项报告国税局，又能对得起自己的良心。

她一直没有回信。他又写了一封，不过刚投进邮箱就想到她可以把这封信也放入拍卖行列。一想到这一点，他火冒三丈，从此再也没给她写过信。

"他对此束手无策，"我告诉卡洛琳，"法律对信件的规定非常清楚，它们归收信人所有。如果我寄一封信给你，信就是你的。你可以保留，可以撕掉，也可以把信卖掉。"

"首先我得找到愿意买的人，伯尼。"

"哦，如果我是格利·菲尔伯恩的话，你不会费什么力气。他是重量级作家，又是如此神秘，所以他的信特别抢手。如果你愿意的话，当然可以卖。你唯一不能做的是出版他的信。"

"如果信件归我的话，为什么不行？"

"信件作为物质财产是属于收信人没错。但作为著作财产的话,所有权归寄信人。他拥有版权。"

"等一等。我知道菲尔伯恩是不太正常,伯尼,不过你可别告诉我他曾经把他的信寄到国会图书馆申请过版权。"

"没有那个必要。你写的东西是自动处于著作版权法保护之下的,不管有没有在华盛顿登记过。菲尔伯恩拥有信件的版权,同时也有权禁止别人出版。事实上,几年前他还对此采取过行动。"

"安西亚·朗道想出版他的信?"

"不是,有个人没经过授权写了本他的传记,显然。有几个人这些年来收到过紫色信函,而其中的某些人也愿意让那个写传记的人参考。他打算在书里大量引述信件内容,后来,菲尔伯恩告上了法庭,他才打消了这个主意。"

"那人连摘录都不可以吗?"

"法院宣判他可以概述大意,因为那只是陈述事实,不过如果引用的话,就会侵犯菲尔伯恩的版权。他可以诠释,但不能太过详细,所以最后他根本无法按最初计划完成那本书,印出来的那版根本没几个人想看。"

她想了想,又说:"如果他的信不能出版的话,无论信件归谁,菲尔伯恩又有什么可在乎的呢?如果不能出版的话,那些信不管是在安西亚·朗道的档案夹里还是跑到哪个收藏家的书房里,对他又有什么差别?"

"其实可以出版。算是吧。"

"你刚才说……"

"我知道我说了什么。你不能在书里引述,连概述也不能太过详细。不过你可以在拍卖目录上引述,也可以详细描述信件内容。"

"为什么?"

"因为你有权提供出售物品的内容描述。而且,你也有权把东西向可能的买主展示,所以有意购买的人都可以在拍卖前一个星期到苏富比浏览菲尔伯恩的信。媒体也能报道信件内容。"

"他们会费这么大的力气吗?"

"菲尔伯恩如此神秘,他的信又炙手可热,我觉得他们很有可能会这么做。他们肯定会报道拍卖过程,宣告成交价格。"

"对菲尔伯恩的宣传又会铺天盖地了。"

"但他是美国唯一不需要宣传的作家。特拉文[①]跟他一比简直就成了讨好媒体的妓女,而现在只要出到最高价就能拿到他的私人信函,其实迟早也会全部出版的。"

"等版权到期以后。"

"等菲尔伯恩死后。到时版权还是受法律保护,不过

[①] 特拉文(B. Traven, 1882—1969),美国小说家,以写冒险小说及其神秘隐士般的作风闻名。特拉文是其笔名,他的真名,出生地,出生日期和生平都充满谜团,评论界对其一直争议不断。

他的继承人必须出庭才行，谁知道他们是否乐意费那个事呢。再说，就算他们愿意打官司，法庭也会因为当事人已死，无法亲身感受到隐私被侵犯带来的影响，而减弱保护个人隐私权的动力。菲尔伯恩要确保那些信不被出版，唯一的办法就是把信拿到手，然后烧掉。"

"那他何不干脆到拍卖会上去，自己把信买下来？"

"他这种人可不会在公共场合露面。"

"有什么好怕的？反正没有人知道他的长相。不过他也不用亲自上场，他可以找人代他出价，比方说，律师。"

"是可以，"我同意，"如果他付得起。"

"你觉得值多少呢，伯尼？"

我耸耸肩。"爱丽丝那本有题字的初版《无名之子》，我都不能告诉她价钱。一百封信能卖多少那就更别问我了。"

"一百封？"

"嗯，她代理过他的四五本书。有些信也许谈的是公事——此处寄上手稿，何时寄来支票？——不过或许有些较长的信透露了他的创作过程，让大家可以瞥见隐藏在书后面那个人的隐私。"

"大概估个价嘛，伯尼。"

"实在没办法估计，"我说，"我没读过那些信，不知道信里究竟泄露了多少秘密。而且我也无从得知拍卖当天有谁会出现。我敢说会有几家大学图书馆叫价。要是出现私人收藏家,而他们的资产又足够雄厚的话,成交价也许会冲破屋顶。不过,可别问我穿过屋顶到达哪个数字,也别问我屋顶的标准是多少,因为我不知道。我不能想象这些信的成交价会少于一万,或者超过百万,这个范围实在算不上精确。"

"可菲尔伯恩有那么多钱吗?"

"没你认为的那么有钱。《无名之子》是为他赚了一大笔钱,而且还在不断地赚进版税,不过他之后的书销量都不怎么样。他不断尝试创新,同样、甚至同类的书都不写第二次。他的书一定有人出版,因为你怎么可能拒绝格列佛·菲尔伯恩呢?不过他近来的书都没赚到钱,不管是他,还是他的出版商。"

"那些新书里面,有好看的吗?"

"大多数我都读过,"我说,"虽然漏掉了几本。还不错,而且有可能比《无名之子》还好。当然比那时更成熟了。不过不像第一本那样让人为之痴狂。照爱丽丝所说,菲尔伯恩不在乎书卖得怎样,甚至连卖不卖得出去,能不能出版都不在意,只要他能每天起床写下他想写的东西就好了。"

"只要他想,他还是可以赚到钱,对吧?"

"当然。他可以写《无名之子幼儿篇》或者《无名之子少年篇》。他可以带着书巡回演讲,可以到大学校园里朗诵作品。或者,他也可以轻轻松松地坐下来,把《无名之子》的电影版权卖掉——他一向拒绝考虑此事。他有很多办法可以赚钱,不过如果他想过宁静的隐居生活,可就全都行不通了。"

"所以他没办法买回那些信?"

"他试过,记得吧?朗道连他的信都没回。而且那些信在拍卖会上抬高的价钱他也付不起。"

"明白了,"她说,"我猜这就是你搅进来的原因吧,嗯,伯尼?"

"真是不幸,"我对爱丽丝说,"你以为律师能帮得上什么忙,对吧?可我看他们只能寄希望于那个得手的买主是个不爱和媒体打交道的人了。"

"但总会有拍卖目录的。"

"没错。"

"还有新闻报道。"

"迟早会平息下来的,"我说,"不过,那是在龙卷风过后了,而且你的小屋永远都无法恢复原状。总有人可以想出个办法来吧。"

"也许真的有。"

"哦?"

"如果那个人是贼,"她说,没有看我,"他可以抢先一步,不让信件落入苏富比手中,也就不会有拍卖目录。

只有技巧高超、经验丰富的贼才能处理这种事。"

"其实早该想到的,"我告诉卡洛琳,"我当初买下书店就是觉得这里是个邂逅姑娘的好地方,而且偶尔也的确如此。的确会有人走进来,有些是女人,有些很迷人。聊天是再自然不过的事,就算不谈别的也可以谈谈书,有时候话题还可以延伸到共饮一杯甚至共进晚餐。"

"偶尔还得等梅尔·托美唱歌以后才会宣告结束。"

"偶尔,"我同意道,"每隔很久的那种偶尔。不过总之我早该想到的。我是说,那天下午我又没有表现得令人神魂颠倒。我能讲的话题只有寄生鲇,怎么可能讨女人的欢心呢。"

"呃,起码引起了她的注意。"

"她收到菲尔伯恩消息的时候住在弗吉尼亚,"我说,"几个星期以后她走进我店里,从书架上找到了他的第五次印刷版,问我如果那本书是初版又有题字的话值多少钱。书已经在她手里放了二十五年,对于书的价格她不是应该比我更清楚吗?"

"只是找个话题嘛,伯尼,而且比寄生鲇好多了。只是巧合罢了:她需要一个贼,而你刚好就是,巧合便妙在那个巧字。瞧瞧埃丽卡就知道了。"

"我还是算了吧,"我说,"我瞧了敏蒂·海鸥一眼,结果被你痛骂了一顿。"

"我是在讲巧合,"她说,"埃丽卡进入我的生命时,我刚巧有谈恋爱的心情,也不排斥接受一段亲密关系。你能说那不叫巧合吗?"

"真的不算。"

"不算?见鬼,怎么不算?"

"你一天到晚都有谈恋爱的心情,"我说,"而且你只要觉得谁长得漂亮,就等不及要和她一起掀裙子了。"

"我们的视线穿过挤满人的房间刚好相遇,伯尼,这种事发生的概率有多大?"

"你说得对,"我附和道,"巧得惊人,这表示你们两个命中注定要在一起。不过爱丽丝的事可不是巧合。她花了心思了解我,要做到这一点,也没我原以为的那么难。坐在电脑前面,输入书籍和窃贼,你认为谁的名字会跳出来呢?"

"没错,你的名字是在报纸上出现过几次。"

"被逮捕就是会有这种麻烦,"我说,"知名度大增。要是菲尔伯恩想感受一下隐私被侵犯到底是怎么回事的话,抢一家酒铺就知道了。'别拍面部特写,求你了。我从来不拍照。'祝你好运,格利。"

"我猜这意味着他最好不要亲自去找信。"

"我早该想到的,"我又说了一次,"而且我原本是有可能想到的,可是梅尔·托美唱得真是动情,而……"

"我明白了,伯尼。你打算动手,对吧?你打算去偷信。"

"我得先发疯才行,"我说,"赚不着钱。那些信也许值点儿钱,可我要把它们还给写信的人,他付的钱对我来说肯定不合算。而那个女人则住在酒店里,酒店从来都很难搞。帕丁顿酒店虽说不是诺克斯堡,不过还是挺冒险的,再说彩虹的底端也没有一瓮金子等着我。唯一的瓮是黑陶做的,而且他已经给了爱丽丝。我一定是疯了才会真的动手。"

"那你跟她怎么说?"

"我跟她说可以,"我捧起我的酒,"我一定是疯了。"

8

换作格列佛·菲尔伯恩,他会恨死这一切。

他们给我戴上手铐,带到了警局———一切都毫无尊严可言,按下我的指纹,让我摆好姿势,拍了面部特写和半身照。这是不折不扣的侵犯隐私——你试试去跟两个值了漫长的一班、即将换岗的警察说这句话吧。接着,他们要我脱光衣服搜身,然后把我扔进了拘留室。当晚剩下的时间,我就是在那儿度过的。

不管是在家里,还是在店里的办公沙发上,或是帕丁顿的四一五号房里,都比在牢里睡得好。总之,我几乎没睡,等沃利·亨普希尔一大早跑来把我保释出去时,我简直是步伐踉跄,又臭又脏。

"我跟他们说,他们什么证据都没有,"他说,"你住的酒店里死了个女人。这算什么犯罪事实?他们说有个目击者看见你在谋杀案发生的楼层出现,而且你不应该出现在那儿。再加上你入住登记用了假名,警察局里又有一张列了你一长串逮捕记录的单子。"

"可是只有一次罪名成立啊。"我指出来。

"让法官听到的话,"他说,"就等于你坦白认罪了。我强调说你是零售商,有自己的店,要你丢下一切逃跑根本不可能。我想为你申请自签担保释放,可媒体正大肆攻击上一个没让凶手办保释就把他放走的法官,然后——"

"我不是凶手,沃利。"

"这我知道,"他说,"再说了,这根本不是重点,重点是:我把保释金砍到了有希望凑齐的五万美元。"

"有希望凑齐?"

"你出狱了,对吧?你总可以谢谢我,为了你缩短了晨跑路程,一大早就抖擞起精神来到这里。"沃利正在为纽约马拉松大赛训练,比赛日益临近,他每个星期的总英里数也一直在增加。法律是他的职业,跑步才是他真正的热情所在。"而且你也可以谢谢你的朋友马丁·吉尔马丁,"他补充道,"保释金是他出的。"

"马丁·吉尔马丁。"我说。

"你皱什么眉啊,伯尼?你还记得他,对吧?"

我当然记得。我前阵子才跟马丁·吉尔马丁碰过面,就在我因偷了他的棒球卡收藏而被捕以后。其实不是我偷的,不过要提供不在场证明,就得告诉警察我当时在城里另一头行窃,所以我想我还是闭口不言为妙。结果皆大欢喜，马丁和我结成了利益联盟，我不费吹灰之力就闯进了他的几个想诈领保险金的朋友家中。事成之后，我们各自拿到了一大把钞票，我那一把则是多得可以买下书店所在的那幢楼。这下子我可不用担心贪得无厌的房东了，因为我自己走了大运，摇身成了他们中的一个。你知道，总有人爱说恶有恶报，对吧？其实，他们根本就不知道自己在说什么。①

"记得啊，"我说，"就像昨天还见过一样。要是我刚才皱眉了，那是因为我原本打算让你给他打电话。可我没告诉你，对吧？"

"没有，"沃利说道，"而且我也没有，我是说，我没给他打电话。"

"是他给你打的。"

"没错。他说，他听说你惹上麻烦了，问我怎么救你脱身。我说可能得靠上帝行个神迹才能让你摆脱麻烦，不过救你出狱只需通常保释金的十分之一即可，也就是五万。他派人送来了一个装着五十张百元大钞的信封，你真应该邀请他参加你的圣诞派对。然后，你现在人在这里，自由了。"

"我人在这里，自由了。"我同意道。

"他们以谋杀罪名起诉你，"沃利继续说，"不过，我

---
①相关故事请见《交易泰德·威廉姆斯的贼》。

看他们不是认真的。罪名不可能成立。当然,如果能找到那个杀了叫朗道的女人的真凶,你的日子就好过多了。"

"我要是知道是谁的话,"我说,"一定马上通知他们。不过我现在最好去开店。我养了一只最恨不能按时吃饭的猫。"

"我很理解你的猫,伯尼。不过你确定不用先回一趟你的公寓吗?"他皱起了鼻子。"你好像应该冲个澡。"

"是烟味,"我说,"我待的那个房间烟雾缭绕,就跟他们开会决定提名哈定当总统的那个房间一样。"

"那时我还没出生呢,"沃利说,"而且你身上不只有烟味。"

"你如此热爱跑步,"我说,"怎么还介意清爽健康的汗味?"

"清爽健康的汗味?"他说,"是监牢里的汗臭吧。回家吧,伯尼。冲个澡,换上干净衣服。你的公寓楼有焚化炉吗?"

"是垃圾处理机。"

"随便叫什么吧。赶快把你现在穿的这身衣服扔进去吧。"

现在声称要烧掉自己的衣服是个时髦话题,可有哪个还残留一丝理智的中产阶级真的将此付诸行动了?我把衣服捆好，赶着送到转角的洗衣店。

我的公寓位于西端大道和七十一街交会处。我从东二十一街的十三辖区（电视里的警察会管这儿叫"一三"）搭出租车过去，冲澡、刮胡子、换了衣服之后，我又搭出租车来到店里。我通常都搭地铁——地铁更快，空间也更宽松，而且不用听杰基·梅森①总在收音机里催你系上安全带。不过在牢里过了一晚可真让人对外头的这些繁文缛节心存感激——虽然人们也没因此变得多有教养。

我到店里时是十一点左右，拉菲兹夸张地表示它很高兴看到我，以它们种族的习俗——蹭着我的脚踝一个劲儿地摩挲来迎接我。我很高兴你回来了，它在说，如果你喂我的话我会更高兴。我照它的话做了，而它也的确高兴了起来。等店里一切安排就绪以后，我找出马丁·吉尔马丁的号码拨了过去。

"我想跟你道谢。"我说。

"小事一桩。"

"要是你在牢房里待过一晚，"我说，"你就不会这么说了。"

"我可不想有这种体验。那就不必客气了，还有我很高兴有机会为你效劳。好久不见了，伯尼。"

"的确，"我表示同意，"几百年不见了，除了偶尔的

---

①杰基·梅森（Jackie Mason，1931— ），美国著名喜剧演员，影星。

闪电会面。"

"没错。我午饭已经有约了,哎呀,见鬼,要迟到了,今天下午你有空到俱乐部小坐吗?三点半如何?"

这就意味着我得提早打烊,不过没有他帮忙的话,我连店门都开不了。我告诉他三点半可以,然后便挂上电话,等着今天的第一个顾客上门。第一个顾客大概将近四十岁,穿着海军蓝长裤和扣错纽扣的运动衫。此人瘦得皮包骨头,手腕的骨头突出,喉结明显,稻草色的头发似乎是在美发学校剪的,给他剪发的学生想必成绩不怎么理想。他眯起无框眼镜后面的那双眼睛,看着拉菲兹——它刚匆匆吃完早饭,正朝着前窗溢满阳光的地点迈进。那家伙扑通一声便躺下了,没有原地转上三圈,证明了自己绝没有狗族的血统。之后,这位书呆子模样的家伙便把那双淡蓝色的眼睛转向了我。

"它没有尾巴。"他说。

"你也没有,"我说,"不过我可没满世界嚷嚷这事儿。它是马恩岛猫。"

"我听说过,"他说,"这种猫没有尾巴,对吧?"

"它们已经进化到不长尾巴了,"我说,"就跟你我一样。不过,既然说起来,如今猫还长尾巴做什么用呢?"

我只是想找个聊天的话题,可他却当真了,眉间出现了几条深深的皱纹,认真地思考着。"我在想,"他说,"尾巴对于动物保持平衡是不是起了重要的作用。"

"它每个星期见一次心理医生,"我说,"而且它有问题的时候,我们会一起讨论解决。"

"我的意思是,身体平衡。"

嗯。我让他继续深思尾巴这个附件在维持动物身体平衡中所起的重要作用,以及马恩岛上这些无尾生物在进化过程中所占的优势,不过我本人除了偶尔点个头哼一声之外,对这场谈话的贡献不多。我不想在他身上浪费我的机智,因为他似乎根本不知道机智是什么东西,而且我也不想深入探讨拉菲兹的出身。

因为,如果你非要问清楚的话,我可从来都不确定拉菲兹是不是真的马恩岛猫。拉菲兹跟我在照片里见过的马恩岛猫并不像,也不具备该品种典型的跳跃步伐。说实话,它看起来就像一只平凡的灰色虎斑猫——曾在没列入官方记录的意外中失去了尾巴,也学会了如何离开尾巴生活。

天知道,它还失去了好几样出生时拥有的东西,但已经学会了在没有它们陪伴的情况下生活。虽然它还会想在家具上磨利爪子,不过爪子其实只是记忆,在命运(也就是卡洛琳·凯瑟)把它带进我的生活以前,它就已经动过了除爪手术。而且,虽然它的气势和个性都是雄性猫族的杰出典范,但代表它雄风的两个标志,很不幸地,也都遭遇了类似的移除手术。

最后这一点说明了它根本不可能让自己的血统得以延

续，所以追究它的血统也是多此一举。对我来说，它是马恩岛猫，而且是非常合算的纯种猫。至于它是怎么变成这样的，我根本不在乎。

"……格列佛·菲尔伯恩。"我的访客说道。

这个词引起了我的注意，他先前一直在成功地让我的注意力流失。我抬眼看见他站在那里，两只眼睛瞪得大大的，等着我回答一个我只听到最后几个字的问题。我做出一副茫然的表情，我得承认，这个表情对我来说毫无挑战性。

"我可以解释一下。"他说。

"这样再好不过了。"

"我只需要，"他说，"复印件。原稿你怎么处理都行。我感兴趣的不是那些信，而是信的内容，我想知道信里讲了什么。"

我本可以告诉他那些信就和拉菲兹的尾巴一样下落难寻，不过急什么呢？现在他比刚才谈论我的猫时有趣多了。

"我还不知道你的名字，"我说，"我叫……"

"罗登巴尔，"他说，"我把音发对了吗？"

有些人会弄错第一个音节。第一个元音是长音。"你要是没发对，"我说，"就是我父母对我撒谎了。那你是……"

"莱斯特·埃丁顿。"

我期待这个名字能灵光一现唤起某个记忆。如果你开书店的话，会记住成千上万个作家的名字，毕竟他们算是你挣饭吃的家伙。有些作家我也许一无所知，也许他们写的书我一个字也没读过，不过我总是乐于知道他写的所有书的书名，以及应该放在书架的哪个位置。

我只知道这家伙是个作家，不过从没听说过他的名字。等他自己解释之后，我知道了原因：除了我有幸错过的几篇在学术刊物上发表的文章，他还没出版过任何作品。不过这并不表示他没有写作。近二十年来，他一直在辛勤笔耕，那本书的主题从——你没想到吧——他十七岁开始就念念不忘，挥之不去。

"格列佛·菲尔伯恩，"他说，"我读了《无名之子》，这本书改变了我的一生。"

"每个人都这样说。"

"不过我是发自内心地这样认为。"

"每个人也都这样说。"

"大学时代，"他说，"我写了一篇又一篇关于格列佛·菲尔伯恩的报告。除了英美文学以外，还能在很多其他课程中谈论他，说出来你会大吃一惊。《从格列佛·菲尔伯恩的作品看转变中的美国种族意识》——大学一年级的社会学。在艺术史这门课上，我写过《小说是抽象表现主义的文学表现》。在把他融进地球科学课时我碰到了一点儿小麻烦，不过其他所有的课程，我都在谈论格列佛·菲尔伯恩。"

他的硕士论文主题是菲尔伯恩，毫无意外，而且还被扩充成了博士论文。他一辈子都耗在这所大学或那所大学里任教，一直在更换雇主，从没争取过终身教职。不管走到哪里，他一定会教几门大学一年级英文，外加一门专门研究你也知道是谁的课程。

"可是他们其实都无心研究，"他说，"他们只想坐在一起聊《无名之子》有多棒，又是怎样改变了他们的一生。而且，当然了，也要讲到菲尔伯恩真是个'酷毙了的家伙'，说他们多想半夜给他打电话谈谈阿切尔·曼纳林和那本书的内容，可他是个如此神秘的人，他们根本找不到他。你知道他之后写过几本书吗？"

我点点头。"我有几本放在书架上。"

"嗯，你是应该有。你干这一行嘛。不过这人每隔三年就出本新书，永远在冒险，而且越写越好，但根本没人注意到。小孩子不在乎这个。他们不想读他的后期作品，而且从他们交的报告来看，大多数都不知道他之后的书。"

"可是你读过他所有的书。"

"他写的东西我全都看过，"他说，"外加所有关于他的文章。他是我的生活重心，罗登巴尔先生。等我写完以后，我会交出一本有关格列佛·菲尔伯恩生平及其作品的最高权威著作。"

"这就是你想要看到信件复印件的原因。"

"当然。安西亚·朗道是他的第一个经纪人,也是唯一和他有过亲密关系的。"

"算不上亲密吧,"我说,"据我所知,他们从来没见过面。"

"或许是事实,尽管信件可能证明真相恰恰相反。这只是信能回答的问题之一。他们见过面吗?他们的关系比作家和经纪人更亲近吗?"他叹了口气。"这两个问题的答案或许都是否定的。不过说起来,恐怕没有人比她更有机会接近他了。他在信里吐露过什么?他对于当时正在写的书说了些什么?还有他的思想、感情,他的内心世界和真实生活。这下你明白我为什么需要那些信了吧,罗登巴尔先生?"

"我明白你为什么想要,"我说,"只是不明白,就算你看了那些信,又能有什么用。菲尔伯恩曾经为了阻止别人引述信件内容而闹上法庭。你凭什么以为他不会再闹一次?"

"我知道他会。不过不管要等多久,我都熬得住。他比我大将近三十岁。我不喝酒也不抽烟。"

"真不赖,"我说,"可这样诅咒人又算什么呢?"

"我不是个伪君子。"他说,可信程度就和某某总统坚称他不是恶棍或者另一位宣称他没吸过大麻一样。"不过我的弱点都不会有损健康。我不知道菲尔伯恩抽不抽烟,不过我有可靠消息说他喝酒。"

"黑麦威士忌。"我说。

"传言中是这样的,而且据我推测,他喝的量还真不少。哦,我是希望他可以活得长长久久,罗登巴尔先生。我希望他能写更多的书,多多益善,也希望我有机会一一拜读。不过凡人终将归于尘土——虽然某些人活着的时候可以创造出不朽之作。而且,虽然他有可能再活三十年,而我今天下午就可能会被巴士撞倒……"

"不过你比他晚死的概率更大。"

"保险公司的统计员会这样说。只要他还活着,我连出版这本书的念头都不会有。相信我,只有不用担心他怎么看这本书,我才能放开手来痛快写。只要他不在人世了,我想什么时候出版都可以。至于目前呢,我唯一关心的事就是让书里的内容尽可能地准确,而且尽量涵盖所有细节。"他调集了所有二十世纪四十年代电影里党卫军军官的温暖,微笑起来。"这也就是我来找你的原因。"

"恐怕要让你失望了。"

"你说什么?"

"信不在我这儿。"我说。

"哦?"

"连张明信片也没有。我以前的确是因为偷窃被起诉过,而我昨晚也的确在安西亚·朗道入住的酒店被捕了。不过我没有偷朗道的信。"

"菲尔伯恩的信。"

"不管是谁的。"

"你也只能这么说了。"

"匹诺曹也只能这么说,"我说,"如果他不想长出长鼻子的话。"

"要是你手里没有信,那是谁拿了呢?"

问得好,我也希望我知道答案。我告诉他实话之后,他露出了狡猾的表情。"就算是落到你手里好了,"他说,"要是这些信正四处乱飞的话,总会落到个什么地方吧,所以谁敢说不会跟着你呢?"

"谁敢说呢?"

"你得好好考虑你的出路,选择一条对你最有利的。不过,就算只是以防万一,你也该找个复印机,做个备份,对吧?"

"窃贼一向这么做。"我说。

"真的?"

"我们什么都复印。皮草、珠宝、稀有钱币……"

他点点头,把我的玩笑话当成什么新知识记了下来。"给我一份复印件就行了,"他急切地催促道,"我没有钱,这一点你一定很清楚,不过我可以凑出几美元支付费用。"

"支付费用?"

"复印费用。"

"换句话说,"我说,"每页你可以付我十美分。"

"哦,也许再多一点儿吧。不过我可以回报给你更重要的东西。你可是在帮助学者完成他一生中最重要的作品。而且,这本书出版的时候,我会在致谢页上列上你的名字。"

"这才对嘛,"我说,"卑微的小偷能有多少机会得到这种礼遇呢?'感谢伯纳德·罗登巴尔'——你觉得能挤下我的中间名吗?"

"我觉得没什么不可以。"

"'此书献给伯纳德·格莱姆斯·罗登巴尔,因为他与我分享从已故的安西亚·朗道手中偷来的有用文件。'这话她听了一定会非常自豪,对吧?"

"朗道小姐吗?"

"我妈妈——看到自己的儿子得到这种礼遇。当然,警察可能不这么看,我想我们的遣词造句可以再谨慎一些。再说了,谁知道等这本书能出版的时候,会不会已经过了盗窃罪的追诉期限了呢,你说是吧?"

他表示同意,认为是有这种可能,甚至非常可能。他递给我一张印有他名字的卡片,莱斯特·埃丁顿,上面还有一个我没听过的宾夕法尼亚州小镇和大学。我将这一点如实告诉他后,得知那个小镇位于宾夕法尼亚州西部,靠近俄亥俄州的边界。

"你一定很累,"我说,"一早开了那么远的路赶过来。"

不过他这个周末就在城里,住在某家酒店。该不会刚巧是帕丁顿吧?不是那样高档的酒店,他跟我保证,并说出了第三大道一家酒店的名字——的确和帕丁顿差了一两个等级——虽然只有几步之遥。他来这儿是要和苏富比的人讨论是否有一丝渺茫的机会可以说服他们给他信的复印件。而且他也希望能和安西亚·朗道见上一面，不管是看信还是为她做个采访——她曾多次拒绝的要求。此外，他还有别的诉求。

"那么，"他说着直起身来，"我已经占用了你不少时间。要是信真的到了你手上……"

"我会记得你的话。"

他大概是希望得到更确切的保证，不过我猜他已经习惯了逆来顺受。他轻轻点了点头，然后将一只手甩过柜台，态势如此古怪，让我愣了一下，不知拿那只手如何是好。

我握了握他的手，看来他就是这个意思。之后，我把那只手交还给他，他终于走了。

埃丁顿身后的门刚关上，电话铃就响了。是卡洛琳，她要带午餐过来。"我知道今天轮到你了，"她说，"不过我也知道你刚开店，所以我想说我可以再带一次饭。除非你早餐吃得晚，打算把午饭省掉。"

"你提醒我了，我什么早餐都没吃。"我说，"我喂过拉菲兹，也只有这个办法才能把它从我的脚边赶走。可怜的家伙当时都快饿死了,我也是,现在还是。所以我当然不打算省掉午餐。"

"那头猪。"她说。

"你说什么猪啊?"

"你那只猪一样的猫啊,伯尼。它吃早餐了吗?"

"一口也没少吃。"

"那么,它今天已经比你多吃了两顿啦。我九点一刻左右喂过它,在我开店以前。我敢说它根本没告诉你吧,对吧?"

"它说了'喵'。这算吗?"

"那只动物是个不折不扣的骗子。听着,我马上就过去找你。熏牛肉三明治外加几瓶奶油苏打怎么样?"

"喵。"我说。

"马丁真是体贴,"她说,"想想看,起初是你偷了人家的棒球卡,结果他还回过头来救你出狱。"

"我没偷他的卡。"

"哦,可他以为是你偷的啊。重点是,你们的关系没有一个美好的开始,可现在你再看看。"

"我过几个小时就要去见他了,"我说,"在他的俱乐部。"

"我猜你也好一阵子没见过他了,对吧?"

"很长时间了。"我说,然后瞥了一眼我的表,"差不多有二十二小时了。"

"你在哪儿——"

"帕丁顿酒店,"我说,"不是昨晚,白天早些时候。当时我正要出酒店,他从大门走了进来。"

"他在那儿干什么?"

"他没说,"我说,"因为我们没说话。不过要我猜的话,他是在搞婚外情。"

"帕丁顿是那种酒店吗,伯尼?"

"搞婚外情的那种?除此之外还有哪种啊?"

"我是说那儿都是妓女吗?因为我没听说那儿有这样的名声啊。"

"是没有,"我说,"也没有妓女,不过婚外情不需要妓女参与。只要有个不是配偶的对象就行了。"

"而他有一个?"

"正挽着他的胳膊。我仔细看了看她,她也值得一看。不过她可没看我,就算看了也没往心里去。因为她没认出我来。"

"你认识她?"

"不认识。"

"哦。刚才我还以为……"

"以为什么?"

"以为你要说她是爱丽丝·科特雷尔。"

"不是。"

"如果你不认识她的话,当然不是。可如果是那样的话,你怎么会希望她认得出你?"

"我说的不是当时,"我说,"是后来。"

"后来?"

"我在六楼走廊碰到了她,"我说,"天知道为什么我还记得她,虽然第二次看见她的时候,她打扮得跟帕丁顿熊一模一样。而且后来,在酒店大堂里,她还记得我。'就是他!'她喊着,真是讨人喜欢啊。"

"你看到跟马丁在一起的就是她?"

"正是同一个人,"我说,"而且我不得不承认,我很佩服马丁的品位。她的名字叫艾西斯·戈蒂耶,就住在那家酒店里。"

"是她向警方指认你,然后马丁把你保释出来?"

"是啊。"

"这一切又跟信有什么关系?"

"不知道。"

"或者谋杀案。全都有关联吗?"

"问得好。"

"什么都比不上熏牛肉三明治,对吧,伯尼?"

"无与伦比。"

"不明白为什么只有和奶油苏打配在一起才好吃。和其他东西一起吃全不对味。"

"这话你可说对了。"

"伯尼,昨晚发生了什么事?"

"真希望我知道,"我说,"因为事发当时我就在那里,还因此被搅进了案子里,要是我知道到底是怎么回事,一定会比现在开心得多。"

我把事情从头到尾讲了一遍,从我前一晚抵达帕丁顿,一直到我稍后离开——手腕上套着手铐,雷在我耳朵边上唠叨着他那版独一无二的米兰达警告。

"我妈妈以前总跟我说要穿干净的内衣裤,"我说,"以防万一被车撞了。"

"我妈也这么说,伯尼,可她从来没告诉过我原因。我就以为那只是正派人士的守则之一呢。不过这样做到底有什么好处?如果你被车撞了,内衣不是也会和其他东西一样全被压得稀烂吗?"

"这我倒从没想过,"我向她承认,"可我一直都乖乖地听话,每天早上都换上干净的内衣裤,而且这么多年来从没被车撞到过。"

"真是浪费。"

"不过其实她应该告诉我,"我继续说,"穿干净的内衣裤是要以防万一警察剥光我的衣服搜身。"

"这确实比被丰田汽车撞到的概率大得多。"

"对我来说的确是这样。不过重点是,如果被剥光衣服搜身的时候内裤很脏,那真是尴尬到了极点。我是说,穿着干净内裤都已经很尴尬了。"

"我可以想象。"

"不过如果你被车撞倒了,昏迷的概率很大。"

"死亡的概率也很大。"

"不管哪一种情况,总之你连内裤是脏的都不用知道。而且如果你还能清醒,还会在乎内裤吗?如果是我的话,我可能愁得没空尴尬了。"

"昨晚还真是尴尬,对吧?"

"被人搜身吗?这么说好了,如果他们真的找到了什么,那可就糟了。我说的不是脏内裤。"

"很好,"她说,"因为关于内裤这个话题我们已经说得够多了,就算永远不再提这个话题我都无所谓。他们什么都没找到吧,伯尼?"

"没有。他们没找到我的工具,不然他们可以起诉我的理由就更多了。他们没找着格列佛·菲尔伯恩寄给他经纪人的信,这一点我可以理解,因为我也没找到。而且他们也没——"

门开了。

"——问出昨晚大都会球队到底怎么了,"我表情无辜地说,"那个他们刚从萨拉索塔①找来的左撇子小伙子昨晚应该上场的,可是我一直没听说他表现得怎么样。"

---

①萨拉索塔(Sarasota),美国佛罗里达州西部城市。

卡洛琳看着我，一副以为我把脑子丢了，或者找回来却塞错了地方的表情。然后她便看向门口，这才恍然大悟。

9

　　是雷·基希曼，他身上套着深蓝色西装，打了条红蓝条纹领带，想必一定穿了干净的内衣裤——出于为他着想的心态，我希望内衣裤比那套西装合身。他看看我，摇了摇头，看看卡洛琳，再次摇摇头，然后便走过来倚在柜台上。

　　"我听说他们把你放出来了，"他说，"很抱歉不得不先把你关起来。这种事我没有选择。"

　　"嗯，"我说，"我看是没有。"

　　"你没放在心上吧，伯尼？"

　　"没放在心上，雷。"

　　"这我就放心了。伯尼，我得告诉你，以你的年纪在酒店里爬上爬下是老了点儿。这是年轻人的把戏，可你已经不是小孩了。你现在都算是敲上中年人的门了。"

　　"要是这么说的话，"我说，"我也是在轻轻地敲。如果他们不放我进门，我可不会撬锁进去。"

"那可就是几百年来第一扇你不撬的门了，"他说，"你昨晚在老小姐的房间里，对吧？"

"你怎么会这么想？"

他换上狡猾的表情。"没什么。"他说。

"没什么？"

"什么也没有。没有盗窃工具，没有大捆钞票，没有金币，没有珠宝。那个英国佬是怎么说从来不叫的狗来着？"

到底是怎么说的？我想了想他这句话，假设所谓的英国佬是福尔摩斯，那只狗一定不是《巴斯克维尔的猎犬》的主角（一般人常会犯这个错误），而是《银斑驹》里那只像巴仙吉犬[①]一样沉默的狗。不过当时我唯一能想到的英国佬只有雷德蒙·欧汉隆，上回我读到这个人的时候，满脑子都是美洲豹、蝎子、叮人的蚊子，咱们的老朋友牙签鱼就更别提了。他才不会谈论什么狗呢。

"不知道，雷，"我说，"他是怎么说那条狗的？"

"它会咬人，伯尼。你的故事也一样，说什么住进酒店的房间去跟哪个女孩约会。像你这种人会花大把钞票开房间只有一个原因，非得是大宗盗窃案不可。你跑去那个地方是为了找你要偷的东西。"

"也许吧。"

[①] 巴仙吉犬（Basenji），一种极少吠叫的狩猎犬，也称刚果犬。

"伯尼——"

"卡洛琳,"他说,"没人学过① 你不要插嘴吗?"

"有人很努力地学过我,"她说,"不过我这个人教得很慢。伯尼,他昨晚对你说了一遍米兰达警告,记得吧?所以说话要小心,因为说不定会被当成证据。他完全可以站在法庭里发誓你说过。"

"我想怎么说都行,"他很有说服力地表示,"不管伯尼说了没有。没办法在证人席上信口胡扯的话就不必当警察了。不过现在的重点不在法庭,伯尼。重点是你我要香喷喷地从这堆屎里全身而退。你是让我继续讲下去呢,还是要我走人?"

"我说了算吗?"

他愤怒地瞪着卡洛琳,我啜下最后一口奶油苏打。"讲下去吧。"我说。

"你就在这家酒店,"他说,"而且可不是为了什么浪漫情事而来的。你当时在六楼,因为你说在那儿遇见了高低椰。"

"高低椰?"

"你已经把她忘了吗?那个黑女孩,在你想偷偷溜出大堂时高声尖叫的那一个。"

"艾西斯·戈蒂耶。"

---

①雷在此处用的词是 learn,通常表示"学",俚语中有时用它表示"教"。

"对啊,正如我说的。高低椰。"

"我是在走廊里碰到她的,"我说,"我觉得我们聊得还算投机。"

"就说她对你印象深刻好了,伯尼。她直接找到了前台服务员,要他马上拨打九一一:'别再往头发上抹鞋油了,眼下正有个可疑人物在这儿偷偷摸摸地爬来爬去呢。'"

"真不明白她怎么会说我是可疑人物,"我说,"我明明从头到尾都没起过什么疑心。"

"你啊,"他说,"简直比黄瓜还要冷静,虽然都已经成了腌黄瓜。说到这个,那一根你还吃吗?"我摇摇头,他便一把抓走了黄瓜,两三口吞了个精光。"谢了,"他说,"依我看,伯尼,你是听说了那个叫朗道的女人的事和她那些信。你跑去找信,结果不小心撞见了尸体。"

"你的意思是,不是我杀了她喽?"

"当然不是,伯尼。你不是杀手。你是个贼,还是贼里面最能干的那种。不过说到暴力的话,你简直是集甘地和耶稣于一体。"

"那正是我啊。"我说。

"总之你看见了朗道,"他说,"而且她已经死了。于是你就赶快跑了,顺手锁上了门,连同链锁什么的全闩上了,像你过去每一次做的一样。这是你的注册商标,伯尼。"

"谁让我生来就是个讲究的人呢,"我承认,"不过——"

"让我讲完。你自己闯进去,找到了一个死女人,然后又自己跑出来,却撞上了一个活女人。"

"艾西斯·戈蒂耶。"

"黑皮肤那位,"他表示同意,"有个法国名字。她正要出门。你怎么不干脆跟她一起锁进电梯离开犯罪现场算了?那样一来,等警察控制酒店大堂的时候,你已经安全自在地躺在自家床上了,不是吗?"

"我相信你已经知道为什么了,雷。"

"当然,"他说,"狗。"

"什么狗?"

"不讲话的那只狗。我们搜过你,伯尼。把你从头到脚摸了一遍,也把你四楼房间里的每个角落翻了一遍。结果你知道我们找到了什么?"

"一些袜子和内衣裤,"我说,"还有一只泰迪熊——除非纽约的精英分子把它偷走了。"

"你对警察的期望太高啦,伯尼。没人偷走你的泰迪熊,再说了,它是酒店的财产,本来就不属于你。我们找了半天依然两手空空,一样盗贼的工具也没找着。"

"所以呢?"

"所以东西到底在哪儿?"

"你尽管搜啊。"

"我们搜过了,记得吧?"

"记忆犹新。"

"你没把东西留在家里,"他说,"不然你怎么能打开朗道的门,甚至还在离开前把门反锁?总之它们是你的美国运通卡,是你离家时的必备物品。不过你知道自己一定会被搜身,所以就把它们丢到了什么地方。"

"而且只要咱们知道工具在哪儿,"我说,"就可以用它们闯进五角大楼,窃取政府机密。"

"如果咱们知道工具在哪儿,"他说,"找到的就不会只是一套偷窃工具,还能找到那些信。别问我是什么信,伯尼。如果读了今早的报纸,你也该知道——如果你原先真不知情的话。某个我没听说过的名作家写的信,所以他能有多出名呢?从没在脱口秀里见过他。这样一来,怎么可能有人知道他是谁啊?"

"你可以试着读一读他的书。"

"如果我想看书的话,我还是继续看畅销作家——温鲍、康尼茨、艾德·麦克班恩的书吧。起码他们头脑清楚,不像那种会把所有的信都写在紫色信纸上的大白痴。信全不见了,伯尼。我们搜过她的房间,因为那里就是犯罪现场。没有信。"

"也没有盗窃工具。"

"正如我刚才说的。"

"也没有狗,"我说,"雷,你刚才说了我没杀她,记得吧?"

"就像昨天发生的一样清楚。"

"是他杀,对吧?还是自然死亡?"

"有人朝她的头猛敲,"他说,"再往她胸口上插了把刀,所以自然造成了她的死亡。凶手把刀一起带走了。他有可能把刀留下了,你也有可能带走了刀,和你的盗窃工具还有信一起藏起来了,可他为什么要留下刀,你又为什么要捡呢?这都说不通嘛。"

"很少有什么事情说得通,"我说,"我还以为她是被枪打死的。"

"你怎么会有这种想法?"

因为我闻到了火药味。"不知道,"我含糊地说,"可能是听到的吧。"

"那你听错了。不过就算她中了弹,开枪的也不是你,因为昨晚我们给你做了石蜡测试,你表现完美地通过了。"他扯了扯下嘴唇。"当然,你可以戴手套。还记得你以前总是戴着橡胶手套,在掌心处挖个洞,以便通风。那是你的另一个注册商标,就像偷了马以后把门锁上一样。"

"我了解伯尼,"卡洛琳说,"我现在就可以告诉你,雷。他从来都没偷过马。"

他瞪了她一眼。"橡胶手套没办法帮你通过石蜡测试,"他继续说,"因为你的掌心还是会沾上硝酸盐粒子,不过现在你改用一次性手套了,塑料膜做的那种。"他禁不住露出了一个微笑。"只不过昨晚你什么手套都没戴,对吧?"

"怎么说?"

"你留下了一个指纹。"

怎么可能?我清楚地记得,在扭开弹簧锁,把自己关进安西亚·朗道的房间之前,我明明套上了塑胶手套。而且戴上手套以后,我马上擦了我有可能碰过的门把、门和门框。一直到我整个人都出了套房之后,才把手套脱下来。脱下手套时,我已经到了套间楼下的防火梯。

"你不打算问我在哪儿发现的吗,伯尼?"

"有这个打算,"我说,"不过我有种预感,你一定会告诉我。"

"在一个信封上。"

"哦,"我说着皱起了眉头,"什么信封?"

"哈,"他说,"我就知道。"

"知道什么?"

"知道你连自己漏下了两封信没拿走都不知道。紫色信封,两封都是寄给安西亚·朗道的。安西亚到底是个什么名字啊?"

"女孩的名字。"卡洛琳说。

"呃,卡洛琳也是,这能说明什么呢?信都是用同样的信封寄来的,而且跟现场所有东西一样,也撒上了粉,查指纹。其中一封上面全是指纹,有一些被弄模糊了,而且大部分都是她的,不过其中一个像水晶一样干净,你猜是谁的?"

"看来是我的。"

"你没费心处理那个指纹,"他说,"因为你原本打算把它跟其他所有信一起拿走。我看你是搞砸了。别做出这么一副垂头丧气的样子,伯尼。指纹把你扯进了谋杀案,可我原本就知道你人在哪里,所以没什么大不了的。"

"随你怎么说吧。"

"你有整整一沓信。原先应该是放在哪个大信封或者档案夹里,所以有多厚呢?一英寸?两英寸?高低椰没说你拿着东西,所以你的手应该是空的,因为你的衬衫里塞满了。"

"我的衬衫?"

"你的衬衫底下,我猜信就藏在那里。这样你就可以逃过高低椰这一关,不过训练有素的人一眼就可以看出来,所以你必须在进入大堂以前把东西藏好,因为你知道有人被杀了,也知道自己有可能被抓住。"

"被训练有素的人。"

"或者某个刚好认出你是个一激就上钩的小偷的人。"

"无药可救的小偷。"

"是你自己说的。可是你没把东西藏在自己房间里,也没带着东西出酒店,所以东西藏在哪儿呢?"

"既然你不相信我根本没拿的话——"

"打死我都不信。"

"——那我一定是把东西藏在酒店某处了。"

"是啊。依我猜,是另一个房间,如果我年轻气盛的话,我就会一间一间地仔细搜查,搬开家具,掀开地毯。"

"不过你是个有智慧的长者了。"

"你懂我的意思,伯尼。咱俩现在都有机会捞到好处,又何必多此一举呢?现在你只要告诉我你把东西藏到哪儿了,我会亲自去拿,接下来咱们就等着瞧吧。"

"等着瞧什么?"

"看怎么换现。难就难在这里。从我听到的消息来看,没人知道那些信件值多少钱。除非能够公开出售,不然根本就换不了多少钱。你要是偷本珍品书或者有价钱币、名画什么的,就有那些脑子不正常的收藏家会花大价钱买下来,然后藏在别人连想偷看一眼都找不到的地方。可是只有大学图书馆是这些信的大买主。而且,除非可以向外界大肆宣扬自己拿到了这些信,不然他们是不会花大钱的。"

"他们要的是宣传。"

"就跟找个年轻女孩做女友的老家伙一样。这事一半的乐趣是跟老朋友炫耀——尤其是当他也没什么成就可供炫耀的时候。所以说,这种买卖一般只能把赃物卖回给保险公司……"

"呃,如果是这样……"

"可是这些信没买保险。朗道不肯为那些信件买动产保险,而且因为苏富比还没拿到信,所以他们公司的保险也不能涵盖。再说，朗道又不能把信赎回来，因为她已经死了，而且除非有个没人听说过的新遗嘱，否则她的财产就全得捐给艺术家工会，资助穷困潦倒的作家——依我看，大部分作家在大部分时间里都是这种境况。"

"是这个社会出了问题，雷。我们不够尊重艺术。"

"是啊，我们都应该感到羞愧。重点是，伯尼，总有人愿意出赏金，上帝总会打开一扇门让咱们神不知鬼不觉地赚到钱。然后，咱们就把钱分了。"

"五五对半分账。"

"这是唯一避免伤害感情的办法，伯尼。你一半我一半。平均分配，谁也不多拿一分。"

"好像挺公平。"

"见鬼，不能更公平了。所以呢？咱们就这么定了？"

"大概是吧，"我说，"不过我必须亲自把信拿回来。"

"怎么拿？到处都是登着你照片的报纸，伯尼。你连前台那关都过不了。我去拿吧，我可以像酒店老板一样走进去，不会有人拦我的。"

"把你的警徽借给我，"我说，"我也一样办得到。"

"你真会说笑话。"

"信藏在安全的地方，"我说，"而且没有人会找到。我可以尽快拿到手，不过不着急。再说你去拿会有困难，雷——就算你知道东西在哪儿。"

"这讲不通，伯尼。"

"雷,"我说,"我可以把我知道的事通通告诉你,可你就是找不到。相信我。"

"是啊,"他说,"你藏东西的本事就和找东西一样神乎其神。我只希望你没有直接把信藏在朗道的套房里。"

"我为什么要这么做?你们想必已经彻头彻尾地检查过那个地方了。"

"没错,"他说,"你的房间也是。包括小熊。"

"小熊?帕丁顿熊?"

"在你房间里,坐在壁炉上。"

"你觉得它身上能塞一个两英寸厚的文件夹?那它到底有没有把东西藏在它的小红夹克底下呢?"

他摇摇头。"不是信。不过它有可能捧着盗窃工具,甚至是一把枪——如果是手枪的话。"

卡洛琳用小红帽的口吻说:"亲爱的帕丁顿,你到底是爪子里抓着一把枪呢,还是因为看到我才这么高兴?雷,你跟你那伙人有没有把伯尼的小熊开膛破肚?因为如果有的话,我觉得他要控告你们的理由非常充分。"

"也可以理直气壮地向保护动物协会投诉,"雷说,"不过我们只帮它做了 X 光扫描,所以你大可放心。总而言之,搜查相当彻底,伯尼,你的房间和她的都是,不过这和搜毒品不一样,不能带狗进去。狗怎么能帮你找到某个人写的信呢?"

"或许你可以让他闻闻格利·菲尔伯恩的笔迹样本。"

"或者紫色信封。我知道你有多调皮,所以找了几个巡警在她的档案柜里找那些紫色信件。藏信的绝佳地点,只要把信塞到别的档案袋里就行了。"

"就跟爱伦·坡[①]那篇《被窃的信》的情节一样。"卡洛琳说。

"随便吧。被窃或者悲泣,总之他们一无所获。不过我们没有劈开书桌或者冰箱门,所以你还是可以再溜回朗道的住所,找到一个隐秘的地方把东西通通塞进去。问题是,套房现在被当成犯罪现场封起来了。你进不去。"

"我不需要进去。"

"很好,"他说,"所以是别的地方,某个你进得去的地方。"

"差不多吧。"

"而且我进不去。"

"你不可能悄无声息地进去,"我说,"而且会引起别人的注意,让你浑身不自在。"

"那就算了,"他耸耸肩,"好吧,伯尼。就按你说的办吧。慢慢来,可是不能太慢,明白吗?眼下风声很紧,而且还有个据说很有名的女士被人杀了——虽然我认识的人里没一个听过她的大名。你该不会刚好知道是谁杀了她吧?"

[①]爱伦·坡(Edgar Allen Poe, 1809—1849),美国诗人,小说家和文学评论家。西方侦探小说鼻祖。《被窃的信》是爱伦·坡创作的侦探小说之一。

"如果你说了半天只是为了——"

"当然不是，我知道你没杀她。可你在我们之前抵达案发现场，所以你可能看到了什么，有些什么线索。而且就算没看见，你也总有办法摆脱踩到自己老二的处境，然后又香得像朵水仙花似的冒出来。前一分钟你还是阶下囚，后一分钟就又看到你跟满满一屋子的人解说谁是真凶。"

"呃，我很高兴这个房间没有挤满人，"我说，"因为现在我一反常态，舌头打结了。"

"你说的是真的？"

"绝无虚言。我一点儿线索也没有。"

"不过你可能会想出什么主意来，"他说，"以前你不是没有这样做过。如果找到线索，你也知道该跟谁通风报信。"

"当然，雷。咱们是搭档。"

"你说对了，伯尼。咱们俩搭档一向合作顺利，对吧？而且这一回我有很好的预感。这事干完之后咱们应该都有斩获。"他在门口停住脚步，"很高兴看到你，卡洛琳。你几乎一个字也没讲。"

"根本没机会讲，雷。"

"也许这就是原因。你不开口的时候的确更讨人喜欢。"

"哇，"她说，"不知道这话用在你身上行不行得通？"

"看吧？你只要一开口，就是原来那副讨人嫌的模样。可嘴巴闭紧的时候还不错。你知道吗？你看上去不一样了。"

"啊？"

"你看上去不一样了，"他说，"大部分时间你看起来都像准备咬人的狗。"

"可现在我看起来像是刚洗了澡，梳过毛的贵宾狗？"

"比较像毛茸茸的可卡犬[①]，"他说，"变得温柔了，你知道吗？"他打开门。"不管你是怎么办到的，继续保持。这是我的建议。"

[①]可卡犬（Cocker spaniel），猎鸟犬中最小的犬种，温和好动，毛质为丝绸状。

10

"不管你是怎么办到的,"她低声咆哮着,"继续保持。雷蒙德·基希曼——女子礼仪学校创办人的建议。"

"你又不是第一天认识雷。"

"没错,"她说,"而且没有一天不后悔。水仙没有香味,伯尼,怎么可能香得像朵水仙花似的冒出来?那头死猪。"

"就因为他提到了水仙?"

"因为他说了那些对我的评价。他注意到了,伯尼。他不知道他注意到了,可是他注意到了。真丢人。"

"是因为你头发长了。"我说。

"这只是一部分原因。跟衣服也有关系。瞧我这件衬衫。"

"哪里不对了?"

"这件你能穿吗?"

"呃,"我说,"不,不能吧,说实话。可我是男人,卡洛琳。"

"太女性化了,对吧?"

"呃,对。"

"问题来了,伯尼。我要变成娇滴滴的女人了。看看我的指甲。"

"哪里不对了?"

"你就看一眼吧。"

"怎么了?"

"你看它们还和原来一样吗?"

"修得挺短,"我说,"而且上面没有指甲油——至少在我看来没有。除非你是涂上了那种无色指甲油。"她摇摇头。"那么在我看来,"我说,"它们还和原来一样。"

"没错。"

"所以问题是出在哪儿呢?"

"问题,"她说,"是在里面。"

"指甲底下?"

"皮肤底下,伯尼。指甲一直没变,不过这是第一次看起来不对劲。对我来说,我的意思是。指甲看起来太短了。"

"是很短没错啊。和以前一样。"

"在这以前,"她说,"看起来都不短。以前看起来刚刚好。可现在看起来,我嫌指甲太短了。短得没有吸引力。"

"哦。"

"跟我的头发一样。"

"哦。"

"你明白发生什么事了吧，伯尼？"

"好像是，嗯。"

"是埃丽卡，"她说，"她把我变成了芭比娃娃。接下来呢，你倒是说说，涂脚指甲油？穿耳洞？伯尼，你要跟泰迪睡觉，我呢，马上就要穿着泰迪睡了①。妈的。"

"呃，你还是会说脏话。"

"现在是会。可用不了多久我就会说'讨厌'了。伯尼，我本以为你没拿信呢。"

"是没拿啊。"

"那信封上怎么会有你的指纹呢？"

"我就是用这个办法查出了朗道的房间号码。记得吧？我假装找到一个上面有她名字的信封……"

"然后前台服务员就把信放进了她的信箱。你只是随便挑了一个紫色信封？"

"我想用一个容易辨认的。我知道菲尔伯恩习惯用紫色信封，所以，呃……"

"信封里面是什么？"

"一张空白的纸。"

---

① 此处泰迪是双关语。前指泰迪熊，后指一种俗称为泰迪的性感内衣。

"紫色信纸?"

"你说呢?"

"你想干什么,想让她心脏病发作吗?她拿到信,以为是他寄来的,然后看到一片空白。如果换作是我,会以为是个不爱说话的男人威胁要杀了我呢。"

"我原本是想说,"我说,"她应该等我摸走信以后才会收到那个信封,然后她会以为是菲尔伯恩在报复她。"

"你真是那样想的,嗯?"

"呃,多多少少。"

"进了巴黎水的脑子,对吧?"

"卡洛琳……"

"所以你是真的不知道信在哪里?"

"一丝线索也没有。"

"你和把你卷进这个麻烦的女人谈过了吗?"

"爱丽丝·科特雷尔吗?"我把手伸向话筒,"我试过了,可她没接。这次还是没人接。"

"真奇怪,她竟然没想过跟你联络。"

"你这么一说,的确奇怪。待会儿我再试试看。"

"那你跟雷搭档……"

"对半分账,"我说,"平均分,谁都不多拿一分。不过我们还没有东西可卖,到目前为止的最佳提议是:如果我把信复印一份的话,某个男人会付复印费给我。所以也没什么好分的。除非……"

"除非怎样?"

"除非我搞错了,"我说,"再说吧。不知道马丁有什么打算,真叫人纳闷。"

她回贵宾狗工厂以后,我还在纳闷,不过我有川流不息的顾客让我不断分心。首先进来的是玛丽·梅森——我敢发誓她跟我买书只是为了找借口来看猫。她一如既往地对拉菲兹小题大做了一番,而它也一如既往地坦然接受。之后,它便纵身跳上一个高书架,蜷身窝在盒装的托马斯·洛夫·皮考克①书信集旁边——恐怕只要我还是这家书店的店主,就甩不掉这套书了。我卖给梅森小姐两三本侦探小说——内容很温暖,你听到了一定很惊讶——而且正当我拉开收银机,要开收据时,有个男人拄着拐杖进来,问恩典堂该怎么走。

就在百老汇转角,而且比露德同性恋活动中心更容易找。我给他指了正确方向。他一拐一拐地走了,紧接着,我那位头戴棕色贝雷帽,留着银色胡子的长脸朋友就跨进了门,若有所思地微笑着,带着浓郁的威士忌味。他径自走到诗集区,一本正经地浏览起来。

一位穿着工装裤的年轻女人想知道时间,我告诉了

---

①托马斯·洛夫·皮考克(Thomas Love Peacoke,1785—1866),英国小说家,诗人,东印度公司职员,著名诗人雪莱的挚友。

她。还有个塞内加尔人——个子很高，而且简直瘦得吓人——想卖给我几只劳力士表和普拉达手提包。他向我保证说，这些都是纯正的赝品，可以为我带来绝好的商机。我解释说我经营的是书店，只卖印刷品，于是他便摇着头走了，边走边为我欠缺生意头脑和眼光而叹息不已。我摇了摇头，虽然不知道自己为什么这么做，又给爱丽丝·科特雷尔打了一次电话。没有人接。

我又打了一通电话，这回打给了毛克利。他是哥伦比亚大学的退学生，曾经的瘾君子，如今仅剩的脑细胞只够做书探这行。我从他手里买了不少书，而他在我书架上看到定价低得离谱的书时，也跟我买过几本。

如果没别的事要做的话，他会代我看店。我希望他能在我跟马丁·吉尔马丁碰面时帮我代班。可是他也没接电话。

我又拿起了雷德蒙·欧汉隆，希望有人提醒我，还有别的丛林比我定居的这个更糟。接下来打断我的是个地包天的胖子，长了头卷得密密的棕发。看起来像只烫过毛的牛头犬。

"罗登巴尔。"他说着，朝我塞来一张名片，希里亚德·莫菲特，上面写着，收藏家。下面是一个地址，位于华盛顿州贝林厄姆的邮政信箱，传真号码，和一个电子邮箱。

收藏家还真能把人逼疯。他们都有点儿疯癫，不过旧书店少了他们可没法生存，他们买的书比谁都多。他们不仅买自己读过的书，还买永远不打算读的。反正也不是真的有时间读。他们得忙着仔细研究目录，走访廉价书店，拍卖场，还有，没错，像我这样的店主。

我问他收藏什么。他俯在柜台上，压低声音，一脸神秘地对我耳语起来。

"菲尔伯恩。"他说。

真巧。

"我是完整主义者。"他说，语气中骄傲与退缩兼具，仿佛宣称他有皇室血统且罹患血友病。"我什么都要。"

"呃，我这儿没几本。"我说，"小说区按字母顺序排列着几本。我有《无名之子》，不过是第五次印刷。"

"我有第一次印刷的。"

"我就知道你会有。"

"还有一本第十次印刷的，"他说，"为了修订过的封套。外加十四本平装版。"

"要送给朋友分享？"

他听了大惊失色。不知道哪个带给他的震撼更大——是朋友这个词呢，还是要送书给人这件事。或许两者皆是吧。

"十四本平装，"我说，"哦，每次印刷一本。"

"差远了。总共超过六十次印刷。哪个白痴会想全部收藏？我是想每种封面收藏一本。六十几次印刷，总共十四种封面。"

"所以你全都有。"

"每种封面的第一次印刷本我都有。除了一个,二十一次印刷换了新封面,不过我那本是第二十二次印刷。第二十一次印刷的我还没来得及买。数量不少,而且当然不值什么钱,不过请你想办法给我找一本。"

"唉,"我说,"我很希望能帮上忙,可我只有买下一整套藏书的时候才能拿到平装书,而且我通常都马上批发出去了。"

"我已经给专家列出清单了,"他说,"这不是我此行的目的。"

"哦。"

"我只是希望你能了解我的收藏范围。"

"你是个不折不扣的完整主义者。"

他点点头。"我有国外版。几乎收齐了。我有马其顿语的《无名之子》。不是塞尔维亚-克罗地亚语①,SC太普通了,我的是马其顿版本。其实根本不应该存在的,没有哪个目录学家列出来过,而且我认为这个版本应该没有授权,一定是盗版。不过有人翻译了内容,也排版印出来了,我手头就有一本。有可能是斯科普里②这边唯一的一本,总之是有这本书,而且就在我手上。"

---

① 塞尔维亚-克罗地亚语(Serbo-Croat),是前南斯拉夫人说的语言之一。
② 斯科普里(SkopJe),南斯拉夫东南部城市。

"真叫人印象深刻。"

"只要我想收藏哪个人，罗登巴尔，我都会全力以赴。"

"看得出来。"

"我不仅收藏书。我还收藏人。"

我开始想象他举着一个庞大的捕蝶网，越过山丘溪谷，把吓出魂的格列佛·菲尔伯恩追得四处飞跑的场景。

"我有他那届的高中毕业纪念册，"他说，"毕业班一共有八十个学生，所以他们能印多少本呢？而且你说，能有几本留下呢？要找到还留着纪念册的学生可不容易，想说服他卖掉就更难了。"

"不过你办到了。"

"没错，而且我可以向你保证，我绝不会跟它告别，就算你出我当初付的二十倍价钱也不行。他是唯一没把照片放上去的毕业生。他的'在校成就'那一栏里一片空白。高二那一年，他是级长，你知道吗？他是拉丁文荣誉学会的一员，学校乐队的小号手。这些你都知道吗？"

"我知道南达科他州的州政府在哪儿。"

"你说的这是什么不沾边的话啊。"

"没什么，"我说，"不过是你问历史我答地理罢了。"

他瞪了我一眼。"他从那时就害怕拍照，"他说，"是唯一没登照片的毕业班学生。我拿到的这本上有他的签名。在原本该登照片的地方，他写着：'当你垂垂老矣／

静坐不动之时／烦请念及那个／逆势写作之人。'笔迹是斜的。"

"向上斜。"我猜道。

"而且他签了全名。格列佛·菲尔伯恩。"

"签名照，"我说，"只是缺照片。"

"不过他的照片的确出现了。不在毕业班的个人介绍部分，是团体照。他和乐队的合照，只是他用一支小号挡住了脸。一定是故意的，我敢打赌。"

"真是个淘气包。"

"他也是拉丁文荣誉学会的会员，我刚才可能说过了，而且他们可没让他躲在恺撒的《评论集》后头。他坐在最后一排，从左边数第二个。他半躲在旁边的学生后面，脸被影子遮住了，所以很难从那上面看出他到底长什么模样。不过，那毕竟是如假包换的格列佛·菲尔伯恩的照片。"

"而且在你手上。"

"毕业纪念册在我手上。我希望拿到原照，可当初的摄影师早就去世了。而且他的档案多年前就遗失了。原照已经丢了，也许永远都找不到。不过我有菲尔伯恩童年时住的房子的原照。但房子二十多年前就被拆掉了，再也没有机会了。"

"没有机会看到？"

"没有机会买到。州政府收购了房子，要在那里建高速公路的支线,不过我可以买下房子移到别的空地上。想想看,把闻名世界的格列佛·菲尔伯恩收藏摆在他小时候居住的房子里!"他叹了口气,叹息声里充满了惋惜。"二十多年前。就算当初知道,我也没钱买。不过,我总可以想出别的办法。"

"你很投入。"

"人活着就该如此。现在我不仅很投入,而且负担得起了。我希望拿到那些信。"

"如果信在我手上,"我说,"你打算付多少?"

"由你开价。"

"如果由我开价,"我说,"价钱会很高。"

"说吧,罗登巴尔。"

"问题是,想要那些信的人不止你一个。"

"但我是最想要的那一个。你和多少人谈交易都可以,但请给我出最高价的机会。不然你就先定个价码,给我机会达到你的要求。"他上身前倾,收藏家特有的疯狂在他暗色的眼睛里燃烧着。"总之不管你想怎样卖,千万不要瞒着我把信卖了。"

"那些信,"我小心翼翼地说,"目前不在我手上。"

"这我能理解。"

"不过不表示以后不会到我手里。"

"到时候……"

"我会想办法联络你。不过你人在……"我看看他的名片,"……华盛顿州的贝林厄姆。靠近西雅图吧?"

"是的,但现在不是,我人在纽约。"

"这我能看出来。"

"我前天搭飞机来这儿。原以为也许可以和这位朗道谈谈,看她是否愿意先听我出价,而不是公开拍卖。有钱赚为什么还要等呢?何必付那笔佣金。"

"她怎么说?"

"我没能和她面谈。我先去了苏富比,得知他们已经取得了朗道的签名同意书。他们预付了一笔钱给她,她也同意当月交出整批菲尔伯恩档案,好让他们规划目录,准备一月份的拍卖。我强烈建议他们整批拍卖。我确定,无论是得克萨斯州立大学还是其他不管哪个学术机构的投标人都会比较喜欢这种方式。"

"他们同意了吗?"

"还没决定,要等看到货以后才能定下来。我的预感是他们会分批卖掉。这就意味着必须分次出价。万不得已时我会照办的,不过如果能够开张巨额支票,一次了结的话,我会非常高兴。"

我指出,支票有可能造成问题。对苏富比可不会,他说,不过如果是私人交易,完全不会留下记录的话,现金交易比较简便。他告诉我他目前住在五月花酒店,在中央公园西路,而且还会在那儿待一个星期左右。他还要接洽几个捐客、书商及这一行的其他人物,而且他有可能去几家博物馆看一两场展览。格列佛·菲尔伯恩是他的最爱,不过不是唯一。

我们握了手。原本以为会摸到一只汗津津的手掌,但那只手很干燥,坚定而有力。原来他并不吓人,不过是个收藏家罢了。

我试着拨打了爱丽丝·科特雷尔和毛克利的电话,都没人接。我断定这两位正一边共进迟来的午餐,一边谈论我。我放下话筒,拿起欧汉隆。不过,就在我奋力结束语句过度繁盛的第一段时,有人清了清喉咙,掳走了我的注意。是那位长脸银须的朋友。

"我忍不住偷听了。"他说。

"我也是。"

"那位绅士不会是认真的吧?"

"他是收藏家,"我说,"他们就是那样。"

"不是每一个都那样。"

"他和其他的没什么差别,"我说,"只是更夸张。"

"那位作家,"他说,"格列佛·菲尔伯恩。听起来他像是……想把那个人当财产,把那个人做成标本挂在墙上。"

我点了点头。"精心保存,"我说,"然后完美地展示出来。出自热情或者疯狂吧,或者两者皆是,总之他着了魔。你知道是怎么开始的,他读了本书,爱上了它。唔,我也读过。"

"我也是。"

"我觉得,可以说这本书改变了我的一生。"

"有几本书改变了我的一生。"他说着,伸出指尖整理胡子。"不过人总得往前走,去开创新生活,不能总是收集过往的纪念品做凭吊。我可没有读完哪一本书以后就迫不及待地非装满一整瓮作家剪下来的指甲才罢休。"

我们展开了一段关于书的愉快的谈话——当初我决定买下书店时曾遐想过这样的谈话。我告诉他我的名字——他已经偷听到了——而他则给了我一张名片,上面说他叫亨利·瓦尔登,来自印第安纳的秘鲁市。

"我已经不住在那儿了,"他说,"我以前有家小工厂,是家族传下来的产业,雇了大约二十名员工。我们做黏土制品,后来有家大型玩具工厂想吞并我们。"他叹了口气,"我喜欢做黏土,"他说,"不过我的哥哥和姐姐都无法拒绝他们开出的价码。"

他是举手表决中的少数派,所以他就优雅地放手了,拿了他那份钱。不过,他不想继续跟两个他不再喜欢的哥哥姐姐以及二十个不再喜欢他的黏土工人住在同一个地方了。他一直都很喜欢纽约,目前他待在一家酒店里,正在寻觅公寓,还有自己下半辈子的方向。

"我甚至想过要——答应我,别笑——开一家书店。"

"要笑也轮不到我笑,"我说,"我觉得这个主意挺棒。只要记住能在旧书业挣得一笔小财的必胜之路。"

"是什么?"

"一开始一定要有庞大的资金,"我告诉他,"与此同时,你想不想得到第一手的经验?你可以帮我把特价桌搬进来。"

"你要打烊了?"

"我在半英里外的上城和人有约,可是因为跟你谈得太高兴,马上就要迟到了。所以如果你愿意帮忙的话——"

"我可以帮你看店,"他提议,"反正闲着也是闲着。你或许不会愿意让我关店,不过如果你能在打烊时回来的话……"

我花了十秒钟决定把店交给他。这人看起来很老实,不过外人也是这么看我的,所以我又怎么能确定呢?我花了比打烊更短的时间告诉他该做什么,怎么做。"其他事情,"我说,"譬如想卖书的还有想讨价还价的,就让他们等我回来。如果还有什么事我没提到,问拉菲兹就好。"

"喵。"拉菲兹说。

11

"凯斯勒马里兰黑麦威士忌。"马丁·吉尔马丁念了这个词，对着光举起杯子。"听起来像是酒店服务员会送进房间的东西。"他啜了一口，想了想，"有甜味，但没到发腻的程度。可我看还是比不上苏格兰威士忌。"

"嗯。"

"不过味道很独特，香醇爽口，也很够劲儿，必须承认。"他又啜了一口，"很美国的饮料，不是吗？不过没听说过有谁喝这个，不管是不是美国人。但是一定有人喝吧。这个酒瓶上没积灰尘。"

我刚才问俱乐部里有没有黑麦威士忌，不要混合的，只要纯黑麦酿的，侍者便把凯斯勒牌捧过来。我像个瞪着酒瓶寻找在法国原产地封装标记的品酒专家一样仔细研究了一番。最后，我说看起来可以，他便拿走瓶子，斟满了两杯端过来，我们俩便做了我们该做的事——喝酒。

"我可以想象约翰·韦恩①点这个酒,"他说,"我是说在某部电影里,砰的一声撞开某某酒馆的双推门。酒馆里立刻一片死寂。他挺着肚子,大摇大摆地走向吧台。'黑麦威士忌。'他说,每个音节都带着那种满不在乎的拽劲儿。"他再啜了一口。"这酒越喝越上口。"他说。

我们坐在他那家位于格拉梅西公园的俱乐部的一层大厅里。都穿着蓝色外套,打了条纹领带,不过马丁看起来比我要优雅得多。每次都是这样。他身材高大,挺拔瘦削,一头银发,无论外表还是举止神态都是一副从贵族绅士广告里走出来的模样,不然就是属于类似"冒牌者"俱乐部这种墙上挂着如著名演员德鲁·巴里摩尔以及布斯之类名流肖像的地方。他们看起来时髦高贵,我的东道主也一样。

马丁是生意人,投资商,除了在人生这场戏中演出自己的角色以外,并不是演员。不过,冒牌者俱乐部的成员还包括其他非演员——入会的主要条件就是脉搏跟支票簿。马丁在俱乐部会员里被列为剧院常客——而这通常指的是偶尔会去看场戏。不过马丁参与的程度更深一些。他偶尔出资支持外百老汇的舞台剧制作,多年来已经和演艺圈的个别人士建立了一对一的互动关系。

个别女士,我是说。

---

①约翰·韦恩(John Wayne, 1907—1979),好莱坞明星,以演出西部片和战争片中的硬汉闻名。

"今天的《每日新闻》说她是演员。"说着，我端起了自己的黑麦威士忌。"我原本也该猜到。"

"你指的是艾西斯。"

"艾西斯·戈蒂耶，是个真正的美女，马丁。这一点我得承认。"

"不是你想的那样，"他说，然后好像是被自己说的话吓了一跳。"简直不敢相信我的耳朵。'不是你想的那样。'当然就是，绝对就是你想的那样，所以请允许我更正一下。不仅仅是你想的那样。"

"好吧。"

他举起酒杯，发现是空的，便朝侍者招招手。我们俩的酒杯都续满以后，他啜了一口，重重地叹起气来。他说："你应该从来没见过我的朋友约翰·康西丁。"

"应该没有。"

"你们俩也没什么见面的机会。约翰是债券交易商。喜欢航海，经常打高尔夫球。"

"他是这里的会员吗？"

"不是，不过我提议过要帮他加入。说起来，他算是剧院的主顾。"

"说起来算是。"

"没错。约翰婚姻美满，已经当了祖父，不过坐帆船打小白球带来的乐趣终归有限。多年来，约翰和几位迷人又有才华的年轻女子陆续交往过。"

"女演员。"

"大部分是。一年前,约翰和他的太太参加纽约一个牛皮癣基金会举办的慈善宴会。当他们回到位于沙角的家时已经是午夜之后了,他们不在家时,家里来过访客。"

"夜贼。"

"对。康西丁夫妇回来以前,他们已经来过又走了。"

"未尝不是件好事,"我说,"对主人和客人都是。某些夜贼遭人挑衅的时候有暴力倾向,某些被盗的住户也是。"

"约翰以前是科尔盖特摔跤队的选手,"他说,"当然,已经是很久以前的事了。自那之后他享用过不少丰盛的晚餐,更别提还动过一次血管扩张术。所以他和那些不速之客没碰上面也是件好事,更何况,这次拜访对他来说是个机会而非冒犯。"

我赶忙插话说。"保险。"

"你脑筋转得很快,不过约翰也是。他只瞥了一眼就看出来他被洗窃了,还是被洗劫了?"

"都一样,"我说,"两个都可以。"

他考虑了一下。"被洗劫了。"他做了选择。"抢匪抢东西,绑匪绑人,小偷偷东西,窃贼窃人住处。这些窃贼留下了一堆烂摊子——椅垫四处乱丢,家具东倒西歪。伯尼,你看起来吓坏了。"

"相信我,我是真的吓坏了。"

"辛西亚也是。"

"康西丁夫人。"

他点点头。"约翰把她带到房子外面，让她在车里等，他则跑去估算损失，通知有关部门。"

"很危险。要是贼还在屋里怎么办？"

"他若不是出于无知，就是准备冒个险。他冲到楼上的主卧室——那儿有明显的犯罪迹象，床头柜倒了过来，抽屉全翻在地板上。"

"野蛮人。"

"约翰没继续浪费时间。他打了九一一，然后匆匆赶下楼找他太太。'保险柜敞着，'他告诉她，'他们把东西全拿走了。什么都不剩。'"

"事实上他们没拿？"

"保险柜嵌在墙壁里面，"他说，"藏在卧室的一幅版画后面。画本身还值几个钱，不过贼没有看出来，要不就是不在乎。如果他们知道该拿画的话，就会发现保险柜，而且说不定他们就把柜子打开了。"

"如果他们连保险柜都没本事找到，"我说，"也没本事打开柜子。除非你的朋友把组合密码贴在画的背面——就像几年前我拜访过的某个家伙一样。"

"你是在开玩笑吧。"

"他大概是觉得这样有助于记忆，"我说，"而且我猜，他认为不会有人注意到。而且还真给他料中了。我是等到临出门前把画挂回原位时才发现的。我凭自己的才华和天赋打开了保险柜,不过如果能早看到他准备的资料,我就能早点儿打开,早点儿走人。"我对着回忆摇了摇头。"算了。约翰·康西丁清洗了自己的保险柜。"

"那里面有他的一些现金,"他说,"没上保险,国税局也没必要知道的现金,被他藏到别的地方了。保险柜里还有一些文件——房屋的所有权状,一些债券和股票,几张期票和他手上的抵押。他把这些东西和地板上的烂摊子混在一起,制造假象,让人以为窃贼觉得它们不值得拿。"

"他们拿走了现金,"我说,"没动票券。"

"他的剧本是这样写的。他们也拿走了珠宝。事实上,他们是拎走了辛西亚的珠宝盒,外加梳妆台顶层抽屉的所有东西,不过她把最好的十件还是十二件珠宝全放进了保险柜。因为过于名贵,这些珠宝都列入了约翰的家庭险。当他对她说,他担心这些东西永远都找不回来的时候,口袋里塞满了珠宝。"

"有些人会说他聪明机智,"我沉思道,"有些人会说他卑鄙无耻。"

"机会就在那儿,"他说,"约翰伸手抓住了。不过只有一瞬,后来还是从他手里溜了。警察上门检查,告诉他看起来像是那一带的一帮惯偷所为,说找回失窃物的机会非常渺茫。所有失窃财产约翰都申报了全额理赔——除了没报失的现金,当然,但是添上了几件他自己摸走的珠宝。保险公司付了钱。一般来说,保险公司都像狡猾的黄鼠狼一样卑鄙,不过对于这种情况他们别无选择。毫无疑问,那些珠宝是约翰的财产,他也为它们上了保险,大家都很清楚他家遭窃。理赔申请得到批准,支票也开出来了。"

"你刚才不是说什么从他手里溜了嘛。"

"没错。"他拿起他的杯子。"这个黑麦酒还真让人越喝越上瘾,对吧?你说我们还有时间再叫一杯吗?"

"时间不是问题。不过我可能得开车或者操作机器。"

"那你要保持头脑清醒,"他放下杯子说,"继续说约翰·康西丁。公司付了钱,不过,约翰刚刚存进支票,辛西亚就展开了疯狂购物。所有丢失的东西她都要重买,如果她想稍稍升级一下的话,谁又能怪她呢?等她完工以后,她已经把保险公司理赔的钱花得一毛不剩,还透支了好几千。"

"所以约翰反而因这笔生意赔了钱,"我说,"不过以纯利来看,他还是赚了,对吧?现金少了几千块,不过他手上还有珠宝。"

"可他能把珠宝怎么样?"

"哦。"

"正是如此。如果他让老婆参与骗保的话,事情就不同了。不过恐怕这样做也有这样做的坏处。约翰租了个保险箱藏好珠宝。"

"它们都还在里面。"

"不全在。"

"哦?"

"盗窃案发生时,约翰和一名年轻女子有不寻常的友谊,她名叫……嗯,反正无所谓了,因为他们已经分手了。当时他对她非常着迷,给了她一只原来放在保险柜里的手镯。设计并不引人注目,而且最多值几千美元。非常慷慨的礼物,但也不会太过头。几个月后,他们分道扬镳时,她没表示要还,他也没觉得自己有权要回来。"

"现在她已经是局外人了。"

"对。"

"不过又有一个女人搅和了进来。"

他点点头。"就在他们分手后不久,"他说,"或者是在那之前不久,约翰碰到了另一位年轻女子。"

"女演员。"

"没错。"

"她该不会就住在帕丁顿酒店吧。"

"正是,"他说,"而这就意味着他每次去看她时都得穿过大堂——约翰对此不太满意。但是那里有某种艺术传统,也非常浪漫。何况约翰对这女孩又很着迷。"

"以至于他给了她……"

"他说是借的。"

"借?"

"他是这么说的,他跟她说得很清楚。她参演了外百老汇的戏,《游戏人生》,是一出重排的老戏,剧组提供的项链是那种从廉价商店买来的低级货。她觉得看起来既艳丽又俗气,跟她的角色完全不配。她是非裔美国女演员,扮演传统白人的角色,装扮俗丽是她的最大禁忌。而约翰被崭新的爱情冲昏了头,就告诉她,他有合适的珠宝。"

"红宝石项链。"

"还有配套的耳环,"他说,"他的直觉很对,至少就短期而言。她非常喜欢那条项链。怎么可能不喜欢呢?镶在 22K 金子上的缅甸珠宝并不难讨人喜欢。她觉得那条项链和她的角色是绝配,在台下她也一样喜欢。演戏的时候,她只戴项链。谢幕以后,她跟他碰面喝一杯时,会再戴上耳环。"

"而他跟她说过只是借给她的。"

"他是这么说的。不过在她的记忆中不太一样。"

"戏已经停演了吧?"

"几个月前就停演了。"

"但是她没有归还珠宝。"

"对,而且约翰不想给她施加压力。何必在一切进展顺利的时候奏出不和谐的音符呢?"

"如果一切进展顺利的话,"我说,"就让她留着好了。除非珠宝非常名贵。"

"一套三件珠宝——项链加一对耳环——以六万五的

保价列在约翰的家庭险里。当初他就是花那么多钱买下来的，保了同样的数额，也拿到了同样的赔付。"

"怪不得他想要回来。"

"没错。"

"不过他没催她还。"

"嗯，没有。但是辛西亚开始和他谈论那些珠宝了。"

"所有被偷走的吗？还是特别提到了这几件？"

"是红宝石项链和耳环。她买了其他珠宝，不过不认为那些能取代丢了的东西。红宝石是她的最爱。是约翰有一次掘到一大桶金时帮她买的，所以也有纪念价值——对两人都是。现在他开始后悔把珠宝从她身边拿走了，可他总不能说找就又找回来了，对吧？所以他才编出了一个私家侦探。"

"'编出'？你是说……"

"捏造出来的，"他说，"'我跟某人讨教过，'他告诉她，'一个行动诡秘的家伙，不是什么好人，不过黑道的人脉四通八达。'也就是说这个侦探会帮他买回项链耳环。"

"我打赌，康西丁夫人一定非常感动。"

"简直是难以言表，约翰说，她的反应让他领悟到妻子对他有多重要，觉得自己真是坏透了，为了蝇头小利而犯下大错。'女演员来来去去，'他说，'只有老婆是永远的。'他去了帕丁顿酒店，想要回珠宝。"

"但没能要回来。"

"'东西是我的,'艾西斯说,'你送给我了。'这种时候需要谈判技巧,不宜感情用事,不过后者战胜了前者。约翰说了一些让自己事后后悔的话,讽刺她的演技之类的,而她也同样不客气地批评他作为情人不够勇猛。等该讲的都讲完以后,他们的关系已经结束了。而项链和耳环还在她手上。"他叹了口气,"他就是在那个时候给我打了电话。我跟他在这里见面,请他到楼上吃午餐,他把我刚才告诉你的事一一说给我听。"

"他打算找你,"我猜道,"做私人侦探。"

"你说我是那种人吗,伯尼?行动诡秘的家伙?你是我黑道上唯一的人脉,可约翰根本连你是谁都不知道。所以,你没猜对,他只是想找个人吐苦水——找个认识所有当事人的人。我和埃德娜跟他和辛西亚的交情不错,你知道,而且我也看过艾西斯的表演。我得承认,约翰在气头上发表的评论毫无根据。她的演技好得无可挑剔,她把舞台都照亮了。"

"你是什么时候和约翰吃午餐的?"

"星期五。"

"而他跟艾西斯吵架分手是——"

"几天前。我跟约翰说我会尽力而为。他没办法跟她谈,因为他们不欢而散,不过也许中间人可以帮他说几句好话。他觉得或许我能开个不错的价钱,帮他要回红宝石。他给出的价钱是五千美元,虽然不到原价的十分之一,倒也不至于少得可怜。要是由他付的话,相当于事后给她的感情赔偿,有点太羞辱人了。不过,如果由中立的朋友支付的话,就另当别论了。"

"所以你就来到酒店,然后——"

他摇了摇头。"我星期一给她打电话,"他说,"约她星期三中午共进午餐。我和她在东三十九街的奇狗小馆碰头。你见过她,一定注意到那双蓝眼睛了。"

"很难不去注意。"

"如果她是瑞典来的金发女郎,"他说,"那双眼睛也没什么特别的。要看长在哪儿了,对吧?"他噘起嘴唇,吹了个无声的口哨,"我们点了生菜沙拉和煎蛋卷,共饮了一瓶香醇的葡萄酒。"

"然后回到了帕丁顿酒店。"

"你出去时,"他说,"我们正好进门。"

"我看,她答应了要退还珠宝吧。"

"不完全正确。我们打算进一步讨论这个问题。"

"在她房间里,"我说,"你在那儿待了多久?"

"几个小时。"

"讨论目前这种情况。"

"差不多吧。"马丁说,表情就像是刚刚跟金丝雀捣过乱的猫。

"我猜你们有很多事需要讨论。"

"比你能想到的还多。我得站在她那一边骂约翰,她被他气坏了。"

"因为他侮辱了她?"

"不仅如此。他还拿走了红宝石。"

"还好我们没喝下第三轮酒,"我说,"因为刚刚那轮的劲道比我预料的还大。要是约翰已经拿走了红宝石,为什么还找你上阵?"

"他没拿到。可她手上也没有。她原本打算戴上珠宝赴午餐约会,可是没找到,宝石不见了。"

我挑起一边眉毛。

"你不信?"

一个字也不信。如果马丁在中午见到她时,珠宝已经不见了,当晚它们怎么会奇迹般地出现在她的内衣裤抽屉里?不过我只挑起了一边眉毛,这样比较方便。

"我和你的想法差不多,"他承认,"不过她的话听起来像是真的。"

虚假的项链,真实的戒指①。"你说过,她的演技很好。"

"我也这样想过。总而言之,我倾向于暂且相信她。"他把目光转开,投向不太远的地方。"她既迷人又优雅。午餐吃得很高兴,我们喝了一瓶香醇的波马特酒②,相处

---

① The ring of truth 意思是听来属实,ring 在此处是双关语,有叮当响之意,也表示戒指。
② 波马特酒,一种法国产无果味红葡萄酒,因产自勃艮第最著名的波玛村而得名。

得非常愉快。我想过她可能是谎称珠宝不见了吗？当然想过。搞不好它们就在梳妆台抽屉里，或者塞在她那只泰迪熊穿的马靴里。我不能确定，不过当时我可不在乎。"

"而且你何必在乎呢？又不是你的红宝石。"

"但约翰是我的朋友，而且他把这件事托付给了我。跟他的女朋友上床可不会减轻我的责任。所以我还是跟艾西斯说得很清楚，如果宝石能像失踪时那样又突然神奇地出现的话，我可以保证让她赚到一万美元。"

"你刚才不是说五千吗？"

"那是约翰最初的想法，不过他已经同意，如果不得已的话，我可以开到一万。我刚刚说出了最低价，就接着抬到了最高价。何必跟一个刚和你上过床的女人讲价呢——更何况花的又是别人的钱？"他叹了口气，"最高价没能打动她。我可以感觉到，她已经找人估过价了，至少已经对珠宝的价值有了概念。她的立场一直没变——红宝石不在她手上，所以她不能拿钱。它们被偷走了，她没报案，是因为她觉得肯定是约翰干的。"

"何况她又没有产权，报失又能得到什么好处？"

"正是如此，"他说，"那天看见你的时候，伯尼，我没把你跟艾西斯还有红宝石联系到一起，因为当时我还不知道东西被偷了。后来才想起曾跟你在大堂擦身而过。"

"可是她要赴约之前宝石就不见了，而你撞见我时，你们已经吃完饭了。"

"谁知道你是什么时候到的,或者到底造访过酒店几次?不过有可能不是你。有可能是受约翰委托去查访项链和耳环的某个人。所以我就给他打电话,他听说她如此厚颜无耻,大为吃惊,矢口否认珠宝失踪跟他有关,而且认定她一定是在撒谎,为她竟然变成了这样一个狡猾的婊子而感到惊讶。他的反应很激烈,很有说服力,把我因为跟她共度了一段温柔时光而可能引发的罪恶感打得烟消云散。我可没在我朋友的私人领域里偷猎,因为他们的关系显然已经走到了尽头。"

"所以他们俩的话你都相信了。有人拿走了红宝石,不过不是他。"

"没错。我再次想到了你,我原本打算今天给你打电话。不过,我昨晚有事打给艾西斯,她跟我提到了帕丁顿的骚动。说她在走廊碰到了一个可疑人物,结果发现他正是窃贼兼凶手。"

"窃贼倒有可能,不过——"

"不用说了,伯尼。我知道那个女人的死跟你无关。"

"大家好像都知道我不会动手杀人,"我说,"可我还是一天到晚因为谋杀案而被捕。你帮了我一个大忙,帮我保释出狱。"

"我很抱歉你得在牢里待一晚。不过,如果你愿意还我这个人情……"

"怎么还?"

"红宝石。"

"啊，红宝石，"我说，"你打算给谁，决定了吗？你的老朋友，还是你的新任女友？"

"这是个问题，"他承认，"而且只是诸多问题中的一个。你为什么会去找红宝石？纯属巧合吗？或者，难道约翰真的认识什么行动诡秘的私人侦探？"

"我可不认识什么私人侦探，"我说，"不管是不是行动诡秘的。而且我可没听说过什么约翰·康西丁，我猜我连那出《游戏人生》也错过了，因为我也从没听说过什么艾西斯·戈蒂耶。我到帕丁顿来不是为了红宝石，而是要拿格列佛·菲尔伯恩的信。"

"那个遇害的女人——"

"是他的经纪人，信在她手里。是的，我去找信，有人捷足先登，还把她杀了。然后我就被铐上了手铐，塞了一耳朵什么依照宪法我有什么权利。"

"你不知道红宝石的事。"

"不知道。"

他看看我，看看别处，又低头看着自己的手。"我要再来一杯。"他说着，挥手招来了服务员，"你要喝巴黎水吗？"

"不用了，黑麦就可以。"

"我以为你想保持头脑清醒。"

"已经够晚了，没有必要，而且我现在觉得清醒的头脑被高估了。昨晚我头脑清醒，结果换来了什么呢？"

酒被端来了，我们继续喝。然后，他继续说："很难开口，可这话还真是不吐不快。你刚才说红宝石的事你不清楚，而且我也绝对不想指责你是在撒谎，不过……"

"不过你觉得我是在撒谎。"

"伯尼，你到底是怎么知道我说的珠宝是红宝石？"

"是你自己说的啊。"

"我没说。"

"你当然说了，马丁。22K金镶的缅甸红宝石。记得吧？"

他摇了摇头。"我先提到了她在戏里戴的项链，又说约翰提议给她换一条。'红宝石项链，'你说，之后我才描述起那套项链和耳环。可你怎么知道是红宝石？"

"我完全可以说是人类无法解释的灵异现象。"

"我相信你可以。"

"不过我不打算这么说。"我又喝了几口黑麦酒，希望它比弥尔的麦酒更能减轻我的罪恶感。"我刚才是在撒谎，不过，同时我讲的也是实话。"

"哦？"

"我从没听过康西丁，或者艾西斯，或者红宝石的事。我去找信，结果找到了一具尸体。当时我只想脱身。"

"然后呢？"

"出门时，我抄近道穿过另一个房间，你猜我在内衣抽屉里找到了什么？"

"不会吧。"

"没错。我不是去找红宝石的，那不是我的目标。老实说，我更喜欢现金，不过我找到的是红宝石，而且，以我并非完全没经过专业训练的眼睛来看，像是漂亮的上等货。所以我就拿了。"

"因为，这毕竟是你的职业。"

"可以这么说吧。不过她当天上午找过红宝石，没找到，她不是这样跟你说的吗？"

"对。"

"当时我还没到酒店呢。我是遇见你之前的几分钟才登记入住的。总之，她一定是在跟你说谎，你说对吧？除非她找错了抽屉，才会真的以为珠宝失窃了。"

他想了想。"不知道，"他说，"听起来有点儿离谱，对吧？她总该把所有的抽屉都看一遍才能确定吧？"

"也许，不过——"

"她有可能撒谎，"他说，"不过很难说到底是为什么。总之，什么都可能发生。"

"你刚说了。你刚才说也许红宝石被塞进帕丁顿的靴子里了。"

"帕丁顿的——哦，熊啊。是，我是说了，对吧？"

"我连她房间里有只小熊都没注意到。绝对不在梳妆台上。"

"她把熊摆在床上。哦,后来拿到小椅子上去了。"

"我一定看过那张床,"我说,"不过,如果上面有熊的话,我可没注意到。我也不记得小椅子上有熊。"我皱了皱眉。"这样回想起来,我可不记得什么小椅子。只有一张很大的安乐椅。"

"哦,我不记得什么安乐椅,不过话又说回来,我也没有多余的精力去注意家具摆设。我记得小椅子是因为她把小熊拿过去了。不过,要我描述椅子的具体款式的话,可是强人所难。唯一在我脑中挥之不去的装饰品就是那幅吓死人的画。"

"什么?"

"黑天鹅绒上的猫王①。我当时可能是吓得失态了。'黑人文化,'她告诉我,'你不会懂的。'我敢说她是在讽刺,不过——"

"黑天鹅绒上的猫王。"

"你看过那种画吧?就是那种卖狗玩扑克的挂画的店。我总是奇怪谁会买那种玩意儿,现在我知道了。"

"不知道我为什么没看见。我当时是赶着出门,不过通常对周围的环境不会如此大意。这种品质对窃贼来说太危险了。不过我刚刚看见一具尸体,拼命逃离案发现场,警察又一直在猛敲门,我的意志都快崩溃了。我能逃到防

---

① 猫王,是美国摇滚乐史上影响力最大的歌手埃尔维斯·普雷斯利(Elvis Aron Presley, 1935—1977)的绰号。

火梯就谢天谢地了,没注意房间里有什么也是理所当然。"

"不过还没崩溃到忘记拿珠宝。"

"就别提这事了,"我说,"我刚想起了一件事。我在安西亚·朗道房间外面的走廊上看见了艾西斯。"

"那又怎么样?"

"该死的,她在那里干什么?"

"你不是说她在等电梯吗?"

"她是那么说的,最后电梯终于来了,她也上去了——来得可真够晚的。不过先不说电梯。她去六楼干什么?"

"你是什么意思?"

"我也许不记得黑天鹅绒上的猫王,"我说,"不过我记得那个防火梯。我钻出朗道卧室的窗口,爬下三截摇摇晃晃的铁梯才找到一个没人的房间。那是三楼,也就是艾西斯住的地方,而且——"

"不对。"

"不对?"

"我记得很清楚,"他说,"她的房间在六楼。所以她当然可以名正言顺地在六楼走廊等电梯。不过如果她的房间在六楼,而你闯进的房间是在三层楼底下……"

我们面面相觑。

12

"猫用了马桶,"亨利·瓦尔登说,"不过你应该知道。可能就是你教的。"

"我唯一教过它的就是当游击手①,"我说着,顺手把纸捏成球,扔到了拉菲兹左边。如果它身在游击手的位置,那么球就是直直地朝二垒飞去。它一掌把球拦下,毁了我安打②的机会。

"就像这样,"我说,"可我不知道它有多少技术是从我这儿学的。它从最开始就是这种反应。教它投到一垒是白费力气,更别提要它来个双杀③了。"

"它径直走到了浴室门边,"瓦尔登说,"我把门关起

---
①游击手,棒球名词。一说,因为早期的游击手防守距离与其他内场手相比,距离打者较近,其任务也是"拦截短球",所以该防守位置命名时就取"短——short"和"拦截——stop"合并而成。
②安打是棒球及垒球运动中的一个名词,指打击手把投手投出来的球,击出到界内,使打击手能至少安全上到一垒的情形。
③双杀是在棒球比赛中,一系列连贯防守动作造成两名进攻球员同时出局。

来了，不知道你是特地为它打开的。它挠了挠门，我才意识到是让我帮忙打开，它蹿进去跳上马桶，把马桶当成了猫砂盆。"

"它冲水了吗？"

"怎么了，没有啊。"

"它从来不冲水，"我说，"它愿意学的东西还真没几样。不能把球丢到一垒，尿完后不冲水。除此以外，"我揉了一团纸扔过去，"倒也不算一只坏猫。"

我继续朝猫之国的德里克·基特①扔纸团。原先开始这项例行训练是为了磨炼拉菲兹的捕鼠技巧，不过后来发现只要它出现，我的店就会马上变成无鼠环境，它不需要动半只爪子。可话又说回来，让它的技巧生锈毕竟不是好事，而对我来说，发现我在喝过三大杯凯斯勒马里兰黑麦以后还能丢纸团给它追杀，倒也真是件好事。

店里来过顾客，亨利告诉我，而且他也卖了些书，每本都以定价卖出，也记得收营业税。每笔账他都开了收据——这我可不是每次都记得开——还把小票全夹好塞进了收银机的一角。

一个女人带来了满满一购物袋的书，想要脱手。亨利说服她把书留下，以便我有时间从容估价。我迅速浏览了

---

①德里克·基特（Derek Jeter, 1974— ），纽约洋基队球员，美国职棒最具人气的球星之一，也是洋基队最具影响力的球员。

一遍，看到有马克·肖勒①写的《辛克莱·路易斯②传》，一本詹姆斯·T. 法雷尔③的《贫民窟麦金蒂》的初版书；还有一大捆盒装的文学遗产出版社套装书——不难找，但总是很抢手。

"好的，这些都可以。"我告诉他，"法雷尔这本是珍品。我一本都没见过。但比这更难找的就是收藏法雷尔的人，不过如果真卖不掉的话，我还可以读一读。"

"看起来都是好书，"他说，"我没资格出价，不过我不希望她把书卖给别人。"

我告诉他他做得很对，说这话的语气似乎应该配合摸摸他的头。他还记下了几个电话留言，我看了一遍。卡洛琳打电话取消我们下班后一起喝酒的约会，她临时有事。一个叫哈克尼斯的人打过电话，是苏富比的，留下了号码。还有一个女人打过几次电话，拒绝留下姓名，也没留言。

我说："每次都是同一个女人吗？她没说她叫爱丽丝吧？"

---

①马克·肖勒（Mark Schorer, 1908—1977），美国著名文学家，文艺批评家。
②辛克莱·路易斯（Sinclair Lewis, 1885—1951）美国作家，一生创作了二十多部作品。他早期的五部长篇都是具有浪漫气息的通俗小说，《大街》《巴比特》和《阿罗史密斯》这三部作品被认为是他的最优秀之作。
③詹姆斯·T. 法雷尔（James T.Farrell, 1904—1979）美国小说家。因代表作品《斯塔兹·朗尼根》三部曲而知名。一九六〇年，该三部曲被搬上银幕，一九七九年又被改编为电视连续剧。这部小说被评为二十世纪百部最佳小说之一。

"她一直没说名字。"

"嗯。听来像不像她的名字有可能叫爱丽丝呢?"

这句话把他搞糊涂了,我可以理解。我有种感觉,如果我没在冒牌者俱乐部喝下第三杯酒的话,应该不会问这个问题。空腹连灌三杯烈酒——是空腹,除非你把熏牛肉三明治也算在内,但它们的吸收力已经在中和奶油苏打的时候用光了。

已经过了打烊的时间。亨利帮我把桌子搬进来,我关上窗板,帮拉菲兹换水,为其他夜间工作忙碌着。拉菲兹已经看过很多遍了,亨利则站在一旁专心盯着,就好像我的一举一动都是在向他传授贩书行业的诀窍。

我想给他几美元,不过他坚持不要。这样度过几个小时挺惬意的,他说,而且谁知道这种经验哪天就派上用场了呢。他总得找个地方过下半辈子,耗在书店里未尝不是个好选择。

"入行的最好办法,"他说,"就是帮已经入行的人打杂。你当初就是这么开始的,对吧?在某人的店里帮忙?"

"没有,我是直接跳进来的。"说着,我开始向外走,他忙跟上我的脚步。"以前我经常在利泽尔先生的店里买书。他说,如果有人肯出到合适价钱的一半来买他的店,他就会立刻搬到佛罗里达去。于是我就问他所谓合适价钱的一半是指多少,要精确到小数点后面两位。他支吾了一下,后来就开了价,我便说这地方我要了。"

"就这样?"

"我刚拿到一笔小钱,心想为什么不呢?要不然我也只会把钱花在吃的用的上面,随随便便就花完了。所以我就跳进来了。我连这一行到底要做什么都不知道。要是了解的话,也许我当初会离这一行远远的。"

"但你喜欢这个职业。"他说。

"是吗?也许是吧。"我们一路走着,谈论书,谈论卖书,在我意识到之前,我的脚显然就有了自己的主意,而且是馊主意。它们径自把我带到了饶舌酒鬼。

我心想至少也该请这人喝一杯吧。我们就进去了,我坐在老位置,他则坐上了卡洛琳的椅子,玛克辛过来时我正在问亨利想喝什么酒。他问我有什么打算。我说近来一直喝黑麦,觉得应该继续喝下去,他说听起来不错。

我没必要喝第一杯酒,不过如果喝完就走应该也无妨。问题是,你相信吗,亨利坚持要请我喝一轮,我想不出在不伤害他自尊心的前提下拒绝他的方法。第三轮可没有合乎逻辑的解释了,这我承认,不过喝过两轮以后,逻辑自然会从窗户里跑掉——如果逻辑真的从门里进来过的话。

如果我吃了点儿东西,或许还没那么糟。不过在这儿吃饶舌酒鬼的东西,只能是便宜了黄金养胃泡腾片的药商，除此以外，对谁都没有好处。亨利曾经想点墨西哥玉米片，不过我成功制止了他。接着，我记得我就玩起了点唱机来。每次我决定玩点唱机都不是好兆头。我总选同样的唱片——班尼·贝里根①的《无法起头》和派西·克兰②的《淡去的爱》，这两首歌都没什么不好，不过我点唱的话就不是好兆头，因为这意味着我喝醉了。

有些地方总对喝醉的顾客怒气冲冲，一副他们是卖给你酒、可压根没想到你真的会喝的模样。不是吧，你竟然真的拿起杯子，灌下这种可怕的液体，然后又粗俗地让酒精在你身上发挥了作用。唉，丢脸哪，浑蛋，求求你到别的地方去发酒疯吧。

不过饶舌酒鬼不同。在那儿喝醉没人管得着——只要你没骚扰其他醉鬼。我可没有。我领着大伙唱了一会儿歌，是有可能骚扰了某个乐感很好的人，不过饶舌酒鬼所有的顾客全都乐在其中。

我记不清楚自己是怎么走出那里的，总之接下来我能记得的事就是我们到了街上——我和我新出炉的最好的朋友。我到了路边，看到什么车都挥手叫停——卡车、旅行车、下班的出租车，还有一辆巴士。没一辆理会我，奇怪，不过，终于有辆出租车停下来了，我让亨利坐上去。

"我搭下一辆，"我说，"小意思。"他便扬长而去，

---

① 班尼·贝里根（Bunny Berigan，1908—1942），美国爵士乐小号手。
② 派西·克兰（Patsy Cline，1932—1963），美国乡村音乐歌手。

而我呢，就在正要拦下一辆蓝白两色的巡逻车时及时打住了。

我让手臂垂在身体两侧，不过两个警察缓缓开过去的时候，好像一直盯着我看。"伯尼，"我大声对自己说，努力把字咬清楚，"伯尼，老小子，你酩酊大醉，醉生梦死，头重脚轻。你得在闯祸以前回到家。你等的是车顶亮灯的黄轿车。看清楚再招手。只能对那一种车招手。"

我也许谨慎过了头，因为我还没来得及举手，就有一两辆出租车呼啸而过。不过最终我一定还是拦下了一辆，因为下一件我能记起来的事就是我已经坐在里面了。而且很累，累得几乎睁不开眼睛。

我一定在车里闭上了眼。我开始注意到出租车司机时，眼睛是闭着的——我对那家伙的印象很深。"朋油，朋油，"他对我说，语气明显很急切，而且是每个词里只能念对一个字的口音。"朋油，到了。你向睡，就区你房间睡。"

我不明白他为什么要管我。我叹了口气，睁开眼睛，向前倾身，朝计价器眨了眨眼。上面的数字很难看清楚，于是我判定是自己看错了，我觉得我看到的是三点六美元，可通常我都要花十美元外加小费才能回到家，所以拉到我生意的通常都是地铁。

不过今晚搭地铁显然不是个好主意。

我踏出车门，斜倚着出租车，掏出皮夹，找到一张十美元和两张一美元。"你的计价器有问题，"我说，"该找人修修了。"

他接过钱，看看钞票，然后看了看我。我问他是否有什么不对。钱不够吗？

"够，够多，"他说，"你自己进去，行吗？"

"行，"我说，然后环顾四周，"这是哪里？咱们在哪儿？"

"你说的地方。"

"我说的地方？"

"你说了让我载你去的地方。我们到了，我的朋油，睡觉去，行吗？"

"行。"我说着站直了身子，和出租车分开了一秒，等我再次想靠上去时，车已经开走了。我站稳脚步，高难度动作，然后转身仔细看了看我的房子——我得说这和我的房子连一块砖也不一样。哦，这下子奇低的车费就有了解释。司机因为乘客睡在他车里而发了脾气，所以就随便把我放在了一幢老房子前面——而我呢，也愿意相信我们已经一路开到了上西区，坚持按原价付钱。

可我们是在该死的什么地方啊？

我挺起身，专心盯着正前方的建筑物，不是它在晃，就是我在晃。理智告诉我说站不稳的是我。遮棚上写了什么字，但是我怎么可能看得清呢？

绝对不是我那幢房子，不管司机怎么说。不过看起来还真眼熟。

我是打算去见哪个朋友吗?此处绝非卡洛琳位于阿伯巷的公寓,虽然计价器的价钱相去不远。还是别的女性朋友?我不知道爱丽丝·科特雷尔住在哪里,我们只一起去过我的住处,不过说不定我把某个前任女友的地址给了司机——习惯使然。呃,并非习惯使然,因为我没有没事就去见一面前女友的习惯。黑麦威士忌使然,就算是吧。

我走近前门,看起来仍然眼熟。我打开门跨进去,走廊看起来也很眼熟。我走过几张椅子和沙发,看向壁炉,看见一个毛茸茸的小家伙,头戴宝蓝色帽子,穿着鲜艳的红色外套,而靴子的颜色和载我来的出租车一模一样。

哦。

我挺起身,走出一条完美的直线,直通向柜台,只见一位貌似退休会计师的圆肩男子正在读一本帕特里克·奥布莱恩[①]的拿破仑战争故事。

"杰弗里·彼得斯,"我说,"四一五号房间。请给我钥匙。"

[①] 帕特里克·奥布莱恩(Patrick O'Brian,1914—2000),英国小说家,翻译家,因创作以拿破仑时代为背景的海洋惊险小说而蜚声文坛。

13

八小时以后,我醒了。我睡足了,很高兴还活着,头脑清醒,感觉全世界都运转正常。而如果你相信这些话,我认识一群会很愿意跟你打扑克的好好先生。

因为这根本不是我现在的感受。两种感觉把我叫醒,一个在我额头下面一两英寸的地方,另一个在胃的下部。我抽痛的头警告我动一下就会死,我的胃则提议说,现在该把我之前犯傻灌进去的东西吐出来了。

我待在原处不动,用力闭上眼睛,想凭意志把这一天赶走。我不确定自己身在何处,不过感觉不像我的床。而且,那种"我不是独自躺在上面"的可怕感觉挥之不去。

我勉强睁开眼,看见另一双眼睛从几英寸以外向我看过来。小小的扣子眼睛,没错,是帕丁顿。所有的记忆都回来了,至少我注定会记得的那些都回来了。我已经告诉了你,能记住的最后一件事——努力走出一条直线,穿过大堂,伸手去要我的房间钥匙。我不记得之后发生了什么，不过重新拼凑并不难，因为现在我就在自己的房间里。

我站起来，洗了澡，刮了胡子。我的头没有真的裂成两半，胃也没出毛病。还好，我先前把装剃须用具的小盒塞进了行李箱，里面放着阿司匹林。我穿上干净袜子和内衣裤——以防万一被车撞了，或者遇到警察——以及前一天穿的衬衫长裤和外套。

我很高兴看见衬衫和长裤挂在衣架上，外套挂在椅背上。这在我看来，似乎是个非常好的兆头。如果我昨晚能神志清醒地把衣物挂好，那应该不算太糟，对吧？

啊，这种种编给自己听的小谎言。记忆——偷走自尊心的贼——向我保证我先前的确行为不检。井井有条可不表示我没喝醉。

首先，要出租车司机载我到帕丁顿可不是清醒的人会做的事，连有五分醉意的清醒酒鬼都不会这么做。我原先是想回酒店，得想个办法在我的工具和手套跑进证物柜以前把它们拿到手，还得抢先一步夺下辛西亚的红宝石。

可是怎么下手？我最后一次看到帕丁顿酒店，也就是它最后一次看到我的时候，我戴着手铐，一副丧家犬的表情。如果我回到犯罪现场，似乎应该采取比较间接的方式。譬如说，非法借道地下室，在屋顶上散个步。我可没办法像酒店老板一样大大咧咧地走进去。

但这不正是我所做的吗？我径自走进来，如果不像老板的话，至少也像个信誉良好的房客。为什么不呢？我已经预付了房费，而且没有人要我退房或者退钱给我。如果柜台后面的是卡尔·皮尔斯伯里，又或者，如果让人不寒而栗的艾西斯·戈蒂耶躺在大堂沙发上的话，我不会那么轻易过关。不过当时那位近视的晚班职员怎么会知道彼得·杰弗里斯，杰弗里·彼得斯，或者随便哪个我捏造的身份呢？那小子平易近人，他只是把我的钥匙拍在柜台上，连登记簿都没核对一下。

搞不好我的脑子——被黑麦威士忌解放了，不再受传统思维桎梏的限制——在我被出租车司机要求提供一个地址的几秒钟之内全帮我算计好了。我考虑了一下这个可能性，然后不情愿地摇摇头。（馊主意，不管有没有服过阿司匹林。我的脑袋此刻都不宜摇晃。）

不对，我回帕丁顿不是大脑思考的结果。我粗心大意犯了错，结果竟然走运蒙对了。

我拿起帕丁顿小熊，它看起来毫发无伤。可能是警察给它照了X光后又送了回来——似乎不太可能；不然就是酒店换了只新的过来——好像也挺奇怪。算了，它在这里，我也是，它能继续待在这里，可是我要开工了。

我拿起我的表，看见现在的时间，马上凑到耳朵边听它是否还在滴答响。没有，当然没有，这是块电子表，一辈子都没滴答响过。不过秒位上的小数字倒是在肉眼可见地一闪一闪，这就意味着它还在运转，上面显示的是凌晨三点三十七分。

我以为还要更晚,我理所当然地这样以为。在我找到一个安静的地方才不省人事以后,应该保持这种优秀品质,在文明的时刻到来之前继续人事不省才是。而现在我发现还是半夜,顿时觉得筋疲力尽。

床在召唤我。我瞪了它一眼,然后迈着大步走出房门。

楼梯间入口的告示牌提醒我,门关上以后可进不来。这通警告的对象是普通人,不过万一我的工具已经不在原位了呢?嗯,我可以一路走下去直到大堂,不过,我想起了上回这么干的时候有多好玩。我拍拍口袋,找到一根木头牙签,便用拇指推开弹簧锁,把牙签塞进锁边,拉好扣住。这样即使关门也不会锁上了,而且任何从四楼走廊过来的人都不会注意到有什么异常。

楼梯间里还是闻得到烟味。没关系,只要没造成火灾就好。

而且的确没有,我目前还没看到这种迹象,至少不是真正的大火,因为没有惊动架在五楼楼梯口墙上的消防水龙带。我拧下笨重的铜制喷嘴——多么完美的便携武器啊——然后摇出我那圈轻巧的钻子探针和我的小手电筒,都包了两层,裹在一副塑胶手套里。之后,又从帆布水龙带里抽出了那个仍然摆放着红宝石耳环项链的小珠宝盒。

我把每样东西都塞进我不计其数的口袋里，把喷嘴拧到水管上。

我向下走回四楼，开了门，正要抽回牙签，又改变了主意，让门按原样关上。如果知识即是力量，我领悟到，我只是个九十七磅的孱弱男子，就算拿着查尔斯—阿特拉斯健身中心的优惠券去索取肌肉训练的秘籍，恐怕也无济于事。

我在楼梯上坐下来，开始一一列出我不知道的事。我没写清单，不过如果列出来的话，看起来应该是下面这样：

我必须知道但还不知道的事情

1. 谁杀了安西亚·朗道？
2. 刀是从哪儿来的，下落如何？
3. 为什么爱丽丝·科特雷尔还没有联系我？
4. 说起爱丽丝，为什么我一直找不到她？
5. 珠宝为什么会在三楼那个房间里？
6. 格列佛·菲尔伯恩的信到哪儿去了？
7. 艾西斯·戈蒂耶和安西亚·朗道有什么关系？
8. 我该怎么摆脱这堆麻烦？

我又往下走了一段楼梯，把手伸进口袋里找牙签，打算卡住门锁，以便稍后再度回到楼梯间——由此可见我的脑子转得有多快。等到我去抓门把但没抓到时,才恍然大悟。我掏出工具,打开了门。

当初我从三楼那个房间里跑出来时,作为骄傲地拥有一套红宝石项链和耳环的人——虽然并非合法主人——我当然没注意房间号码。何必费事呢?我还有别的事要费心,何况根本没必要知道。我只是借道路过,不会第二次经过那里。我已经拿了值得拿的东西。为什么还要回去?

不过,要缩小范围并不困难。我溜进防火梯以前,是在安西亚·朗道的房间里。后来钻进去的那个房间是在三层楼下面,如果不是在朗道房间的正下方,应该也不会差得太远。朗道的房间号码是六〇二,所以我应该先从三〇二开始找,如果不对的话,我可以试试左右两边的房间。

我摸清了方向,找到三〇二房间——就在三〇一房和三〇三房中间,缺少点儿惊喜,是吧。这些房门底下都没透出灯光,而现在已经快凌晨四点了,所以整家酒店甚至整座城市里的大部分卧室房门应该也是如此。纽约也许是座不夜城,不过这个时候还是有为数众多的市民倾向于闭上眼睛。

我很想加入他们。我的头疼回来了,而且感觉疲惫不堪。我喘不过气,而且也不知道是否值得一喘。等我真的喘了口气,又能怎么样呢?

我瞪着面前的三扇房门，觉得自己很像猜猜看节目里一脸茫然的来宾。我必须选择其中一扇，但无论门后有什么，我又打算用什么来换呢？我的自由？我的未来？

我走向三〇二房，象征性地把耳朵在门上贴了一下，然后掏出工具撬开锁。门没做任何抵抗便缴械投降。于是我溜了进去，关上了门。

我一动不动地站着，让眼睛适应黑暗。窗帘已经拉上了，不过遮光效果比不上安西亚·朗道的遮光帘，等我的瞳孔慢慢放大以后，我的视力能保证我不至于撞上家具。

不过我的听力警告我不要乱动。

我听到了呼吸声，沉睡的人深沉缓慢的呼吸。没想到这个声音对我很有安抚效果，因为这表示这个房间里的房客还活着。如果我不得不撞到什么人，我宁可这人还需要氧气。

出门吧，我告诉自己，有人在，而且他们不知道你在这里，如果你不弄出声响，赶快离开，他们也许永远不会发现。你还在等什么？

但如果我就这么走了，我还是不知道这是否就是我要找的那个房间。我只知道房间里有人，这条线索对我有任何帮助吗？

我掏出袖珍手电筒，拇指按在开关上。我不需要太多光线，也不会使用太久。只要看到黑天鹅绒上的猫王，我就能知道自己找对了房间。只要确认他不在，我就能知道自己找错了。

我把手电筒指向墙壁,轻轻按下开关,然后几乎是马上就松开,每隔几英尺重复一次,在房间里巡视了一圈。我已经设法证实了,四面墙壁都没有挂画——不管是黑天鹅绒背景上的猫王,还是大眼睛的流浪儿和哭丧着脸的小丑。

不是这个房间。

我把手伸向门把,轻轻一转——轻得不能再轻,打开了一道细缝,停住脚,倾听走廊里有否生命迹象,然后踏出房间,关好门。我在心里默默地念着点到谁来就是谁,想赌一赌剩下的哪扇门后藏有黑天鹅绒衬底的猫王。同时我也在纳闷,画上的猫王是哪个版本——小猫王还是老猫王?精瘦的饥饿猫王,还是塞了过多花生酱香蕉三明治①的肥胖猫王。眼神明亮的健康猫王还是目光呆滞的瘾君子猫王?

我没亲眼见过这幅画,而且——

我当然没见过。我听马丁·吉尔马丁讲过,而他则是在艾西斯·戈蒂耶六楼的房间里看到了那幅画。那我又在下面三楼这层找什么呢?

要我说,人脑真是可怕的东西,尤其是在目前这种罢工状态下的时候。我还处在要命的宿醉状态之中,不过我怀疑恐怕不仅是这样。我是否还醉着呢?有可能吗?

---

①猫王最喜爱的食物。

真是不公平。不管是这个还是那个。好吧,还算公平,这叫自作自受。可是酒醉加宿醉?这不就跟打雷和闪电一样吗?它们都是同一个现象的后果——我指的是烈酒,很多烈酒——可是闪电先到,雷声隆隆而至的时候闪电已经消失。

一个念头闪过,告诉我应该回到床上,一直睡到这个不知是什么醉消失。不过机会已经来敲门了,不是吗?而我的本行不正是把门打开吗?

我要开的这一扇门,是三〇二房间的门。我刚才已经开过了,现在再开一次。这一次我没有走进去,而是站在门口,用袖珍手电筒斜穿过门缝,再辅以走廊里的光,往房间里四处打量,想找个眼熟的东西。

我看到了不太眼熟的东西,也好。我从防火梯进来时,是面朝着通向走廊的房门,当时梳妆台在我右边,床在我左边。而这个房间的布置如同镜像,恰恰相反。我的大脑回放了一遍,就像老北地教堂钟塔里那个家伙一样——让我想一想,列维尔先生是说军队从陆上来就打亮一盏灯,从海上来就打亮两盏呢,还是刚好相反?[①]——然后认定我没记错。这不是我找到红宝石的房间。

我再一次关上房门。我本想替睡美人完成忘了做的

[①] 此语出自美国诗人亨利·沃兹沃斯·朗费罗(1807—1882)的诗《保罗·列维尔骑马来》(*Paul Revere's Ride*),指美国独立战争之初,以不同的亮灯信号表示进犯的英军来自海上还是陆地。

事——也就是拴上链锁,以防像我这样的人进去。如果你有工具的话(我有),这一点不难办到,不过当你不是酒醉就是宿醉,或者可能两者皆有的时候,若非必要,还是不做为妙。

接下来我撬了三〇一,门才开了两英寸就被链锁卡住了。我是可以打开——仔细想想,其实这要比重新上锁容易些,而且也更有意义——不过我知道屋里有人,既然是这样,若非必要,我又何必闯进去?

我尽可能透过细窄的门缝看进去。房间的布置和我记忆里一样,不过这间房里有两张单人床,而我这才想起来,我从防火梯进去的那个房间里摆的是双人床。所以也不是这个房间。

只剩下三〇三,也只有这把锁搞得我焦头烂额。别问我为什么。这把锁跟其他的一样,是基本机械装置,也应该一样容易打开才对。不过事实并非如此,这也就更进一步证明了我的"醉酒与宿醉同时发生"的假说。

如果有人看到我在鼓捣这把该死的锁,我会羞愧而死,而我在走廊里每多站一分钟,以这种方式死掉的概率也就越大。我没看见一个人——毕竟,现在是该死的半夜——不过我感觉好运快用完了。

锁很旧,里面的某些锁针和制动栓都坏了,有时候你只要狠狠地瞪这种锁一眼,它就会分崩离析,自动打开。不过眼下的情况是,我的钻子不断地在锁里溜来溜去,直到我宣告放弃，掏出我房间的钥匙试试看。有可能行得通，虽然机会渺茫，不过偶尔还是会发生一次吧，而如果这次就是那个偶尔的话，不是挺不错吗？

继续做梦吧……

我把钥匙放回口袋，继续认真干活，这次运气好转。我开了门缝，让我的手电筒在门缝里来回转动，只见放床的位置有张双人床，而且床上没人。我闪身进去，把门关上，瘫坐在一把椅子上。

我再次打开手电筒，这次不用赶时间，而且也有十足的把握这正是那晚我待过的房间。当时我没注意看，因此就算努力回想也想不起房间的内部摆设，不过等到看见的时候，我还是认了出来。高脚梳妆台顶上那堆垃圾也很眼熟。我打开几只抽屉，就是这里。第二只抽屉里放着女性内衣裤，不过这次里面没塞珠宝。

我可以把红宝石摆回原位。如果住在这一间的房客还没发现东西失踪，我就能把我的行为掩盖得滴水不漏。要是她已经知道东西丢了，那么她会找到失物，然后怀疑自己发了疯。

问题是我又没发疯。我为什么要把珠宝放回原处？我不确定真正的物主是谁，也不知道宝石是否真的有主。辛西亚·康西丁，她丈夫约翰，还是艾西斯·戈蒂耶？我可看不出他们之中有哪一个的道德达到了拥有无抵押产权的高度。三〇三女士和他们一样有权宣称物归己有，而我不也和她拥有同样的权利吗？

我决定了自己的所有权，于是珠宝盒仍然安放在我口袋里。

不过又有了一个问题。我到底在这儿干什么？

我得坐下来想想。我之前一直没有停下来质疑一下自己为什么要进入这个房间，之后，因为专心寻找正确的房间，还要想办法撬开锁，根本没有时间思考进门后我打算干什么。

不过到这儿来是非常合乎逻辑的选择，对吧？现在我已经找到了房间，又进来了，我大可四处查探，直到得知房客是谁。这样一来，我就能知道是谁摸走了艾西斯·戈蒂耶的红宝石，然后得知……

什么？

我也许会得知艾西斯某个濒临破产的朋友的名字，此人一直对红宝石虎视眈眈，行窃时机一到就立刻抓住。所以，即使我知道了又有什么用呢？除非我打算通知艾西斯，以便能跟她恢复到称名不道姓的状态。

这样一来我会更接近格列佛·菲尔伯恩的信吗？能让我知道是谁杀了安西亚·朗道吗？我没写下的那张单子上列了八个问题，这件事唯一可能回答的只有珠宝为什么会在那个三楼的房间里出现。

可话说回来，我无法将所有事件全都环环相扣的念头赶走。否则巧合所起的作用未免也太大了。再说，如果真的每件事都有联系，那我收集到的每一点信息都有可能指向线索。

我戴上手套——我已经在这个房间里留下了数不清的指纹，不过也不能因此就找借口留下更多——便开始工作。小书桌上有盏台灯——铜制的，套着绿色玻璃灯罩，我现在想起来了，第一次造访时曾见过这盏灯。我把灯打亮，四处查看，搜寻可以指认房客身份的东西。

如果我碰巧是警察的话，事情会简单一些。我敢说某些衣物上一定有可以追溯查出买主身份的标签或者洗衣店标记。其实警察只要把警徽朝前台服务员一亮，就可以直接问出住在三〇三号房间里的人叫什么。但也不是万无一失，也许只会得到一个像彼得·杰弗里斯这样的假名，但这毕竟是警察独享而窃贼没有的另一个特权。（如果你知道了他们所有的特权，就会发现，不管我们干了什么，竟然还能逃掉，可真是奇迹一桩。）

我在衣柜里检视衣物，像是寄希望于她妈妈在送她去夏令营前为衣服缝上了名牌；我对着标签和洗衣店标记沉吟思考，仿佛它们打算对我吐露什么。我打开一只小行李箱上的搭扣——带轮子和拉式把手的那种箱子。几年前除了空中小姐不会有人用，而现在你只能看到这一种。里面是空的，我把它合上，关掉衣柜的灯，正要跨步出去时，突然有个念头闪过。我刚才看到了什么东西。见鬼，到底是什么？

行李条。

哦,当然。大家都往行李箱上系牌子,上面有名字地址和电话,以便航空公司帮他们搞丢行李之后,可以——八百年里能遇到一次——找回来。(如果有人偷了你的行李也会很有帮助。要是他喜欢你财物的整体品质,他就知道在哪儿能找到更多。而且,要是你还往箱子里塞进了一串钥匙的话,就更好了。)

我转过身,弯腰查看行李条,灯光太暗当然看不清楚。我直起身,伸手扭亮衣柜灯,灯一亮我又关上了。

因为我听到锁孔里有钥匙转动的声音。

哦,天哪。现在怎么办?

待在衣柜里吗?不行,不可能,书桌上的台灯还亮着。我飞奔过去,关上了它,钥匙继续在锁里咔嗒作响。就算你有钥匙,老朽的锁针和制动栓也带来了同样的问题,几分钟前的麻烦现在成了天赐良机。回到衣柜里去吗?不用了,浴室更近——念头还没转完,我已经跑进去关好了门。

而且时间刚好,我听到前门打开了,没多久又听到门关上。我没听到开灯的声音,不过她打开房间里的灯时,浴室门底透进了光。

还好我没进衣柜。以前有过几次,房主出人意料地现身时,我刚好在衣柜里,每次都铆足了劲才没被发现,不过我不看好这次的运气。今晚天凉,她应该穿了夹克或外套，所以一进门她就会脱掉，衣柜自然是她首先要去的地方。

那么，她之后要去哪里呢？

浴室，当然，如果她闯进来发现我的踪迹，我该怎么办？我没办法假扮成来修漏水水管的水电工。我穿的衣服不对，也没带来合适的工具做道具。

我该锁门吗？

见鬼，如果我锁门，她会听见。除非我咳嗽一声或者冲马桶把锁门的声音盖住，不过她就会听到更多动静。而且，就算没听到，她想开浴室门的时候也会发现门锁上了。然后她会打电话到楼下，接着他们就会派人上门，下一件事就是我又在听人宣读我的权利。这些权利都很重要，不过我能忍受听人宣读的次数很有限。

有扇窗，是毛玻璃，所以看不出是否通向防火梯。看起来像是自从上漆以后就没开过，很难说能不能打开，而且根本不可能不弄出声响就打开。又是一扇小洞一样的窗户，想爬出去绝非易事，再说——

门把转动，门开了。

14

不过此时我正站在浴缸里，蜷缩在浴帘后面，对整件事的发展就像希区柯克电影《惊魂记》里的珍妮特·利一样觉得心神不宁。

她打开了门。我对此并不惊讶，不过也没感到高兴。浴帘是半透明的。我可以透过帘子看到人的轮廓，不过必须费点儿劲。光线越充足，我就看得越清楚。

如果浴帘是由单向镜子的发明人设计的话，我可能会对充足的光线表示欢迎。但任何优点都有副作用，我看得越清楚，相对的，我也越容易被对方看到。

灯虽然亮了，我还是看不到来客的模样。根据她平凡的侧影，我可以估算出她不太高也不太矮，既不瘦得过分也不胖得惊人。而且就算根本没看到她本人，我也可以猜出个大概。总之我所掌握的不只是透过浴帘看到的模糊形象。我看过她柜子里的衣服。

好了，我现在又知道了一件事。我知道她衣着整齐，甚至偏向保守。至少很挑剔。

因为她开灯后做的第一件事便是把门关上。

我不知道。也许人人都这么做，又或许每个女人都这样。不过我现在就可以告诉你，我单独待在自己家里小便时，从来不关上浴室门。有人会关，肯定有——我不正和这样的人同处一室吗——我也知道某些人如厕时会打开水龙头，以免听到自己在做的事。

她没这么做，所以我可以听得一清二楚。如果我比我的本性还要变态一点儿的话，今晚有可能充满挑逗，或者香艳刺激；不过受当下状况所限，我只觉得深受骚扰。并非因为我被冒犯到了，而是因为我能做的事只有羡慕。那个温吞吞的哗啦声让我意识到我也一样有个膀胱，也因此感觉到了原先没注意到的排泄需要。

这一点我不再详细描述了，不过如果你考虑以犯罪为一生志向的话，倒是可以从中学到一些。这种生活可不全是富贵荣华，你得把大量时间消耗在希望自己可以小便上面。

我的客人得到了这个珍贵的机会，正在充分利用。之后她便起身冲水，然后洗了手——像这样一个连关门都不嫌麻烦的人，没人奇怪她会洗手吧？

之后她打开门走出去，我的血液凝固了。因为她像聊天一样随口说道："该你了。"

我倒不是对轮到我而感到很不高兴——原因我已经解

释过了。此时就算还没到不停地把重心从一只脚挪到另一脚的程度,我也已经看到这种情况出现的曙光了。不过她到底是什么时候看见我的,而她又怎么能掩饰得那么好,然后又如此自然地说出那句话来呢?"该你了"——等我真上场时,只怕她已经拿起电话,让楼下的接线员拨打九一一了。

而且她没把门关上。

我必须指出,这一切发生得很快,我没有时间多想。要不然我可以猜得出——想来你已经知道了;不过在我的酒醉或是宿醉(你随便选一个吧)的脑袋可以正常运转之前,一个比前一个更高的侧影已经穿门而入,关上门。然后他便很有男子气概地走向马桶,弯腰拉起坐垫,挺直上身办起正事来。

我本该拉上帘子防止飞溅的,不过我人就在帘子后面。他办完来这儿要办的事,冲了马桶洗了手,拿起毛巾擦干手,出门时顺手把灯关上。这一次没关门。

所以我听到了他们做爱的声音。

多年前,当我还是个正要进入偷窃这一行的少年时,这件事(我脸红着承认)对我来说的确清楚地挟带了少许性欲的成分。你可以怪到我的年纪上:对我来说,当时几乎每件事都可以跟性扯上关系。

有的弗洛伊德派学者可能会做出分析，说我第一次闯空门的目的是期望偷窥到原始场景——也就是看到我爸妈在做那件脏事。天知道潜意识里暗藏了什么，不过我必须告诉你，那可是全天下我最不想看到的事。而且如果我想偷看自己的父母，我可不会跑到别人家去看，我会待在自己家里。

不过当别人在做我不该看的事时，我不会拒绝偷瞥一眼。我从没刻意去找，而且每次登门拜访都大费周章以确定家中空无一人。话虽如此，我还是经常被我找到的东西扰得心神不宁。没铺好的床会让我方寸大乱，总想着在我抵达现场之前的几个小时里，那上面有可能发生了什么事。一副胸罩，一条内裤——我没偷，也没待在那儿猛闻内衣裤或者狂抓地板，不过见鬼了，我就是能很清楚地感觉到它们的存在。

有一次，我因为离一对正在交欢的男女非常近而觉得亢奋无比，强烈地感觉到他们的存在，而他们却完全无视我。也许，如果能找到内心里那个少年的话，我还可以召唤出一些兴奋的感觉，不过我可没把握。我觉得那种日子已经消失了，而且消失得很彻底。

因为，虽然我很享受亲自参与此项运动的快乐，但早就不能体会身为旁观者的乐趣了。多年来，我确实看过几部限制级电影，而且也没发现自己为此而扭捏不安，不过我还是宁可一辈子都不用再看第二部。

所以我便站在那里，聆听他们做爱，希望我，或者他们，或者我们大家都在别处，从事别的活动。比如说，看电视，或者打牌，或者共享比萨饼。我不需要闭上眼睛——他们在另一间房里，而我则置身浴帘后——不过我还真想把手指塞进耳朵，屏蔽一切我不太乐意听到的声音。

我也的确这么做了，只是没两秒就抽出了手指。因为，你知道，我需要耳朵可能提供给我的任何信息。我只知道他们是一男一女，对其他的事一无所知。截至目前，我还没听到他说半个字，而她也只有在离开浴室时说了声"该你了"，不过单凭三个字我可无法判断那声音是否耳熟。

也许他们会说话，也许他们的话会透露身份，或者回答我那张没列出的清单上的问题。所以我便竖起耳朵听了起来，可他们也仅仅发出了一般人从事这类活动时会发出的声音而已。哼一哼，唉一唉，咿咿呜呜地呻吟两下，外加偶尔猛吸口气，然后满足地低叹一声。

然后，就在收尾的时候，她明显亢奋起来。对他而言，兴奋刺激度可能也毫不逊色，不过他非常具有男子汉气魄地抑制住了表达的冲动。她则开口说话了，而且很吵，所以我便打算调到静音，这时一个词抓住了我的注意力，我便全神贯注地听着，是的，我知道她说的是"就这样！"

我知道她是谁了。

我不知道字典里是怎么定义"反高潮"的。我可以查字典,不过你也可以——如果你有兴趣的话。我可没有,因为我知道那是什么意思。意思就是隔壁房间里有两个人做完爱以后,你站在浴缸里,发疯般地想要小便。

下一步呢?

我听不到任何声响,可这到底表示什么呢?或许他们只是一起安静地躺着,如果不是在养精蓄锐打算续战一回,便是沉入了梦乡。不管是什么情况,我都无法脱身。

我待在原处,发现自己想起了雷德蒙·欧汉隆和寄生鲇。假设我正在亚马孙河里游泳,和现在一样有股迫切感,而且知道尿出来就等于是给几条在附近游动的寄生鲇发出正式邀请函。我能撑多久?

你明白我眼下的处境了。我不知道这个想法能支持我坚持多久,或者最终会导致我采取什么行动,不过另一间房的声音闯了进来。我这才意识到,他们正在走动,而且交谈起来,虽然声音低得听不清楚。

脚步声逼近了,浴室灯亮起来。哦,天哪,他们该不是打算洗澡吧?经过那种活动以后这事儿倒也不是没听过,不过——

是女人,而且我很高兴地发现她没我原先以为的那么挑剔。她拿了条毛巾在洗手池里弄湿,擦了擦,又拿了另一条擦干身体。她走出去,然后轮到他了。而且你能相信吗?这个浑蛋又尿了一次,又冲了水,洗了手,便关灯离去。

又传来走动的声音,之后,灯熄了。不是浴室灯,这一盏早就熄了,是卧室那盏。接下来我听到一个甜美得无与伦比的声音,也就是关上门,钥匙在锁里转动的声音。

我等了一会儿——得确定我没听错,同时也要给他们机会回来拿他们有可能忘了的什么东西。我原本想再等一会儿,给他们充分的时间一路走到电梯再回来,不过老实说,我已经等得太久了。

我拉开浴帘,爬出浴缸。我无须把马桶坐垫拉上来。他拉上以后没放下——毫不体贴的沙猪男人。

我可不一样。毕竟,我是善解人意的新好男人。完事之后,我放下了坐垫。

说实话,我现在想的就只有赶快离开。不过我还记得要检查衣柜。行李箱仍在原处。我连他们有没有去过衣柜都不知道。我觉得他们只顾着在浴室里进进出出了。

我认真看了行李箱上的牌子,上面的名字是凯伦·卡森麦尔,地址是俄克拉荷马的亨利埃塔。我本想抄下来,可是何必费事呢?临近结尾时她发出的声音我已经认出来了。那个声音我听过,而制造这个声音的女人当初可没自称是凯伦·卡森麦尔。

再说他又是谁呢,而他又凭什么让她发出那种特殊声响呢?早些时候我或许应该稍稍拉开浴帘,迅速看他一眼。不过当他用马桶和洗手池的时候,我看见了他的背影。我应该不认识他。

他们铺好床了,我注意到。不过没换床单,所以男人很有可能留下了一些DNA。而且如果他妈的DNA要留在原处,我可没意见。

奇怪,他们还有时间铺床……

我走回去又看了一眼,我杰出的观察力下结论说,他们并没有铺床,因为原本就没弄乱床铺。丝绒床罩上留有难以搞错的、(更别提难以启齿了)我刚刚听到的那种活动的印记。一切全在预料之中,外加一样我没预料到的东西——一块黑色的印记,大概手掌那么大,形状也差不多,位置恰恰就在一只枕头的上方。

我奇怪那是什么东西。我不太想碰,不过看了很久。会不会是底下渗出来的?倘或如此,我可不想看下面的源头。不过我勉强自己掀起了床罩一角,瞥了一眼下方的枕头,而我看到的只是一个普通的白枕套,没有黑色的痕迹,根本就没什么异常之处。

我难道打算在她——或者他们两个——回来的时候继续瞪着这个东西看吗?

不，绝对不想。我想回自己的房间，我唯一想看的就是我闭上的眼皮背面。于是，我便马上去了想去的地方，做起想做的事来。这时已经接近五点了，选个恰当时机离开酒店可要比在天亮前偷偷溜出去更不惹眼。何况又何必大老远赶回我在上城的公寓，几小时以后又赶回来开店门呢？我的房费已经付了。应该好好利用一下。

阿司匹林的瓶子上写明了每四个小时服用一颗，不能超出剂量，不过写这话的人不可能知道我现在的感觉。我一回房就马上又吞下两颗，现在正躺在床上，面对一片漆黑，等着药效发作。

帕丁顿熊躺在我旁边。我已经脱下了所有的衣服。它依然衣冠楚楚，连靴子都没脱。我想把全部心思都集中在帕丁顿身上，但就是做不到。

我的心思回到了三〇三号房，以及我在那儿碰到的人。哦，不对，也没真的碰到谁，这一点要感谢老天，不过我透过浴帘瞥到了她一眼，也透过打开的门听到了她的声音。

那一瞥只告诉了我她坐在马桶上小便。但那声绝不会弄错的热情呼喊，正是之前在我自己公寓的四面墙内回响的呼喊声，这当中透露的信息要多得多。

行李条发誓她就是凯伦·卡森麦尔。不过我可不信。

她是爱丽丝·科特雷尔。

15

说起来你可能不会相信,十点过后没几分钟我便开了店门做生意。拉菲兹在门口迎接我,在我脚踝边磨磨蹭蹭,向我保证它正濒临饿死的边缘。表演的可信度很高,不过并没拦住我给贵宾狗工厂的卡洛琳打电话。

"我没喂它,"她说,"我自己也是几分钟前才开店门。漫长的一夜。"

"我也一样。"

"我知道,"她说,"因为我一直联系不到你。而且我是很晚才打的电话。你到底跑去哪儿了?"

有人在店门口。"午餐时我再跟你说。想让我买什么吃的?"

"不知道,"她说,"不要太过头的,行吧?今天早上我无法面对早餐,现在你有概念了吧。清淡些的。"

我不知道拉菲兹昨晚是怎么过的,不过它完全可以面对早餐。第二个顾客紧跟着第一个进来了,当他们在店里不同的角落走走停停时,我则大致翻阅了亨利·瓦尔登说服某位女士留在店里让我估价的一袋子书。昨天下午已经瞥过一眼了,看起来不错,现在仔细检查过后看起来更好了。没有伟大的珍品书,没有爱伦·坡的《帖木儿及其他诗集》,不过都是品相良好、能卖出去的好书,也就是说摆在书架上好看,而且下架很快。

我记了笔记,草草写下数字,估算起我可以把价钱开到哪个保证利润的数字。就在我算出一个数目时,亨利·瓦尔登走了进来,看起来他前一晚似乎是待在某座禅寺打坐,而不是在饶舌酒鬼疯狂酗酒。他换了另一件运动夹克,穿着干净的衬衫,眼睛明亮,皮肤带着光泽。他的银色胡须和鼻子下面的八字胡都跟往常一样理得整整齐齐,棕色贝雷帽斜戴出一个时髦的角度。

"早安,"他说,"昨晚很快活。"

"我也很快活,"我说,"总之,就我能记起来的部分是这样。烈酒搞得我头昏脑涨。"

"真的?看不出来啊。"

这句话很受用,不过我可不打算信。大家一天到晚都这么说——"哦,真的吗?狗和你丈母娘都把你咬了[①]?有趣,因为你看起来一点儿醉相也没有。"是啊。

我们闲聊了一会儿,然后他找了几本书看,而我则打

[①] 英语中的俗语把醉酒比成狗咬人。

了两通电话，在马丁·吉尔马丁的办公室找到了马丁，告诉他，他找的书——我不想说珠宝——都在安全的地方。我没多做说明，安全的地方指的是我后边房间里那袋干猫粮的底部。

"不过别露口风，"我说，"对那两个人都不能讲。"

"约翰跟艾西斯，"他说，"要等我们知道拿，呃，那些书怎么办以后再说。"

我挂了电话，拨了爱丽丝·科特雷尔的号码，或者说是她给我的号码，不过现在看来也没比她给我的其他任何信息可信。没人接，我必须承认，我对此并不惊讶。

留下那袋书的女人到了中午还没露面。我把纸板钟挂上橱窗，标明一点回来，然后问亨利他是否愿意帮我搬桌子。最后，我把桌子留在人行道上，撤下了我的纸板钟。

"我有了一个帮忙看店的，"我告诉卡洛琳，"有个很闲的顾客。我付不起薪水，不过他好像也不想领薪。他喜欢在那儿闲晃，还说他在学习入行的知识。"

"曾经有个叫基斯的家伙，"她说，"还记得吗？他想当我的学徒。我只要教他梳理狗毛，他就很乐意帮忙打理所有的烂摊子。本应是个不错的交易，不过我受不了他在旁边。他让我神经紧张。"

"亨利倒没惹到我的神经，"我说，"今早没有，而且它们可是一根根都疼得厉害。"

"你的神经?"

我点了点头。"昨晚不好过。"

"和我一样。"

"我以为你和埃丽卡在一起。"

"没错。"

"我以为你和她在一起的时候只喝漱口水跟苏打水。"

"我也这么以为,"她说,"午餐吃什么,伯尼?我没法面对早餐,所以现在挺饿的。"

"我也是,"我说,"我不知道午餐吃什么。"

"你买了午餐,可又不知道里面是什么?"

"我去了那家乌兹别克店。"

"塔什干二人组"

"对,你也知道是怎么回事。菜单写在黑板上,可谁知道那些字是什么意思?我只能东指西指,把钱交出去,然后一个家伙递过来吃的,另外一个递上零钱。"

"加起来是两个人没错。"她打开一个盒子,闻了闻。"但是,"她说,"我不觉得这玩意儿清淡。"

"哦,该死,"我说,"我忘了。"

她吃了一叉子食物,眼睛瞪起来。"离清淡可差得远着呢。"她宣布。

"别吃了。我再去帮你买。"

"不用,待着别动。搞不好我原来的打算完全错了——说什么现在的状态必须得吃清淡的,可能辣的食物才真的有帮助。"

"嗯,这玩意儿是辣。我看它连旧水管生的锈都能去掉。"

"咱们说话的这会儿,我的气管又旧了一些。味道不错,对吧?我觉得这是灵药。"

"但愿如此。"

"要是吃下去更糟的话,我就回家。反正回家又不是全世界最糟的事。你说这是什么东西,伯尼?"

"不知道。"

"也许不知道还好一些。说什么肠胃不适要吃清淡些,搞不好全是胡扯。跟胃溃疡要吃清淡些一样扯。"

"你没得胃溃疡。"

"就要得了,"她说,"要是咱们继续吃乌兹别克菜的话。你今天早上过得不顺吗?"

"我跟马丁一起喝酒,"我说,"然后又和亨利喝。"

"看店的亨利。"

"对。马丁和我喝了凯斯勒,亨利和我喝了老奥弗霍欧特。"

"老奥弗霍尔德。"

"都一样。他们还算喜欢黑麦威士忌,而且酒量不错。可我却被弄得烂醉。"

我告诉她昨晚是如何收场,又如何在凌晨三点半展开了另一场，等一小时以后回到床上，才再次收场。

"哇，"她说，"本以为我昨晚那样就算狂欢夜了。"

"发生什么事了？"

"埃丽卡在商场上凯旋，要大肆庆祝。"她说，"所以她就带我去罗蕾莱庆祝了。"

"六十层楼高？最豪华最时髦？视野难以形容？就是那个罗蕾莱？"

"正是。我穿上她非要我买的衣服，觉得非常怪异，可她不停地说我多么美，等到第二杯罗布·罗伊喝到一半，我也开始相信她的话了。"

"哪儿来的罗布·罗伊？"

"侍者端来的。哦，你是问怎么喝罗布·罗伊，不喝金巴利？因为要庆祝。所以情况特殊，所以我们可以喝个微醺。"

"微醺。"

"视野确实很棒。可以看到新泽西，也可以看到皇后区。问题是能看到两个你想都不会想去的地方，又有什么了不起呢？"她耸耸肩，"总之，那个地方既时髦又豪华，伯尼。跟洗罗特韦尔犬简直是天壤之别。"

"都是纽约生活的一部分。"

"没错，洗罗特韦尔犬、罗蕾莱酒店、塔什干二人组。"她径自叉起一个小煎饺，丢进嘴里，嚼了嚼，然后伸手举起冰茶。"纽约市以外的人，"她说，"一辈子都尝不到乌兹别克莱。他们连自己错过了什么都不知道。"

"可怜的浑蛋。"

"而我们呢,话说回来,连自己在吃什么都不知道。伯尼,我刚才讲到哪儿了?"

"六十层楼高,还有破例的罗布·罗伊。"

"没错。还有破例的罗布·罗伊。不过我要跟你讲的是,有两个家伙走了过来,跟我们调情。"

"哦?"

"'哦?'这就是你要说的吗?"

"你要我说什么?你们是一对魅力十足的女人,有两个男人被你们吸引了,也没那么难以置信。"

"伯尼,男人从不会被我吸引。"

"从来不?"

"平均两年一次,"她说,"有些醉鬼会晃进'卡比洞'或者亨利埃塔·赫德森的店,搞不清自己是在女同性恋酒吧。如果我又刚好站在他面前,他也醉到了那个份儿上的话,他是会朝我进攻。不过除此以外,没了,男人都会离我远远的。因为我是个很明显的同性恋。"

"呃,昨晚你不在卡比洞。"

"不在,也没穿长裤和外套,而且头发比我小时候扎辫子那会儿还要长,再加上我涂了口红,伯尼,还有眼影,看在老天的分上。"

"真有这回事吗,眼影?"

"还有我不知道叫什么的杂七杂八的东西。埃丽卡帮我化了妆。我们在她公寓里,一副回到少女时代开睡衣派对的模样,互相化妆。除了她是自己化的妆,因为我可不知道怎么下手。"

"眼影。"我说,"总之,他们发动攻势,你们就让他们滚蛋,然后……"

"没有。"

"没有?"

"我本想这么做的,可是埃丽卡踢了我一脚。然后她就抬起碟子那么大的眼睛看向他们,满口说好,说如果他们请喝酒的话,我们乐意奉陪。于是他们就坐到了我们这桌,我们赶紧灌下罗布·罗伊,准备喝他们请的那轮酒。"

"太怪了吧。"我说,"她在打什么主意?"

"当时我就在纳闷。我原想或许是酒精在作怪。你知道,有些从不喝酒的人就这样,你永远搞不懂为什么。"

"然后有天晚上他们喝了几杯,你才恍然大悟。"

"没错。我原想她或许就是这种情况,果真如此,我可得想办法把她带出酒店。不过之后她要上洗手间,还招手让我跟着她。"她皱皱眉,"男人不来这套,对吧?把上厕所当成社交活动?"

"我平常一起混的那些不来这套。"

"这件事我得站在男人的阵线上,伯尼。上女厕所的时候,我好像没有携伴同行的迫切需要。我上了就回来。

不过埃丽卡根本就不是去上厕所。她只是需要找个没有男人在场的环境说话。"

"然后呢？"

"我对此其实无所谓，因为我正好有个问题想问她。比如我们为什么要应付这两个小丑，然后她就要我顺水推舟地玩下去。"

"玩下去？"

"会很有意思，她说，我们可以刻意误导，一路耍弄他们，然后再偷偷溜走。"

"你们穿了衬裙①？"

"很好笑，伯尼。我试图全力打消她的主意，不过她说了算，场面由她控制。'咱们在庆祝呢。'她提醒我说，庆祝花费可以由他们来付，这本身就是件值得庆祝的事。"

"所以你们就回到那两个造访本市的消防队员——"

"气象学家，伯尼。他们是中西部来的气象学家，来这儿参加大型气象会议。"

"我都不知道有这种会。"

"彼此彼此，天气的笑话就可以不讲了吧，不过他们的服务还不仅如此。他们请我们喝了更多的酒，然后请我们吃饭。"

"在罗蕾莱？一定花了他们……"

---

①此处 slip 是双关语，意谓偷溜，也有衬裙之意。

"算起来真是一大笔钱。不过他们才不在乎,反正是照惯例按出差费报销。而且布施必得福报,有人刚花了几百美元把你喂饱,哪个女孩不会表示一点儿感激呢?"

"我出的价钱一向比这还低,"我说,"不过连这一点都没能办到的女孩,数量高得叫人惊讶。"

"即使她们听了你那张梅尔·托美的唱片也一样?"

"没错。这么说,你一定想过要怎么摆脱他们了。"

"我连担心接下来的五分钟要怎么熬过去都来不及。我坐在那儿,觉得自己是个傻子,而且我看这就算是尽到我的责任了。与此同时,埃丽卡像个疯子似的一直调情。"

"跟两个气象人。"

"想知道风往哪里吹,"她说,"你可用不上他们。其实他们人还不错。"

"我敢说他们的老婆不了解他们。"

"我可搞不懂为什么。天知道我了解得很。有什么可了解的?这两个人色欲熏心,只想找人上床。我有同感,只不过性取向不同。"

"而与此同时,埃丽卡在那儿调情调得晕头转向。"

"头是最不重要的部位了。她使劲向前趴,好让埃德往她的裙子里看,而且,我敢说他肯定把一只手搭在她腿上了。菲尔一手搁上我大腿,我真想拿把叉子扎下去。"

"结果呢?"

"我又灌了些葡萄酒。直接把它倒进了罗布·罗伊里,另外还拿了一小杯B&B①配咖啡喝。"

"我看这样是比喝纯白兰地更有女人味。"

"我宁可喝白兰地，"她说，"而且一小杯不够，我得来一缸。因为我有种可怕的感觉，觉得我们就要跟着他们回酒店了，要不就是把他们带到埃丽卡的住处。"

"那样一来——"

"那样一来我很害怕，"她说，"因为以前有过这种事：某个女人一口咬定自己是同性恋，结果却证明是双性恋。在那两个家伙发动攻势以前，我其实就开始担心你。"

"担心我在呼天抢地发誓我是女同之后，却发现自己是双性恋？"

"埃丽卡对你是满肚子问号，"她说，"从我们怎么变成朋友，到你住在哪儿，早餐吃什么，无所不问。真把我弄得起了疑心，然后这两号人物出现了，于是……"

"于是你就想到结果你会跟着他们回家。"

"对，然后第二天早上醒来，埃丽卡会说：'哦，天哪，咱们昨晚一定是喝醉了，我什么都想不起来。'那我就得假装我也想不起来，不过我会想起来。所以我决定让他们去死吧，反正到时候我会想办法躲过去的。不过，其实我不必费心。他们付了账，我们一起乘电梯下楼，接下来的事就是埃丽卡和我在出租车里，菲尔和埃德留在街

---

①一种白兰地的名称。

上，看着我们渐行渐远，跟我们永别了。"

"欢迎来到纽约。"

"我们去了我住的地方，为了来点儿新鲜感嘛。"她说，"结果她非常兴奋。'假装我是男人。'她说。'好，'我说，'你是男人。下班以后咱们喝两杯去吧，好吧？'她要我继续玩下去，真是诡异。"

"我可以想象。"

"然后就轮到她了。'现在假装你是男人。'她说，这也挺诡异。这件事我连提都不想提，伯尼。"

"我也是。对于更衣室里的谈话①我一向格格不入。"

"或者洗手间谈话。不过我跟埃丽卡没继续聊下去，因为后来我就睡着了。我早上醒来的时候，她已经换好衣服走了，所以陪我醒来的只有宿醉。"

"你说它会往哪儿走？"

"宿醉吗？我想是会离开吧——感谢塔什干二人组。哦，你是说我跟埃丽卡的关系？不知道。也许时间会告诉我吧。你和爱丽丝的关系呢？"

"我看已经完蛋了。"

"那格列佛·菲尔伯恩的信呢，还有你找到的那些红宝石呢？还有安西亚·朗道的谋杀案呢？还有所有已经发生和正在发生的事呢？"

---

① 美国男人经常在球场更衣室聊天或者说些知心话。

"不知道,"我说,"我一发现在那儿热情尖叫的人是爱丽丝,心里马上想说她竟然在这个房间里,可真巧。不过根本不是巧合——如果是她的房间的话。然后我又想了想,这才看出真正的巧合。"

"是什么?"

"珠宝。约翰·康西丁监守自盗,把它给了艾西斯。"

"借给。"

"他的一面之词,总之不管是借还是送,她拿到了珠宝。然后珠宝跑进了爱丽丝·科特雷尔的房间。这才真叫巧合。"

"最后跑进了你的口袋,"她说,"不过无关巧合。这叫偷窃,而且说不定当初珠宝跑进爱丽丝房间的原因也是这个。"

"她是珠宝大盗?"

"不可以吗?"

"而且就因为她本人正是小有成就的窃贼,她还要把我卷进来偷信,以便她以后能把信还给格列佛·菲尔伯恩?"

"或许她不是珠宝大盗,伯尼。"

"那她是什么?又是怎么和珠宝搞到一起的?而且,而且……"

"而且怎样,伯尼?"

"不知道,"我说,"不过情况是越来越复杂了。"

16

我不在的那段时间,亨利做成了几笔买卖,也和留下那袋书的女人达成了协议。他用收银机里的钱付了款,让她写下收据,甚至帮我省了钱:他开的价比我预计要给的少二十五美元,她二话不说就收下了。

苏富比的哈克尼斯先生又打了一通电话。我不想回电话,也看不出再给爱丽丝·科特雷尔打电话有什么意义,因为我明白了那个号码不是她的。所以我便和亨利聊起书来,他靠在柜台上,手托着下巴,谈起托马斯·沃尔夫[①]在他还算年轻敏感时给他的印象。"当时我觉得《天使,望故乡》真是棒极了,"他说,"几年前我想重读一遍,可是一点儿感觉也没有了。"

"毕竟,你不能再回家[②]。"我说。

[①] 托马斯·沃尔夫(Thomas Wolfe, 1900—1938),美国小说家。
[②]《你不能再回家》(*You Can't Go Home Again*),托马斯·沃尔夫作品之一。

"或许正是这个原因,虽然有些书我可以一读再读。不过看来读沃尔夫得趁年轻才行。"

"苏斯博士① 也一样。"

"不好说,"他说,"我现在反而更喜欢《戴高帽子的猫》。还有坐拥那一缸帽子的小孩。"

"巴梭罗喵·卡宾斯,"我说,"或许你只是喜欢关于帽子的书。我这儿有本《绿帽子》。迈克尔·阿伦② 写的。放在这里好几年了,如果你拿去看的话,可以告诉我写得好不好。《无名之子》怎么样?如果你十七岁的时候看过,你会说这本书改变了你的一生,不过我认为你没有。"

"这本书出版的时候,我早就过了十七岁。"

"可你看过?"

"出版的时候看过,而且在那之后又看过几次。"

"不过我看它可没改变你的一生,对吧?"

"其实不管看什么都会有这种效果,"他沉思道,"就连早报,还有饼干盒底的谜题也一样。看过以后人都会变——不管内容是什么。"

这把我们带入了一场深刻的哲学谈话。我买下这家店的目的就是为了这种谈话,所以我全心投入。后来,传来了门打开的声响,我停住讲到一半的话,扭过头去,这

---

① 苏斯博士(Dr. Seuss, 1904—1991),美国儿童文学作家,代表作有《戴高帽子的猫》。
② 迈克尔·阿伦(Michael Arlen, 1895—1956),保加利亚作家。

个女人很眼熟。不过等她开口说了:"嗨!你在这儿干什么?"我才想起这人是谁。

是艾西斯·戈蒂耶,得等她开口才认出她来,是因为她变化太大。这回她打扮得不像帕丁顿熊,不过套了条牛仔裤、身穿粉红色布克兄弟衬衫的她看起来也很不错。她的小辫子已经变成了红色挑染的及肩直发,而这——像我这样聪明的人———想就知道是假发。

"我一天到晚都在这儿,"我说,"这是我的店。倒是你来这儿干什么?"

"我不是说你。"她说。她正看着亨利,他挺起胸膛,一手垂到身侧。"哦,抱歉,认错人了。"她转身看向我,"我知道这是你的店,"她说,"也知道你不开店时做什么。而且我觉得我们应该谈一谈。"然后她便转身再次看着亨利。

"我该吃午饭去了。"亨利讲出了外交辞令。

门在他身后关上以前,她一直保持沉默。然后她说,她跟马丁谈过,他告诉她,他跟我谈过。"他说你没杀死朗道小姐,"她说,"不过这跟警察讲的一样。你去那儿偷什么东西,可是没找到。"

"我不太喜欢你的说法,"我说,"听起来好像我是个小偷,而且做坏事的能力不足。"

我抛给她我让人最难以招架的微笑,不过看不出有什么效果。"你是个小偷,"她说,"跑到我住的酒店偷东西。

同时也有人溜进我房间偷走了红宝石。把这件事和你联系起来似乎不需要多少想象力。"

"我懂你的意思,不过——"

"马丁说你没偷,"她继续说,"不过有个问题,你知道。起初我告诉他红宝石失踪时,可以看出他不信。他以为我是想留住珠宝,可又不想当面拒绝交还才这么说的。'唉,俺是很想还回去,也免得可怜的康西丁太太得相思病,可俺没法子,因为不知被哪个家伙偷走了。'"

"'老天垂怜,思嘉小姐,接生婆的事儿俺哪儿会啊?①'"

她瞪了我一眼。"不过他现在信了,"她说,"他跟你谈过,然后信了。你觉得这意味着什么,罗登巴尔先生?"

"我想他恢复理智了。"

"我看这就意味着,"她说,"他知道关于珠宝遭窃的事我没有撒谎,因为你承认是你偷的。我在走廊里撞见你的前一个晚上,你一定已经来过酒店一趟了。"

"然后我又回到了犯罪现场?"

"你发现帕丁顿酒店的安保措施不怎么样,所以你就想瞧瞧其他房间里藏了什么宝物。不过我只想知道你之前为什么会跑到我房间里。是约翰·康西丁派你去的?"

"这个人我没见过。而且要是我已经帮他偷回了红宝石,他又何必让马丁说服你放手呢?"

---

① 艾西斯换上黑人腔调,所以伯尼干脆模仿《乱世佳人》中郝思嘉的黑人女仆以示响应。

"也许他不知道你得手了。也许是你决定隐瞒,因为你觉得把宝石卖给别人或许会比他答应的价钱更合算。"

"一句话就讲了这么多也许。"

"是两句话,一句一个也许。"

"真的吗?哦,听起来还是很多。"

"对你来说假设性①太高?"

"说我太过假设性?"

"这是要让我唱歌吗?"她一手放在腰际,歪了歪头。她和着《说我不负责任》的曲调低哼起:"说我太过假设性。外加……外加什么?"

"字母顺序,"我提议道。

她扮个鬼脸。"外加理论性。"

"好一些。"

"别忘了字母顺序。"

"这我喜欢,"我说,"很高兴我能小有贡献。我认为咱们已经写了一首热门金曲。"

"我认为你是顾左右而言他,"她严肃地说,不过脸色看起来没那么严肃。她想要挤出一丝微笑,不过没起到什么效果,笑容只是勉强挂着没掉。

"你认为你的红宝石在我手里。"我说。注意此处的所有形式,我借此让她知道我跟她站在同一阵线。"假设你

---

① "假设性"(Hypothetical),以下连用的"不负责任"(Irresponsible),"字母顺序"(Alphabetical),和"理论性"(Theoretical)字尾都押了韵脚。

说对了吧。"

"我就知道!"

"嘿,"我说,"保持我的假设语气,好吗?我没说你说对了。我说假设你说对了。事实上,我从来没偷过你的东西。"

"这话当真?"

"可以发誓。"

"难道你的话能算数吗?小偷的话?"

我说:"珠宝是在你房间里丢的,对吧?我可没踏进过你的房间半步。我连你住几号房都不知道。"

"那你怎么知道你没进去过?"

"因为你住在六楼,我唯一进去过的六楼房间里住的是安西亚·朗道。"

"可怜的安西亚,"她说,"她对大部分房客都很凶,不过对我一向很好。'你哪天要是写书,'她告诉我,'直接拿给我就好,亲爱的。'"她的眼睛盯着我,"你刚才承认了!"

"承认什么?"

"承认进过她的房间。"

"算不上什么承认,"我说,"又不是在法庭上。总之,他们在那里找到了我的一个指纹。重点是,我没进过你的房间,也没见过你那张黑天鹅绒上的猫王。"

"那你怎么……马丁一定跟你讲过。"

"他对此印象深刻。现在回到咱们的假设好吗?假设,只是为了讨论方便,你的珠宝在我手上。"

"正是讨论没错。好吧,就照你说的。珠宝你没拿,不过假设你拿了。"

"那你要怎么样才能高兴得起来?"

"要我高兴起来?把该死的珠宝还给我,我会高兴得发疯。"

"非这样不可?必须是珠宝?"

"你想说什么?"

"我是想知道重点,"我说,"是美丽的红色宝石呢,还是宝石的价值?"

"讲下去。"

"按宝石的价值付给你,你能接受吗?"

她的眼睛亮了一下。还是蓝色的,我注意到了,不过没那么触目惊心。一定是习惯了。

"约翰·康西丁试过这一套,"她说,"他要马丁出价五千。五千!"

"真是少得可怜。"

"再少就要看不见了。鉴定师说宝石价值八万美元。"

"这可比投保的价钱要高,不过也许差不了太多。这样吧,五千你就忘了吧。"

"我一听到就马上把它忘了。"

"那就顺便把八万一起忘了吧。假设你可以拿到两万美元。"

"两万美元。"

"不声不响地拿到手。"

"比实际价值少。"

"假设宝石是真品,还要假设……"

"专业鉴定人说是真的。如假包换的缅甸红宝石,他说。"

"说来有趣,"我说,"品质最好的红宝石来自缅甸和斯里兰卡。它们是高品质宝石的主要输出国。"

"我知道。"

"那你说人工合成红宝石的最大输入国又是哪里呢?"

她看着我。"你打算告诉我是缅甸跟斯里兰卡,对吧?你的重点是什么?"

"你自己想吧。"

"我在公路上看到一家店挂了个牌子。'本店收购垃圾,贩卖古董。'缅甸和斯里兰卡的人就是这么干的?"

"没错,"我说,"而且假设他们又不会被抓住——因为要分出合成红宝石和天然的真假简直是不可能的任务——红宝石或许就不是长期投资的理想目标了。"

她皱起眉头。"我没打算卖,"她说,"如果真能卖掉,拿到手的应该不止两万。你知道,我戴这些珠宝上台。"

"在《游戏人生》里。"

"你看到我了?不对,当然没有。马丁跟你讲过。"

"听说你造成了轰动。"

"这是你信口胡编的,不过听了还是很受用。"这次她泛起了一抹真心的笑,"我喜欢那些红宝石,"她说,"戴在身上的感觉很棒。而且还是约翰给我的。不过我对约翰的感情变质以后,对红宝石的感情还是一样。"

"现在你有什么打算?"

"两万美元是一笔很大的数字。我会想念红宝石。事实上我已经开始想念了。不过话说回来,钱要好用得多。不过你也不是在给我开价,对吧?"

"只是假设性问答,记得吧?"

"没有别的意思?"她挑起一边眉毛,"我想要回我的红宝石,罗登巴尔先生。"

"伯尼。"

"我想要回我的红宝石,伯尼。或者我的两万美元。不过宝石和钱你都没有,所以说了半天我们都是伪君子。"

"你的意思是纯属假设吧。"

"很难说。"她回答说,然后朝门走去。

少了艾西斯,店里安静了许多,而且整个屋子都灰暗了下来。她就算没穿上彩虹所有的颜色,也能令此处蓬荜生辉。此刻只剩下我孤零零一人。亨利还没回来,我也不知道他是否还会回来。

我拿起话筒,拨了爱丽丝的号码——或者我误以为是爱丽丝的号码——一如既往,仍然没人接。我挂上电话,花了点儿时间理清头绪,然后想通了。

我能摆脱这一堆麻烦。

我一头栽进来是为了讨好女朋友,外加帮一个写了本曾经——嗯,没错——曾经改变我一生的书的作家。《无名之子》也许没拦住我走上犯罪生涯,不过我的世界观从此永远改变了,而这一点可不是饼干盒底的谜题能够办到的。所以我打算动手拿回菲尔伯恩的信函,可是有人抢先了一步,如今它们已经远远不在我的掌控范围之内。如果你打算找针,至少也该知道去哪片海面。可我不知道。信件谁都有可能拿,现在跑去哪儿了都有可能。

所以菲尔伯恩拿不回信了,不过他不会怪我,因为他不知道有我这个人的存在。他或许会怪爱丽丝·科特雷尔,或许不会,而她如果想的话,的确能怪到我头上,不过她已经效率十足地离开了我的生活,再次出现时却是和一个没看到脸的陌生人共享她兴奋的嘶叫。我没法说服自己欠了她任何东西。

我把自己弄得走进了谋杀现场,还因此被捕,不过我可没待在牢里独自憔悴,而且我的罪名迟早都会被撤销。就算他们最后找不到安西亚·朗道的谋杀案元凶,也不能把账算到我头上。

所以还剩什么可烦心的呢?红宝石吗?哦,好吧。我最近是没检查过，不过我能肯定它们还稳稳地埋在猫粮下面，和房子一样安全。不管约翰·康西丁是否愿意付两万美元买回珠宝，或者艾西斯是否会收下钱，其实都不是我的问题。这是马丁的问题———等我把珠宝转交给他，他可以自己去想办法。

这下还剩什么呢？哦，目前是剩了一袋我刚刚买下的书，而且它们所待的地方对我可没好处。我抽出书本，摞在柜台上，动手标价，然后把它们插在书架上应该待的地方。《贫民窟麦金蒂》难以标价；我查了两本价目书，徒劳无功，决定暂时留白不标。

我悠闲地把书翻到第一页，读了起来，第三页读了一半，有个耳熟的声音把我震出法雷尔的讲述。"哟，哟，哟。"雷·基希曼大声喊着，于是我便直起身，砰的一声把书合上。

"嗨，伯尼，"他说，"你看起来一副被当场抓到的模样，可你也不过是在读一本书罢了。是因为良心不安吗？"

"这本书价值不菲，"我说，"我不该读的。总之，你吓到我了，雷。"

"你开了家店，总准备好了偶尔有人上门光顾吧。这是零售商的风险之一———就算店面只是幌子，而他其实是个贼。"

"雷……"

"那些信出现了吗，伯尼？"

"没有,"我说,"而且它们也没有这个打算。我原先找过,这我承认,不过有人领先我一步。"

"而且刺死了朗道。"

"很明显。"

他皱起眉头。"依我看,"他说,"前几天你好像说了信在你手上。"

"没有,"我说,"当时你说信在我手上,我说信在安全的地方。"

"对谁来说很安全?"

"对我来说,"我说,"而且不管信在哪儿,是谁拿的,老实说我都不在乎。"

"伯尼,咱们的交易怎么了?"

"没怎么,不过就算精算大师也没办法无中生有。没东西可让咱俩瓜分,雷。"

"这么说你是撒手不管了。"

"对。"

他开始说什么话,可是电话铃响了,我伸手接起来。是希里亚德·莫菲特——世界排名第一的格列佛·菲尔伯恩的收藏家——只是打来提醒我他有多么感兴趣。

他没说完我就打断了。"我手里没有信,"我说,"而且永远不会有。现在我有点儿忙。"

我挂上电话。雷说:"刚才我们在说,你是打算撒手不管了?"

"没错。"

"所以你一直没回酒店去,我是说毛绒熊那家。"

"帕丁顿酒店,"我说,"对,没有。我怎么回去?他们可不会让我进门。"

"你什么时候需要等人家让你进门了?"

电话再次响起来。我做了个鬼脸,拿起话筒,是菲尔伯恩学者莱斯特·埃丁顿,说他也许应该强调一下拿到菲尔伯恩或朗道的信对他有多重要,而且几经考虑之后,他意识到自己可以付的钱远比复印费来得多。几千,事实上,而且——

如果事先知道自己的台词,那么对于眼下的情况很有帮助,而背台词对我来说没有任何困难。"我手里没有信,"我说,"而且永远不会有。现在我有点儿忙。"

我挂上电话。"你一遍遍地这样讲,"雷说,"用不了多久你自己就会信了。说来听听,伯尼。昨晚你干什么了?"

"干什么了?"

"是啊。跟卡洛琳鬼混?"

"没有,她有约会。"

"那你到底是干什么了?"

"我在饶舌酒鬼喝了几杯。"

"自己一个人?你知道对于独自喝闷酒,人们是怎么说的?"

"我想总比自己发闷不喝酒要好吧,"我说,"不过我有伴儿。"

"然后呢?"

"然后我回家了。"

"回西端大道跟七十一街的交会口那儿。"

"那儿是我的住处,"我说,"是我的家,所以我决定回家时都去那儿。"

"你有可能是跟和你喝酒的不管哪个人回家去啊,"他说,"回她家,我的意思是。"

"那人是男的。"

"哦,"他说,"我从来没想到你是那样的人,伯尼,不过你跟谁回家关我屁事?"

"我单独回家,"我说,"回我自己的家,没人陪,而且——"

然后电话铃响起来了。我接起来对着话筒狂吠,电话里安静了一阵,然后一位苏富比的维克多·哈克尼斯先生说他一直试图和我联络,他猜我是没时间回电。

"这是非官方接触,"他说,"就当是探口风好了。安西亚·朗道小姐已经安排好了,要我们处理菲尔伯恩信件拍卖事宜。她带了信来,所以我们读过,不过她不肯把信留下。我们给了她预付金,她也签下了我们的标准协定,她的继承人和受让人都得遵守。"

"我不知道我也包括在内,"我说,"我想不出她为什么要在遗嘱里把我算进去。我没见过这个女人。"

很长一阵停顿,然后哈克尼斯先生再度发起了进攻。"我要说的重点是,罗登巴尔先生,我们对这些物品兴趣浓厚。信件会是我们一月份书籍文件拍卖会的重头戏。其价值超过了我们预期可以借由拍卖得到的佣金,而佣金本身就已经非常丰厚了。"

"有趣,不过——"

"所以说,"他说,"我们可以付你佣金。现金支付。不问问题。"

"你们有权这么做吗?"

"信件仍然是朗道小姐的法定财产,"他说,"不管它们现在落入何人手中。而我们和她的协定也维持同样的效力。如果我们真能找回信件,并没有法律责任必须解释东西为何到了我们手里。"

我深吸一口气。"我手里没有信,"我说,"而且永远不会有。现在我有点儿忙。"

我挂上电话。"你这话翻来覆去讲不完,"雷说,"依我说,伯尼,你听起来就像坏掉的唱片。"

"唱片本来就是要让人弄坏的。"

"好吧。这么说你昨晚是直接就回家喽?"

他到底想要知道什么?"我去了饶舌酒鬼,"我说,"这我已经讲过了。"

"和你那个同性恋朋友灌黄汤。"

"他名叫亨利,"我说,"而且他不是同性恋,至少我看不是。是或不是很重要吗?"

"对我不重要。反正我没跟他回家。"

"我也没有。"

"没有,你自己回家的?几点?"

"不知道。八九点吧,我想。大概。"

"你就直接回家了。"

"我在熟食店停住脚,买了一夸脱牛奶。为什么?"

"是要放在咖啡里吧。哦,你是说我为什么问?纯属聊天,伯尼。这么说你是回家去了,而且整晚都独自待着,对吧?"

"对。"

"那今早……"

"我起床,然后来到店里。"

"然后打开店门,喂猫,做你一向都做的事。"

"对。"

"所以你是直接踏出家门的,对吧?你什么都没注意到?"

哦,天哪。不问不行,虽然答案我可不想听。"没注意到什么,雷?"

"一个死了的女孩,"他说,"恰恰躺在你家客厅地板的正中央。她旁边可找不出可以通过的空间,所以我看你一定是跨过她的身体离开的。奇怪你竟然压根儿没有注意到。"

17

"死了的女人。"我说。

"女孩,女人。随你怎么说,伯尼。反正她不太可能听到,你叫她什么也无所谓了。这位可怜的女士已经僵硬了。"

"在我公寓里。"

"除非你已经搬出来,又另外有人搬进去。你还住在同一个地方吗,伯尼?"

"嗯。"我说。

"我看那儿住人是不错,"他说,"不然你也不会住下去,而且死在里面一定也挺好,因为她就是去寻死的。不过倒也不是没人帮她的忙。"

"她是被人杀死的?"

"我得说是的。偶尔会有人开枪打自己,隔三岔五他们会用刀捅自己,不过很少有人两样都来。"

"她是被……"

"枪杀外加刀戳,没错。肩膀中弹,刀刺中心脏。验尸官说差不多是当场死亡。"

"至少她没受苦,不管她是谁。"我说,"刀伤致命吗?"

"如果致命的是枪伤,"他说,"准是血液中毒,因为她已经把伤口包好了。验尸官不肯妄下结论,不过他说伤口至少是二十四小时之前造成的。她中了弹,包扎完毕,然后跑到你的住处被人戳死。"

"什么时候的事,雷?"

"照情况来看是昨晚,正当你在家里睡大觉的时候。"

"是谁发现尸体的?"

"两名巡警。"

"当时他们刚好路过我家,凑巧发现她在那里?"

"有人报警。"

"什么时候的事?"

"今天上午大概十一点。有个邻居告诉门卫,说你家三更半夜传出可疑的声响。"

"这么说他是一直等到早上才跟门卫讲的?"

"是她。你认识赫施太太吧?"

"住在走廊另一头。好好女士。"

"哦,她深夜听到声响,不过别问她几点了。因为我已经问过了,就是问不出时间。她回床上睡觉,醒来后觉得奇怪,所以跑去敲你的门,可你没应,之后她打电话给你,也没人接,所以她才告诉了你们的门卫。"

"所以他就报警了?"

"他试过用对讲机找你,然后上楼猛敲房门,可你没应,她也没有。"

"她?"

"死了的女孩。所以他才打电话报警。"

"于是两名巡警才上门撬开我的锁,"我说,"他妈的。"

"放轻松,伯尼。"

"要是你知道我被迫换过几次锁……"

"这回你不用换,因为没人撬。门卫有钥匙。"

"是吗?"

"你留给他的那把。"

"我还以为一定是弄丢了。如果当时他有钥匙,为什么不直接打开?"

"也许他担心不知道会看到什么。也许他的确开了门,从门口看到她,然后就冲了出去,让巡警自己去发现她。又有什么差别呢?今早她死在地板上,而且已经死了一段时间了。"

"你是什么时候介入的,雷?"

"马上。我跟你的资料在局里的电脑里可是紧密相连,伯尼。有面写了我名字的小旗子,只要你的名字一出现,它就会抖动着跳出来。不用多久就会有人给我打电话。"

我看看表。"不过你花了一段时间才过来。"

"嗯，没错。我想为什么要赶呢？何不等着看验尸官有什么话说。再说我也想看看她是什么人，以防万一你没搞清楚她叫什么名字。"

我心里已经有底了，不过我还是得问。"她是谁，雷？"

"凯伦·卡森麦尔这个名字你有印象吗？"

她今早四点半还活生生的，我想道。活色生香，在帕丁顿酒店三〇三号房间里铺着床单的床上发出凯旋的声响。然后那个男人便像赶羊羔一样把她带出门，又东拐西弯地把她领到我的公寓，在那儿把刀刺进了她的胸口，留下她独自死去。

"伯尼？"

除非她是自己去了我的住处，在那儿碰见了其他人。我无从得知和她共用过三〇三号房的男人是否杀了她，或者另有其人。不过没什么差别，因为我根本不知道他是谁。可为什么要选我的公寓？

"嘿，伯尼……"

也许是因为她知道地方。也许是发现自己身处险境，想到我可以帮上忙。

"喂，伯尼？你跑到哪儿去了？"

"我就在这里，"我说，"我正在动脑筋，就这样。她的名字不叫凯伦·卡森麦尔。"

"当然叫。"

电话铃响了。

"去接,"雷说,"见鬼,说什么她不叫那名字。这可是警察找出来的结果,包括抓了她冷冰冰的死手指按出指纹,送到华盛顿比对。凯伦·雷丝·卡森麦尔,来自……"

"俄克拉荷马,"我说,"俄克拉荷马,亨利埃塔。"

"如果不是她,你怎么知道她是哪里人?还有你为什么不接电话?听得我头痛。"

"他们要的东西都一样,"我说,"你要我接?好,我这就去接,我这就跟他重复我跟前两个人讲过的话。然后我再告诉你,自称凯伦·卡森麦尔的女人其实叫什么名字。"

我抓起话筒。

"我手里没有信,"我大声喊着,"而且永远不会有。现在我有点儿忙。"

"伯尼?是你吗?"

"哦。"我说。

"看来我挑的时机不对,"她说,"待会儿再打好了。"

"等一等。"我说,可是电话已经挂断了。我看了一会儿话筒,不过此举从没奏效过,所以我还是宣告放弃,把它挂回原位。

"呃,"他说,"讲来听听。"

"啊?"

"名字啊,"他说,"死在你家地板上那位女士的真实姓名。"

"她已经不在我的地板上了,对吧?可别说他们还没把她搬走。"

"少拖时间了,她是谁?"

"凯伦·卡森麦尔。"

"我原来就这么说的。你鼓起劲头非要说是别的。"

"没,我没有。"

"你当然有。我知道我说了什么,也知道你说了什么,现在我想知道你差点儿说了什么又是为什么决定不说了。"

"不管是什么,"我说,"那通电话把要说出来的话赶跑了,你逼我接那通电话,这就是你的报应。"

"伯尼——"

"不管是什么,"我说,"我保证根本不重要。要是我哪天想起来了,一定告诉你。"

她名叫爱丽丝·科特雷尔——我要说的话正是这个,如果那通电话没让我大脑空白,肯定也让我改变了主意。

因为打来电话的正是爱丽丝·科特雷尔。

"这儿,"雷说,"看看吧。"

"我最讨厌看这个。"

"可不是嘛,伯尼。你要是爱看的话,我可真得开始担心你了。没人爱看尸体,你说咱们埋尸是为了什么呢?"

"为了不用再看?"

"理由够充分了,"他说,"怎么样?你觉得?"

我转过身子。"没见过她,"我说,"咱们可以走了吗?"

"昨晚我没回家。"我说。

"老天,这话可真叫我吃了一惊。"

"我那样说有我的理由。"

"当然,理由是你是个骗子。有个人以偷窃为生,你可不会把他嘴里冒出来的每个字都当真。我问你的问题里有一半是为了听你会编出什么故事来。"

"你不希望我说实话?"

"如果有这种奢望的话,"他说,"就表示多年来我什么也没学到,因为打从我们见面那一天起,你一直都在跟我撒谎。可我为什么要因此跟你过不去呢?多年来咱们互助互利给了彼此很多好处啊,伯尼。"

"可不是嘛。"

"你的钱包鼓了不少。而我也伸张了正义,逮到几个犯人。"

"有时你逮的是我,雷。"

"可罪名都没成立,对吧?你每次都全身而退。"

"截至目前。"

"你见过这个卡森麦尔吗?"

"没,"我说,"原以为见过。有那么一会儿我把她当成了别人。"

"她看起来眼熟?"

我摇摇头。"我说的是更早以前。认尸前,原以为我公寓里的女人可能……呃,是别人。"

"到底是谁呢,伯尼?算了,不用铆足力气编故事了。还不到停尸间你就挺不住了。要我猜的话,我会说是电话里的人。"

他把车停在消防栓旁边——要是没了它们警察可怎么停车啊——然后我们便绕过转角,到了我的店。我们进门时,亨利正在收钱入账。雷开始缠着我去看已故的凯伦·卡森麦尔时,他已经吃完午饭回来了,所以我便留下他帮忙看店。

先前我没帮他们引见,所以这会儿便当起介绍人来。"这位是雷·基希曼,"我说,"是位警官。这位是亨利·瓦尔登。开过黏土厂。"

"我都不知道黏土要在工厂里做,"雷说,"还以为只要挖出来就好了,跟泥土一样。"

是要挖,亨利告诉他,不过之后得加工,也就是清除杂质,添加化合物,防止泥土干硬。之后便可以上色包装,然后运到商店里。

"然后大伙儿便把黏土给了孩子,"雷说,"然后那些小杂种就沾着黏土,在地毯上打滚,黏土渣永远没人能清干净。你帮伯尼工作吗,亨利?"

"他让我在这儿闲晃,"亨利说,"有空的话我就帮个忙。比做黏土有趣。"

"如果你喜欢书本的话。"雷说。亨利说他是书迷,喜欢在书店里碰到的那些人。什么人都碰得到,雷同意道。亨利问我还需要他做些什么吗,我说不用,书店就快打烊了。亨利说他明天应该会见到我,出门时拍了拉菲兹一下。

"这人还可以,"门在他身后关上时,雷说道,"那天我过来时,他也在吗?"

"很难记得住谁在谁不在。他常来这儿消磨时间。"

"亨利·克莱①。不是有个名人叫亨利·克莱吗?"

"就是那个说他宁可做个正统的人,也不要当总统的。"

"没错。"

"可是他不叫亨利·克莱。是亨利·瓦尔登。"

"大同小异。重点是这个名字似曾相识,他的脸也是。也不对,第一眼看上去很眼熟,可第二眼看去你才会发现

---

① Clay 音译为克莱,意译为黏土。

是第一次见。"

"第二眼看去，你是第一次看到。"

"你懂我的意思。如果你看到那把胡子，你一定会记得，对吧？引人注目之类的。伯尼，说起眼熟。也就是咱们刚才见过的那位女士，我知道她不是你原以为的那位，不过你确定她一点儿也不眼熟吗？"

"她看起来一副死相。"

"对。呃，这一点没什么争议的空间。"

"她看起来好像一直是死的，雷。好像生来就是个死胎，而且倒霉事从此没断过。"

"照我们查到的资料来看，她今年四十六岁。发生在她身上最倒霉的事就是昨晚被人用刀捅死，不过在那之前她的被捕记录有一大堆，而且不止一次成功脱罪。"

"逮捕原因呢？"

"偷窃。她是小偷。"

"我公寓里来了小偷。"

"对，第一次吧。她一定是想偷东西。"

"大概是吧。"

"你好像无所谓。为什么？"

"呃，她可没带着东西逃走，对吧，雷？"

"没，不过不管是谁杀了她，有可能拿走了她偷的东西。"

"我可不知道她想去拿什么，"我说，"何况我又没什么东西可让人拿。"

"你的小命呢,伯尼?"

"啊?"

"她包里塞了把枪。"

"枪。"我说。

"非常非常小的一把。从上次开火以后就没清理过。"

"搞不好她开枪打了捅她的人。"

"然后把枪放回包里?"他做了个鬼脸。"枪倒有可能是,"他说,"几天前打中她的那一把。"

"肩膀上的枪伤。"

"是啊。型号对得上。点二五口径,用来挡住埋头进攻的蟑螂再理想不过了。"

"要是有人朝她的肩膀开枪,"我说,"手枪怎么会跑进她皮包里?"

"也许前不久开枪打她的家伙跟昨晚拿刀刺她的是同一个人。她倒下死了,而他则把枪塞进她皮包里,隐藏凶器。"

"说得通。"

"一点儿也不通,"他说,"可有哪件事情说得通?"

"可能原先是她自己开枪打自己。"我说出一个想法。

"这就说得通了。那女人想自杀,于是开枪打中了自己的肩膀。"

"她是不小心打到了自己。"

"枪是她的，她又不小心拿枪伤了自己。"

"不行吗?"

他仔细想想。"她的档案里列了一长串逮捕记录，"他说，"没看到因持有枪械而遭到起诉的。"

"人是会变的。"

"大家都这么说，不过我可没看到什么证据。她两次因为攻击而遭到起诉，两次都撤诉了。不过没用过枪。"

"她用了刀。"我说。

"你怎么知道?"

"你刚才迟疑了一下，我可以感觉到答案呼之欲出。她的确用了刀吧?"

"没错，她刺伤过两个家伙。"

"可我敢说她皮包里没放一把刀。"

"没有。"

"我的公寓里也没找着。"

"你的厨房里塞了满满一抽屉的刀。不过没有，现场没找到凶器。他们推断是凶手随身带走了。"

"同一把刀吗?"

他赞许地笑了笑。"很好，"他说，"你应该能当个好警察——如果你没先当了窃贼的话。"

"谁说不能两个都当呢? 杀安西亚·朗道的是同一把刀吗?"

"如果我拿到了那把刀的话，"他说，"要说是或不是都很简单。现在也只能说不是没有可能。你看呢,伯尼?有没有我们在哪儿能找到刀的线索?想到了把刀捅进卡森麦尔的人会是谁吗?"

"没有。"

"你知道关于卡森麦尔的事吧,伯尼。你说了你没见过她,也说了她的事你完全不知道,可我第一次提到她的名字的时候,看见你脸上的表情,看起来不像第一次听到。"

"这个名字我没听过,"我说,"可我见过。"

"在哪儿见过?"

我想了想。有理由瞒着他不说吗?一定有,可我想不出是什么。

"她住在帕丁顿酒店。"

"你怎么知道?昨晚你在酒店,对吧?"他没等我回答,"我用一下你的电话。"他说,手才伸出去,电话铃就响了,"妈的。"他说,径自拎起话筒,"伯尼书店,"他说,"你是谁,卡洛琳吗?抱歉,搞错了。等一等。"

他把话筒递给我。爱丽丝·科特雷尔说:"伯尼?是你吗?"我说是,"刚才那人是谁?"一个警官,我说。

"哦,那你不方便讲话,"她说,"没关系。听着,我想让你知道事情全处理好了。我拿到了我们要找的东西。"

"怎么到手的?"

"说来复杂。可我打电话到俄勒冈给格利了,他高兴得不得了。我把所有的信都送进了碎纸机，碎片全扔进了焚化炉。我现在在机场。我到夏洛茨维尔的班机就要广播登机了。"

"呃……"

"再见，伯尼。"

电话在我耳边滴滴作响。我把话筒递给雷。

"该你了。"我说。

"哦，"他说，"没有卡森麦尔的登记记录。帕丁顿酒店没有记录。"

他打电话时，我已经把特价桌搬了进来，开始打烊。我本可以等他空出手来帮我的忙，不过那可得等很久。警察，我已经学到了，倾向于逃避担负重物。

"也许她走了。"我提议道。

"我们知道她走了，"他说，"因为有人往你心脏里插把刀的时候通常会起到这种效果。不过她没退房，因为原先她就没有登记入住。你为什么这么肯定她在那儿待过？"

"我进过她的房间。"

"昨晚？"

"之前还有一次。"

"可你从没见过她。"

"没有。"

"而且你也不知道她是谁。"

"对。"

"那你怎么知道是她的房间呢?"

"她的行李箱摆在衣柜里。"

"你只要看一眼箱子就能知道主人是谁吗?"

"如果上面贴了写着她名字和地址的牌子的话,我就能。不过她登记入住的时候也许用了别的名字。"

"可行李箱的牌子上却写着自己的名字?"他皱皱眉,"她皮包里有三张不同名字的身份证。我刚才一个个都念给酒店前台那个同性恋听了。"

"哪个同性恋?"

"留着长头发,抹了鞋油的那个娘娘腔。卡尔·匹兹堡。"

"皮尔斯伯里。"

"随便吧。他没听过这个人,不管她用的是哪个名字。"

"那她就是用了第四个名字。而且她应该没退房,因为凌晨四点时房间里还有人。当时她有可能已经跑去我的公寓了,不过她应该计划好了要回帕丁顿。她的行李箱还在衣柜里,衣服也还在梳妆台的抽屉里。"

"也许我该过去瞧瞧,"他说,"你不会还记得房间号码吧?"

我拎起话筒拨了个号码。没人接,我可不能说我对此很吃惊。

"当然,我记得号码,"我告诉雷,"想做个交易吗?"

18

当晚我抵达饶舌酒鬼时,已经接近九点了。我也没期望真能在那儿找到谁——当然,除了那些你一定会在那儿找到,而且永远不会在别处找到的人。不过亨利在那儿,那顶棕色的贝雷帽待在他长长的脑袋上,灵活的手指正捻着银色的胡子。他面前放着一杯酒,脸上挂着一副非常舒适满足的表情,表示这不是他第一次光顾这里。

"你的朋友来过,"他说,"卡洛琳。很有魅力的女人。"

"她喝金巴利,对吧?"

"是那东西吗?她管它叫漱口水。她给自己点了一杯,还帮你点了双份威士忌。"

"然后喝掉我的威士忌,留下漱口水没碰。"

"你是说她以前也这么干?她又叫了杯威士忌,坚持说也是帮你点的,后来侍者把酒端来时,她要侍者把漱口水带走。'今晚我什么都不喝,'她告诉侍者,'漱口水也不例外.'然后她又帮我叫了一杯酒,说是请我的,还告诉我,如果我喝太多的话,得买乌兹别克餐厅的东西来吃。乌兹别克餐馆到底卖什么?"

"乌兹别克菜。"我说。

"哦,她好像很推崇。她把她的第二杯喝完——呃,你的第二杯——往桌上丢了些钱,然后就迈着大步走出去了。她说她得跟某人碰面,把话讲清楚。侍者来了。你要喝什么?"

"我看我应该继续喝威士忌,"我说,"因为我一直都在喝这个——虽然没有半滴灌进我的肚子里。你就喝这个吗?"

"事实上,"他说,"这是黑麦威士忌。"

"哦?"

"昨晚你怂恿我试过,今天我没多想就点了。"

"今天喝起来一样好?"

"会上瘾。"

"你觉得这酒有可能变成你的杯中常客吗?"

"不是没可能。"

我给我们点了黑麦,上酒后我举起酒杯。"向改变人生的书致敬,"我说,"不管变好还是变坏。为什么要开黏土厂,亨利?"

"什么?"

"最初为什么要做这个生意?印第安纳州秘鲁市有很

多黏土工厂吗？"

"以前是这样，"他说，"生意就是这样开始的。工厂开了多年以后，黏土全挖光了。"

"我知道那种感觉。"

"所以我们就在南方买生黏土，"他说，"然后运到秘鲁，在那里加工包装。"

"然后运到全美各地。"

"全世界各地。只要有小孩，也有地毯可以让他们抠着黏土粘上去的地方，都卖过。"

我埋头喝酒。我们两人沉默了很久，然后有人往点唱机里投了两毛五的硬币，放起派西·克兰的唱片。不是《淡去的爱》，不过也很好听。我们一直等到派西唱完以后才开口。

然后我说："科尔·波特在印第安纳秘鲁市出生。"

"千真万确。"

"而且那儿没有黏土。"

"不再有了。矿土——"

"已经光到不能再光，因为原本就没有。不过距秘鲁市东边很远的地方曾经有过不少冲积层黏土，靠近一个叫亨廷登的小镇。"

他想了想。"关于黏土你懂得不少，"他说，"对一个不做这行的人来说。"

"我去过一家书店。不是我自己的，是亚斯特坊广场的巴诺书店①。我想查看《汽车导游手册》，可我手头上的旅游书只有警告你牙签鱼是多么危险的那一种。"

"牙签鱼会怎样？"

"它会把自己埋在橄榄鱼里，"我说，"然后两条鱼一起游进一条叫马提尼的鱼里漂啊漂的。别讲牙签鱼了，好吗？"

"好。"

"亨廷登有家黏土厂，"我说，"而且照《汽车导游手册》所说，他们提供免费导游，只要你往大门口一站，就有人领你参观工厂。"

"在亨廷登开家黏土厂也不是没有可能，"他说，"为什么不呢？从秘鲁到亨廷登还不到五十英里。"

"在地图上看好像更远。"

"哦，其实不是。它们在同一条河上，沃巴什河。所以，两个城附近可能都有黏土矿？"

"或许吧。"

"而且秘鲁和亨廷登一样也有黏土厂，也说得通吧？"

"看不出哪里说不通，"我说，"不过事实摆在眼前，秘鲁没有。那里是科尔·波特的出生地，有家马戏博物馆，还有家火车头博物馆，纪念那座城的铁路史。只是没有黏土厂。"

---

①巴诺书店（Barns & Noble），美国最大的连锁书店。

"也许没有,"他说,"但也有可能有。"

"你去过秘鲁吗,亨利?"

他点点头。"很好的一个地方。火车头博物馆让人印象深刻。"

"亨廷登呢?"

"也很好。我参观了黏土厂。"

"我想也是。有哪个大集团要买下工厂吗?"

"老天,希望没有。"

"这部分是你捏造的。"

"当然。"

"而且你把工厂从亨廷登搬到了秘鲁……"

"呃,比较好听,"他说,"亨廷登实在太俗了。我是说这种镇名太多了。不过秘鲁呢,听起来就比较酷。"

"酷?"我说。

"秘鲁是国家。印加人,安第斯山,马丘比丘①,听来有异国风情,然后从这里跑到印第安纳。印第安纳秘鲁。再说科尔·波特生在那里,这一点不是人人都知道,不过还是让那儿更特别了。要是某人打算开家黏土厂,为什么不干脆让它沿着沃巴什河漂四五十英里呢?"

"因为更好听。"

"嗯,对。"

---

① 马丘比丘(Machu Picchu)印加文化一大遗址。

"我看《无名之子》对你的影响比大多数人要大。"

"我看也是。"

"格列佛·菲尔伯恩。"我说。

"可笑的名字。"

"不过很特别。比亨利·瓦尔登特别。雷把你叫成亨利·克莱,他常把名字搞错。"

"很多人都这样。"

"当初你取这个名字,其实就是由于这个原因吧?黏土厂的故事让你无意中选了亨利这个名字。说起来,也可能是正相反。"

"很多事都可能倒过来发生。"

"亨利·瓦尔登。亨利代表亨利·戴维·梭罗[①]?这就引到了瓦尔登湖[②]。"

"那里,就我所知,可没有冲积层黏土。"他举起酒杯,看着酒,沉吟着,"那群该死的学者一天到晚都爱搬弄那种垃圾,"他说,"你写的每句话都要被拆开来挖找隐藏的意义。要是他们自己写东西的话,就会知道那根本行不通。想把意义塞进作品里已经够辛苦了,更别提什么隐藏的意义了。你是怎么看穿的?不可能是黏土厂的地点吧。"

[①]亨利·戴维·梭罗(Henry David Thoreau,1817—1862),美国作家、哲学家,著名散文集《瓦尔登湖》和论文《论公民的不服从权利》的作者。
[②]瓦尔登湖位于马萨诸塞州东北部,梭罗曾在此隐居,并写下《瓦尔登湖》一书。

我摇摇头。"你看起来眼熟。"

"对你而言？"

"对，但是印象很模糊，而且我没多想。不过其他人也觉得你眼熟。事实上，其中一个还以为认识你，还跟你打了招呼。"

"那个美艳惊人的黑女孩。"

"艾西斯·戈蒂耶。你站在那儿，撑着下巴，她跟你道声好，你放下手转过身，她跟你道歉说认错人了。因为她一看到你的胡子，就知道你不是她原先以为的那个人。"

"所以你才开始动脑筋？"

"错，还要加上别的事。雷也有同样的反应。他原以为认识你，然后又觉得不对。这样一来我就奇怪为什么我会觉得你眼熟，原因是我第一次走进帕丁顿的大堂时就见过你。你坐在那儿看《GQ》杂志。那个人是你，只不过当时你没留胡子，没戴贝雷帽。你戴了副墨镜，对吧？而且感觉上你那时头发多很多。"

"亨利·瓦尔登，"他说，"乔装大师。"

"原先就没人见过的话，要乔装应该也没什么挑战性吧——一个怕曝光而且把隐姓埋名提升为一种艺术形式的人。胡子搭配贝雷帽的组合很完美，因为这样一来你就有了标志性特征——德高望重的长者耗费心思打扮成一副放浪艺术家的模样。而且那把修得再完美不过的银胡子实在惹人注目，任谁看到都会马上记住。我一看到那把胡子，就知道从来没在别人脸上见过,这就表示我没见过你。可我见过。"

"我觉得我是刻意让你发现的,"他说,"不然我不会耗掉那么多时间在书店里闲晃。"

"你甚至买了书。"

"你没从我身上捞到多少钱。"

"没从你向我买的书上捞到,"我说,"我说的是你在伯利克里书店买来转卖给我的书。你说是某个女人带来的书。那天我把那些书上架,灵机一动翻到其中一本的一百五十一页。斯塔夫罗斯·弗拉霍斯总会在这一页用铅笔写下价钱。他在这本书上标价了,而且,你知道吗?所有的书他都标了。"

"这我不知道。"

"所以他才会选在那里标价,不像其他所有人那样写在扉页上。我打电话给他,他想起了那笔买卖,记起了那个在书店里选书并用现金买下的人,还形容了那个人的长相。他也告诉我你付了多少钱,这笔交易你的损失可大了,对吧?"

他微微一笑。"你教我要怎么靠卖书存留小财,记得吗?"他耸耸肩。"我假借别的名义在你店里晃荡,我想我是觉得我欠了你什么。"

"第一次你是怎么跑到店里去的?是跟踪她去的吧,我看。"

"她,"他语气沉重,"我在酒店里看到她。我在那儿开了一个房间,所以才会坐在大堂里看杂志。我戴了假发,架了副墨镜,飞到城里,登记假名住进了酒店。不是格列佛·菲尔伯恩,也不是亨利·瓦尔登。那个可恶的小朋友出现时,我刚刚安顿妥当。"

"有趣,"我说,"她一直说你的好话。"

"哦?"

"她告诉我,你写信寄到弗吉尼亚找她,说你写给朗道的信就要送去拍卖,你很不高兴。她身负重任要把那些信件追讨回来,交还给你。据她说,任务已经完成。"

"什么意思?"

"或者完成了一半吧。我跟雷在一起的时候,接到了她的电话。她说信拿到了。然后她就打电话到俄勒冈找你——"

"俄勒冈?"

"你云游四海,不是吗?她打电话给你,我看你也只需要确定信件全已销毁,因为她把信投了碎纸机,然后把机器吐出来的全都烧光了。真不知她是怎么拿到手的。"

"拿到什么?"

"碎纸机啊。从夏洛茨维尔带来的吗?你说复印店里有吗?只用碎纸机的收费是多少呢?"

他叹了口气。"能把小小爱丽丝投进碎纸机里,"他说,"应该不错。不然就用削木机好了。要是信件落入了她的手里,那就没有被销毁。而且,天知道,她可不会交还给我。"

"她打算卖掉?"

"我不知道她打算怎么处理。她跟你提过我们的关系吗?世纪爱情史,爱丽丝·科特雷尔扮演洛丽塔的角色?"

"大致讲过。"

"我就说嘛。她讲了什么?"

我给他讲了简易版,他自始至终都在摇头。他不断地摇头,等我讲完后,他啜了一口麦酒,吐出一声长叹。"我是给她写过信,"他说,"她在《纽约客》上发表的那篇文章是有些东西引起了我的共鸣。然后我就收到了她一封接一封的回信。她当时的处境很糟,她告诉我。她必须从家里逃走。她爸爸几乎天天对她性骚扰,她妈妈用铁衣架打她,之类的事。扰得我又烦又累,所以我就告诉她,她可以过来小住一阵。"

"然后呢?"

"然后她就来了,而且比夏天的感冒还难赶跑。"

"据我了解,她待了三年。"

"六个月还差不多。"

"哦。"

"她有自己的床,可她总是等我睡着以后爬上我的床。"

"她说当时她一直保持处女身。"

"也许吧。我当然是没有做任何事改变这一点——虽然她可是铆足了劲要勾引我。她的花样比白宫实习生还多,不过那又怎么样?那样一个又瘦又瘪、发育不良的小孩,我没有那种癖好。"他摇摇头,"她也许是寄希望于我曾经在给我经纪人的信里吐露过心声,说有个讨人喜欢的小女人走进了我的生活。"

"信里写了什么,亨利?"

他微笑起来。"'亨利'。我看你不妨继续这样叫我好了。信里写了什么?我根本想不起来。安西亚是我的经纪人,我们是亲密的'作家和经纪人'关系。"

"而你想把信要回来。"

"我希望它们失踪,不再存在。"

"为什么?"

"因为我不希望别人伸出脏手碰到它们,在里面偷窥我的隐私。我选择目前的生活状态,就是出于这个原因。"

"不过无论你写什么,读者都会在里面找你。"

"他们找到的是我愿意展示出来的部分,"他说着,茫然地看向远方。"小说只是虚构,"他说,"我可以任意捏造事实,比方说编一个从亨廷登搬到秘鲁的黏土厂——如果我有意如此。我不在乎是谁在读我的小说,或者他们自以为在书里找到了什么。"

"明白。"

"是吗?"他的眼睛探向我的。"比方说你正在跟某人讲话。要是你讲的一字一句他都听到,你不会在意,对吧?"

"如果我在意的话,我为什么要说话?"

"没错。不过假如说,他一边听,一边也在读心,把你脑子里没说出来的想法也看到了。这你觉得怎么样?"

"我懂了。"

"我写的小说是我跟世界的对话。我的私生活是个人隐私,是我和自己无言的对话,我可不想被哪个读心人偷听了去。"

"所以谁拿到信都一样,"我说,"收藏家,或者学者,或者大学图书馆,甚至爱丽丝·科特雷尔。不管信落到谁手里,都是侵犯个人隐私。"

"就是这个意思。"

"艾西斯,戈蒂耶。"我说。

"她的事我一无所知,只知道她明艳照人,而且很会说话。"

"凯伦·卡森麦尔。"

"这个人是谁?"

"一个死了的小偷,"我说,"酒店前台呢?没成为演员而且染了头发的那个,名叫卡尔,还有那个戴着眼镜、像个会计师的家伙,他的名字我到现在还不知道。"

"我想是欧文。而且至少还有另一个前台,叫保拉的女人,鼻子非常大,下巴和漫画里的迪克侦探一样。"

我们还在饶舌酒鬼,我的同伴也还在支持美国的麦酒制造业者,不过我已经改喝巴黎水了。

"我也没有真的去结交哪个酒店前台,"他说,"或者酒店里其他什么人。我到那儿时还幻想着可以说服安西亚交还信件,可我连怎么接近她都想不出来。我付不出信件可以在拍卖会上帮她赚得的价码,也没办法威胁她。我能怎么办,告她吗?告她道德沦丧吗?"

"拿刀捅她,"我提议道,"然后拿了信逃跑。"

"那不是我的风格。事实上,不管采取什么行动都不是我的风格。跑到酒店里已经是我能做的最大极限了。然后我就坐在大堂里,戴着顶假发,架着一副墨镜,喝足了麦酒以面对每天的世界。"

"就我所知,黑麦的威力更胜弥尔的麦酒。"

"'叫世人知道错不在己,'"他继续说道,"你是从哪儿听来的?是我那天晚上说的吗?"

"爱丽丝引述给我听的。"

"天哪,"他说,"隔了这么多年她还记得?"

"你在那本给她签名的书上写了。"

他哼了一声。"我从来没给过她书。当时她已经有了一本,总没完没了地向我引述,而且我可绝对没在哪本书上给她签名或者题字。不过这句话我以前倒是经常讲。"

他吸了口气。"继续说帕丁顿。我坐在那儿喝酒,正事一件也没办。"

"然后你就来到了我店里。"

"对。爱丽丝出现了,我认出了她,但她没看穿我的乔装。之后我便跟踪她到这里来,在这过程中目睹你介入此事,看得我目瞪口呆。你经营二手书店,不过好像也做别的事。窃贼,结果竟然是这样。"

"呵呵。"

"然后其他人又一个接一个地跑来店里,每个人都对信各怀鬼胎,想要拿到手。所以我也一天接一天地跑来,深感诧异,不知后续发展会是什么样。你当初同意偷信了,对吧?帮爱丽丝?"

"帮你,"我说,"目的是让信回到你手里。"

"那是她的一面之词。她说了我会付钱给你吗?"

"她说你没多少钱。"

"天哪,这话不假,而且帕丁顿快把我的钱拿光了。那你是打算捞到什么好处呢?"

"没这个打算。"我说。

"没有?你是纯粹出于好心才出手?"

"呃,你知道,"我说,"我觉得欠了你什么。你写了《无名之子》,那本书改变了我的一生。"

* * *

"亨利,"我说,"亨利,我或许有个主意。"

"你是说信?你有办法拿到手?"

"我是有一些想法,不过我讲的是别的。我想到——"

"安西亚的谋杀案吗?还有另外一桩,发生在你公寓里的那桩?"

"对于那件事我的想法更多,"我同意道,"不过我想到——"

"你提过的红宝石吗?我还是搞不懂红宝石怎么会被扯进来。"

"我也是,不清楚细节,虽然我是有一两个想法。不过我要讲的稍稍有点儿不同。关于你身无分文,关于努力耕耘理应得到适当回馈。而且我想,应该事关所谓侵犯隐私的定义是什么。"

"哦。"

"让我给你细说一遍,"我说,"再告诉我你觉得怎么样……"

19

雷·基希曼搔搔头。"不知道啊,"他说,"你是说那些害得人东死一个西死一个的著名的信吗?对我来说,那不值几个钱。他是同性恋?"

"我想不是。"

"你确定?因为正常人怎么可能把所有的信全写在紫色信纸上?如果这都不是同性恋文具的话,我可不知道什么才是。"他捡起一张来,"里面有一半他连半张纸都没写满,这你注意到了没有?而且版面很烂。到处都是划掉的字句。警官要是交出这样的报告,相信我,一定会被臭骂一顿。"

"好吧。"我说。

"还有你看看这儿,好吧?拼写简直一团糟,而且话根本不通。'In high dudgeon,格利。'"

"哪里有问题,雷?"

"他把'dungeon'给拼错了。里头没d,至少上次我瞧见时还没有，而且漏拼了n。再说，地牢本来就不在高处。它们都低得跑到地下室里了。[①]"

"看来没给你留下深刻印象喽？"

"我对有人会傻得花一大笔钱买下那堆垃圾倒是印象深刻，"他说，"不能更深刻了。而且要是你真能理清这两桩谋杀案，让我结案，那我可就要印象深刻到地底几万英里了。我完全看不出你能怎么解决。"

"也许办不到。"

"也许办不到，"他表示同意，"不过你有辉煌的记录，可以从帽子里变出兔子。单单把信拿到手就已经是变兔子的高手了。你给了我一个电话号码，我查过警局资料后，给了你一个地址，然后你手里就冒出一大沓紫色的信。我敢说你是按了门铃伸手要来的，对吧？"

"我说我正在大学里半工半读。这话一说，大家都会尽量帮忙。"

"是啊，干脆去当杂志推销员算了。不过兔子还真一只接一只地跳出来，所以我就先信了你的话——不管合不合理。完事以后，"他说着，用指头敲着这沓紫色信纸，"完事以后，我可要跟你分蛋糕，从正中间切开。"

"一人一半，谁也不多拿一分。"

"跟以前一样。剩下的我也跟你说清楚吧，伯尼。要

[①] "In high dudgeon" 意为极其愤怒，但"愤怒"dudgeon和"地牢"dungeon的拼写很像，雷分不清楚。

是你能揪出凶手，那就和过去的表现一样出色；要是揪不出，那咱们最后只能拿到钱。不过这又有什么不好呢？"

"给，"卡洛琳说，"全办好了。你觉得怎么样？"

"我看挺好，"我说，"而且我怎么谢你都不过分。"

"对，"她说，"事实上，你根本谢不了。离过分差远了。虽然过程几乎可以算是有趣——疯狂的有趣。'快速的棕色狐狸跳过一条懒狗（The quick brown fox jumps over the lazy dog).'这句话到底有什么意义吗？除了里面有全部二十六个字母以外。"

"我觉得意义就是这个。"

"还侮辱了狗，而且真实生活里我可从来没听过。狐狸通常都会他妈的躲开狗，尽快逃跑。它们可不会浪费时间做体操。除非狐狸得了狂犬病①。"

"'狂犬病的棕色狐狸跳过一条懒狗。'"

"我有一次就这么讲过，事实上。还有一句有二十六个字母的句子，讲了什么往我的袋子里头塞六个酒瓶，不过这个话题我可不想继续了。总之，伯尼，祝你快乐。"

"谢谢，"我说，"不过得等案子破了我才快乐得起来。"

---

① "狂犬病"（Rabid）发音与"迅速"（Rapid）相近。

　　　　　　＊　＊　＊

现在是我和那位留着银胡子的黏土工人倾心交谈后的第二天,我在书店里,只是还没做过一笔生意。我一直忙着训练猫,揉起紫色的皱纸团抛来抛去。至于猫咪能否辨识颜色,或者是否在乎,我不确定。它追扑过去,就跟以前玩白纸团一样起劲。

它往右扑杀时,电话铃响了。我拿起话筒说:"巴尼嘉书店。"然后,一个熟悉的声音说:"伯尼。"

"哦,爱丽丝,你好。夏洛茨维尔之旅玩得如何?"

"无趣至极。"她说。这话我信。"伯尼,我刚知道一个让人烦心的消息。"

"哦?"

"通信档案,"她说,"不完整。"

"丢了一封?"

"丢了一半——如果我得到的消息没错。我原以为全拿到了,结果只有一半。"

"你丢进碎纸机、然后烧掉的一半?"

"对,没错。另外一半……天哪,简直太疯狂了。"

"是啊。"

"你说什么?"

"没什么。你知道,我对信的事感到挺纳闷。昨天我没机会跟你讲,不过……"

"不过什么?"

"哦，我找到一整批信札。是用打字机写的，而且是紫色信纸。"

"你找到的？"

"是啊。你知道，有天晚上我的公寓里出事了。"

"我想我看到过这则消息。"

"在夏洛茨维尔出的报纸上？真奇怪，他们竟然会刊登。"

"伯尼——"

"有个女人遇害了，"我继续说，把一张紫色信纸揉皱，"我一听说，马上想到是你。"

"我？"

"可接着你就打来了电话，听到了你的声音，你可以想象我有多么放心。不过有别的事让我不放心。"

"伯尼……"

"你的声音很清楚，就像在我耳边一样，"我说，"线路非常好。真会让人以为你人在城里呢。"

"伯尼，你找到的那些信……"

"我回到公寓时——"

"你在你公寓里找到的信？"

"没有，要是信在那儿，警察早连同那个死去的女人跟她的皮包还有她身上其他的东西一起拖走了。不过他们漏了一样东西——一张上面写着我的地址的纸，是女人的笔迹。"

"你的地址。"

"是啊。而且下面还有另一个地址,是东七十七街的一个公寓。"

"我懂了。"

"呃,我可不懂。不过我去了那儿,长话短说……"

"你找到了信。"

"对。我没打算找,因为你说过你已经拿到手而且销毁了。所以我就想说,那些信准是假货,搞不好是复印件,反正不管怎么样,全部销毁总错不了。"

短暂的停顿。她等着我说下去,我让她等。终于,她开口了,声音比之前高亢。"那你……毁了信?"

"还没有。"

"感谢上帝。"

"不过待会儿打烊了,我就要动手,而且……你刚才说的是'感谢上帝'?"

"伯尼,别销毁信。"

"不要销毁?"

"我最好先看看。"

"为什么,爱丽丝?"

"鉴定真假。确定是同一批,没有漏掉。我觉得我应该这样做,没别的意思。"

"我想我是可以把信带到夏洛茨维尔,"我说,"不过现在我走不开。也许下个月一号以后——"

"不要到夏洛茨维尔来。"

"不要？我是可以找联邦快递送去，不过——"

"我会回纽约。"

"我可不希望你专程跑一趟。"

"伯尼，我就在纽约。"

没错。"我就说嘛，一点儿杂音都没有。"我说，"太棒了，爱丽丝，你可以参加派对了。"

电话那端停顿了一下。然后说："什么派对？"

"我的派对，"我说，"今晚七点半在帕丁顿酒店。你知道帕丁顿在哪儿，对吧？"

"伯尼……"

"我在想什么呢。你当然知道。在六一一号房。"

"六一一号房？"

"不是安西亚·朗道住过然后死在那儿的六〇二房，也不是四一五或者三〇三。我想他们应该不会把你挡在前台，不过你如果真的进不来，就告诉他们你要参加罗登巴尔先生开的派对。"

又一次停顿，比之前更长。然后她说："还有谁会去，伯尼？"

"哦，"我说，"嗯，到时候就知道了，对吧？"

"这就是帕丁顿喽？"卡洛琳·凯瑟说，"很好看的小熊，伯尼。"

我把它在膝盖上弹来弹去。"是个好家伙。"我表示同意。

"这就是鼎鼎大名的帕丁顿酒店。这地方我很喜欢，不过你的房间可不怎么样，对吧？"

"老鼠都得驼着背走路。"我说。

"楼上那一间好多了。比较大，这一点很好，因为这儿实在太挤了。怎么可能把人全都塞进来。"

"已经有人到了吗？"

"全到齐了，"她说，"现在不是流行迟到吗？真奇怪。他们七点前不久就陆续到了，不过雷把他们挡在大堂里，七点十分才放人。现在他们全在六一一，正努力控制自己不要和猫王对视呢。"

"黑天鹅绒上的猫王，"我说，"强而有力的宣告。"

"那双眼睛能跟着你，伯尼。你注意到了吗？"

"伟大的艺术正是如此。"

"离开房间以后，"她说，"那双眼睛也跟着我。我踏进走廊时还感觉他在盯着我，一直盯到我搭电梯来这儿。"

"现在呢？"

"没有了。"

"哦，"我说，"咱们上楼确认一下他是不是还盯着大家看呢吧。"

20

艾西斯·戈蒂耶的房间比我的好多了。更大,这是当然,而且装潢更好,窗外是麦迪逊广场的优美风景。猫王从壁炉顶端俯瞰下来,壁炉和我的不同,没用砖块封起来。事实上,这个炉子还能用,现在就派上用场了。看不到火,因为火被遮在一面几乎不透明的炉网后面,不过你可以闻到空气里有燃烧的木头味,偶尔还能听到在火中爆裂开的噼啪声。

房间里就算没有火,应该也很温暖。我点火时感觉屋子里有些凉,不过现在已经暖和起来了,可我不知道和炉里的火有没有关系。房子里挤满人的话,每个人都会暖和起来,尤其是当其中几个人心中的怒火正熊熊燃烧的时候。

没错,这里座无虚席。艾西斯·戈蒂耶在这里,看起来和我们第一次碰面时差不多:头发梳成无数的小辫,身上穿着帕丁顿小熊的缤纷原色。马丁·吉尔马丁紧挨在她的一边,相形之下,他身上的暗沉斜纹软呢非常朴素。爱丽丝·科特雷尔穿着西服套装，看起来很庄重，另一个我没见过的男子也一样——高高瘦瘦的窄鼻子家伙。房间里其他人我都认识，所以按照排除法，我判定此人是苏富比的维克多·哈克尼斯，他的长相和这个角色还挺搭。

格列佛·菲尔伯恩不在场，不管有没有银胡子，有没有棕色贝雷帽，有没有假发或者墨镜。不过研究这位作家及其作品的全球头号权威也到场了，正是莱斯特·埃丁顿本人。他的衬衫扣子这次扣对了，算是有了些变化，不过看起来还是像只怪里怪气的呆头鹅，而且，除非时尚杂志帮他做整体造型，否则只怕很难有所改善。

希里亚德·莫菲特，全球头号收藏家，也莅临现场，他的庞大身躯塞在灰色法兰绒长裤和碎格子花外套里面，两件衣服都太小。他坐在椅子上，上身前倾，比先前更像牛头犬了。我手上就是支票簿，他似乎在想，那我们还在等什么？

能坐的地方不多，所以有些人站着。卡尔·皮尔斯伯里——舞台、银幕以及酒店大堂之星——倚在墙边，摆出一副永远倚在墙边的架势。他的白丝衬衫纤尘不染，暗色长裤折线笔挺，不过他的黑鞋倒是需要擦亮。我猜他把鞋油都用在头发上了。

雷·基希曼也站着，身穿不合身的蓝色西装，真是巨大的惊喜，而且门边还有一个警察。那个人我没见过，姓名不详，不过要看出他是警察并不难，因为他穿着制服。

卡洛琳·凯瑟也在场,当然,还有她的朋友埃丽卡·达比。两人看起来如此娇媚,很难相信竟然没人冲过去给她们俩搬椅子。

我走过去,站在舞台中央,那扇东方屏风前面,也就是壁炉前面。我可以听到火燃烧的声音,所以你不难想象这里有多安静。这伙人应该有很多话要聊,可是没人吭声。他们全在看我,等我开口。

我不确定该怎么开场,所以惯用的开场白便脱口而出。

"我猜大家都在奇怪我为何把各位召集到此,"我说,"真不知道该从哪儿讲起,也不知道是否该从头讲起。起初,有个叫格列佛·菲尔伯恩的人写了本叫《无名之子》的书。要是你觉得这本书改变了你的一生,你可不是孤单一人。很多人都有这种感觉,包括在座的大多数。

"不必说,这本书改变了菲尔伯恩的一生,有好的影响,也有坏的。这本书让他能够以他唯一爱做的事——写作——维生。不过他也因此很难拥有他想要的默默无闻的生活。他避开镁光灯,躲开信件往来和访谈,从来不肯让人拍照,而且用化名生活。虽然如此,他的隐私偶尔还是会遭人侵犯。

"一次对他隐私的重大侵犯就要到眼前了。一个叫安西亚·朗道的女人——帕丁顿的长期住客,菲尔伯恩的头号经纪人。她要把菲尔伯恩写给她的信卖给出价最高的人。菲尔伯恩签过名的无论什么东西都是稀有珍品,而他的亲笔信更是举世罕有。"

"我有他的几封信,"希里亚德·莫菲特说,"包括寄给北卡罗来纳州希克里城一个房屋经纪人的信——询问对方出租的房子。至于文学性信件,我看他恐怕已经多年没动笔写了。他把手稿寄给目前的文学经纪人时,用的是快递,还捏造回邮地址,里面没附纸条。"他叹了口气,"这人不容易被收藏。"

"所以寄给朗道的信很值钱,"我说,"甚至无价。"

"没有无价的东西,"来自苏富比的哈克尼斯说。听起来像在引述该公司的座右铭,我这种外行还反驳什么呢?"除非你把无价定义成:数目只能等公开拍卖会叫价结束以后才能决定。我看过几封样本,完全相信它们能换取可观的数字,绝对可以逼近甚至超过六位数。"

"信件还没卖掉,"我说,"所以无从得知进账能有多少。不过我们都知道信件很值钱,而且魅力无穷,所以才能把一些有趣的人物一路引来纽约。其中有几位就在这里。比如说希里亚德·莫菲特,他已经告诉各位他拿到了几封格列佛·菲尔伯恩的信。他想得到其他的。"

"我收藏这个人。"他说。

"还有莱斯特·埃丁顿,他非常了解菲尔伯恩的事。"

"他是我的生命巨著,"埃丁顿告诉我们,"莫菲特,我很有兴趣看看那封写给北卡地产经纪人的信。我知道他在大雾山待了两年,要是能确定是哪两年就太好了。"

"这封信不卖。"莫菲特大声喊着,而埃丁顿则告诉他复印件一样可以,甚至手抄本也可以。莫菲特哼了一声,算是回答。

"另外还有凯伦·卡森麦尔。"我说。

我环顾一周,每张脸都露出了困惑的表情,除了雷——他知道这个名字;还有另外那个警察——他好像没在听我说话。

"凯伦·卡森麦尔当过小偷,"我说,"不是个完美的窃贼,因为她被抓住了几次,还坐过牢,不过她的专业技术很好,也从不在廉价商店顺手牵羊。她专偷高档货物,据说都是应客户要求行窃。"

"于是她来到了纽约,伯尼?"

"从堪萨斯城,"我说,"照她的行李条所说。不过两个星期来,航空公司从堪萨斯城飞到纽约的班机都没有登记过叫卡森麦尔的乘客。"

"所以她是更早的时候来的。"莫菲特说,下巴上垂下来的肉一晃一晃的。

"或者用了假名。"艾西斯·戈蒂耶说,"罪犯都用假名,对吧?前几天我才碰到一个人自称是彼得·杰弗里斯,还是杰弗里·彼得斯呢。我想不起哪个是对的,他也一样。"

"要用假名乘飞机可不容易,"我说,"登机时要出示附照片的身份证明,而且必须用信用卡买机票,否则会引来安保人员的注意,谁都会尽力避免这一点,尤其是小偷。而且如果她用了假名,她可不会继续贴一个上面有她真名的行李条。"

"很难说,"埃丽卡说,"罪犯都很笨。这一点众人皆知。要不然他们也不会落网。"

"有时候是走霉运,"我说,带着点儿辩护的意味,"总之我们知道她用了真名,因为她搭的那班飞机留有记录。安西亚·朗道遇害前三天,凯伦·卡森麦尔搭了联合航空公司从西雅图飞往肯尼迪机场的航班。"

"他们在那个叫什么来着,哦,旅客名单上找到了她的名字,"雷说,"而且搞不好也有她从堪萨斯城飞到西雅图的记录,如果要找应该能翻出来。她跑到西雅图偷什么,伯尼?体育馆的圆穹屋顶吗?"

"我看她什么也没偷,虽然有这种可能。依我对凯伦的判断,如果她遇到诱惑,很难拒绝。不过她到西雅图是为了和某一位非把信拿到手不可的人士碰头。此人住在西雅图,或者是从车距一小时以外的某地开车过去的。比方说,贝林厄姆。"

希里亚德·莫菲特的下巴往外一甩。"可笑,"他说,"纯属臆测。贝林厄姆离西雅图有一大段距离,和加拿大边境不过投石之遥①。你说这女人是小偷,来自堪萨斯城。我怎么可能认识她?"

---

① 投石之遥(A stone's throw),形容非常短的距离。

"你是收藏家,"我说,"朗道遇害后,我被捕了,之后你马上来到了我店里。等于讲明了你打算买信——即使它们是赃货,即使我是杀了人才弄到手的。当时给我的感觉可不是你以前从没开过这种口。"

"这话你口说无凭。"

"要找证据并不难,"我说,"卡森麦尔也许在西雅图哪家酒店入住过,要查出是哪一家也不难。只要她打过电话,就会有记录留下。要是她跟哪个长了张牛头犬的脸、外加头发像钢丝卷、又胖墩墩的家伙碰过面——"

"说话小心点儿!"

"改成一位壮实的绅士好了,"我心平气和地说,"头发卷曲,下巴坚定。要是她跟这样一位潇洒的男士碰过面,不管是在酒店大堂或者咖啡店,或者附近哪家酒吧,一定有人想得起来。你又何必强辩呢?可没人让你承认你是共犯。你只不过是让她知道信件对你有多重要,顺便透露在哪儿可以找到。"

"这可一点都不违法。"

"当然。而且你说不定还预支了些钱给她做费用。"

他想了想。"听起来好像有违法的可能,"他说,"所以我敢说我没做过这种事。而且要是真的有人付给了她费用,我敢说付的一定是现金,所以也不会留下记录。"

"总之她来到纽约,"我继续说,"在帕丁顿租了间房。不过有件怪事。她以死人的状态出现时,警察查过是否有她的入住登记,结果没有发现任何记录。"

"这有什么奇怪的?"莱斯特·埃丁顿说,"乘飞机要用假名或许有困难,可入住酒店能难到哪儿去?"

"没那么难,"艾西斯说,"伯尼干过——虽然要他记住假名的确有点儿麻烦。"

我心中一喜。我们又回到称名不道姓的亲密阶段了。

"麻烦很多,"我说,"除非你有张假名下的假信用卡,不然你就得用现金支付,还必须提前预付定金。不过她还是有可能这么做,为了能让她的名字和她打算作案的现场划清界限,不过我们知道她没用假名。"

"我们怎么知道?"

"我们知道她住在哪间房,"我说,"雷?"

"依据某人提供的资料,"这位值得奖励的先生宣布,"我调阅了这家酒店的这个房间最近的入住记录。在酒店登记簿上,这个房间上星期整整一星期都没有人投宿。"

"等等,"艾西斯说,"要是没留下记录,你怎么会知道她住哪间房?"

"依据某人提供的资料。"雷说。

"谁?"

"我。"我说。

"那你又是怎么会有资料呢?"

"我刚好在那个房间,而且——"

"你刚好在里面。"

"两次,"我说,"第一次我不知道是谁的房间,也没想知道。我从防火梯回到大堂,一心一意只想跑出这幢大楼,不再和它扯上瓜葛,因为我刚从安西亚·朗道的套房里跑出来。"

"就是遇害的那位女士,"穿制服的警察说,"你进过她的套房?"

"没错,而且——"

"我听漏了什么吗?"他转向雷,"这个人怎么不在监狱里?"

"他已经保释出狱了。"雷回答说。

"他保释出狱了,现在演戏给咱们看?"雷瞪了他一眼,他耸了耸肩。"啊,"他说,"只是问问。没别的意思。"

房间静下来,我任它安静了一会儿。然后开口说道:"我第一次穿过那个房间时,注意到一样东西。事实上,我第一次造访时找到了一个东西,而且,呃,我就顺手带走了。"

"雷,"警察说,"你跟这家伙宣读了他的权利没有?因为他刚才承认犯了 D 类罪行。"雷又瞪了他一眼,他张开嘴巴,然后又合上。

"是珠宝。"我说着,瞥向艾西斯,她把这笔资料记在脑子里,沉吟着点点头。"之后我发现那是酒店某个长期住客的财物,而且她并没有住在我顺手牵羊的房间里。显然是有人从她那儿偷走,然后放在了我找到东西的那一间屋子里。"

"有趣,"希里亚德·莫菲特说道,"虽然有一些难懂。问题是这和两桩谋杀案,还有菲尔伯恩写给朗道的信失踪又有什么关系呢?"

"这我会讲到。"

"呃,希望你能加快速度,"他有点儿暴躁地说,"请谁开扇窗户好吗?体温加上壁炉,这里也太热了吧。"

我看看艾西斯,她转向马丁,于是他走向窗口打开窗。

"我心里盘算了一下,"我说,"也就是把六〇二跟三〇三加起来算了算。是房间号码。"我解释道,因为出现了几张困惑的脸。"朗道住在六〇二,有人进了她的房间,杀了她,拿走菲尔伯恩给她的信。三〇三是凯伦·卡森麦尔的房间,我在那儿找到了失窃的珠宝。我,呃,拿东西的时候,当然不知道珠宝是赃物,而且还是等我再次回去时才知道那是卡森麦尔的房间。"

"你回那儿……"

"去查出是谁的房间。我认为,六楼的盗窃谋杀案和在三层楼底下出现的失窃珠宝应该有关系。总之,我去了那儿,在衣柜里发现了贴着凯伦·卡森麦尔行李条的行李箱。原本也许还会有别的发现,不过我听到门外有人回来了。"

"卡森麦尔?"

"我原以为是她,"我说,"当时我还不知道她的名字,我没来得及去看行李条,不过我假设门外的人是房间当时的住客。正值半夜,应该不会是友人来访。"

"有可能是另一个小偷,"艾西斯猜道,"跟你一样。"

"跟我不一样,"我说,"因为这个小偷有钥匙。我赶紧藏了起来。"

"藏在衣柜里?"

我看了看爱丽丝,是她问的问题,而且她看起来也被自己提出的问题吓了一跳。"不是衣柜,"我说,"算我走运,因为我觉得他们查看过衣柜。"

"'他们'?"

我朝爱丽丝点点头。"是两个人,"我说,"一男一女。我躲在浴室里,藏在浴帘后面,两个人我都没看见。我待在原处,他们用过卧室以后就走了。"

"用过卧室?"埃丽卡说,"怎么用?"

"呃,不是睡觉。"

"他们做爱了,"卡洛琳说,"对吧,伯尼?"

"没错,"我说,"然后就走了。"

"卡森麦尔和某个男人,"雷·基希曼说,然后瞥了瞥卡洛琳,"或者可能不是个男人。"

"是男人。"我说。

"你怎么知道,听到他的声音了吗?"

我摇摇头。"他没放下马桶圈。"我说。

"猪。"艾西斯说。

"我其实并没有听过他的声音，"我继续说，"他的声音压得很低，我当然认不出。不过我认出了她的声音，不是卡森麦尔。"

"你怎么听得出？你说了你从来没见过卡森麦尔。"

"从来没有，"我说，"所以如果我认出了声音——"

"那就表示你知道这个人是谁，"马丁说，"这个女人。"

"嗯。我会对安西亚·朗道和她那份塞满了信的档案夹有兴趣，就是因为她。而那时她竟然出现在我找到失窃珠宝的房间里，等她走后，我查看了行李条，看到凯伦·卡森麦尔的名字。所以我就以为这是她的房间，而她和卡森麦尔是同一个人——虽然原先见面时她给了我别的名字，但其中一个名字是化名，两个人其实是同一个人。"

"也许没错啊，"爱丽丝·科特雷尔沉着地说，"你怎么能确定她们不是同一个人？"

因为凯伦·卡森麦尔死了，我想道，可你还坐在这里想装出一副无辜的样子。不过我只是说："我在停尸房看到了凯伦·卡森麦尔，确定自己以前从没见过那张脸。不过就算在那之前，我也已经发觉我偷听到的女人和那间房的住客不是同一个人了。"

雷说："为什么，伯尼？"

"床铺得好好的。"这句话让房间里的人都露出疑惑的表情，所以我解释道："两名访客在三〇三房做爱，然后离开，可我去看那张床时，已经铺得好好的了。"

苏富比来的那个人，维克多·哈克尼斯，清了清喉咙。"这似乎也只能证明，"他说，"他们爱干净而已。"

"我可看不出他们怎么会有时间铺床，"我说，"而且铺得很专业，像是酒店女仆的手法。事实上，看起来就跟他们来之前一样，这不是没有原因的。他们原本就没把床弄乱。"

"你是说他们……"

"在床罩上做爱，"艾西斯·戈蒂耶帮他讲完，做了个鬼脸，"这比不放下马桶圈还糟。"

"我看他们是在赶时间，"我说，"而且可能是想避免留下去过那儿的痕迹——凯伦·卡森麦尔回房后可能会注意到的痕迹。不过他们的确留下了证据，所以我才有办法判断那个男人是谁。"

"DNA，"警察说，"可是怎么能拿到样本比对呢？而你又怎么会有时间做测试，而且——"

"不是DNA，"我说，"留下的证据不是那一种。也许他们采取了防护措施。"

"希望如此，"艾西斯说，"人人都该如此。"

"那个男人是谁？"卡洛琳问道，"指向他的证据又是什么？"

"是个污点。"

"习字簿上的一个污点吗？①"维克多·哈克尼斯问道。

"为何不是他的徽章②呢？"我说，"不过这是床罩上的一个黑点。在上部，枕头上面。就在他头枕着的地方。"他们还在思考时，我补充道，"记得我之前提到的吗？我说了听到钥匙在锁里转动，所以我才会假设是房客回来了。结果不是房客，可明明又是拿着钥匙的人。房间里有两个人，女的我认识，可我想不出她为什么会有别人房间的钥匙。不过也许是男人能拿到钥匙。比如说，三〇三号房间的钥匙，或者万能钥匙——可以打开酒店的任何一个房间。"

"进三〇三房的钥匙，"卡洛琳说，"还有床罩上的黑点。"

"我心中浮现出了一个人，"我说，"一个在酒店里工作的人。有个人可以把凯伦·卡森麦尔安顿在某个房间里，又不必照规定登记。因此，这个人知道她住在哪间房，也可以随意出入。这个人的头发和床罩上泄漏底细的污点一样黑漆漆的，那种黑色不是自然母亲赐予他的。卡尔，你在帕丁顿工作了很多年。你知道有谁符合我刚才的描述吗？"

---

① 原文为 a blot on his copybook，比喻破坏自己的良好记录。
② A blot on his escutcheon，在英文中，徽章上的污点是比喻名誉受损。

21

众人看向卡尔·皮尔斯伯里,我可真服了他——完全处变不惊。他沉吟着皱起了眉头,大拇指和食指捏着下巴,噘起嘴唇,吹了个无声的口哨。"某个在帕丁顿工作而且染了发的人,"他说,"说起来,几年前我们这儿是有个戴假发的员工,不过这是两回事,对吧?我还真想不出有谁会用染发剂。"

"那一定是有人把你头朝下提起来,"雷说,"再把你的脑袋塞进了墨水瓶里,因为你这窝扫把头看起来简直和人造草皮一样自然。"

"我?"他说着,睁大了眼睛,"你真的觉得我染了发?"

"大家都知道你染了,卡尔。"艾西斯说。

"大家?"

"附近三个州以内所有的人。"

"这么明显?"

"恐怕是这样的。"

"我很清楚发生了什么事,"我说,"虽然这里或那里是有几处空白。我知道你来自中西部,凯伦·卡森麦尔也是。你们两个的年龄也差不多。我看你们早在老家就认识了,不然就是在纽约遇到的。"

"这真可笑。"

"我想过她是到这儿以后才以陌生人的身份接近你,"我说,"不过很难相信。你们应该早就认识。"

"这就说得通了,"希里亚德·莫菲特说,"我在西雅图遇到那个女人的时候,可绝没提过什么违法勾当——"

"不管你有没有提,"雷向他保证说,"我们还有条更大的鱼要宰。何况不管你做了什么都是在西雅图,这里是纽约,我可没看见哪个西雅图警察在这个房间里。所以有什么要说的就赶快说吧。"

"好吧。"莫菲特说,下巴向前戳着,"我提到这家酒店的时候,她的反应很奇怪。在那之前她好像不太感兴趣,对我的提议一直没反应,可那之后,她脸色一亮。'帕丁顿,'她说,'不知道他现在还在那儿吗?'我问她这话什么意思,她只是摇摇头,催我提供更多细节。"

"这可什么都证明不了,"卡尔说,"她认识一个在酒店工作过或者住过的人。那又能说明什么?"

"一个好警察能查到的东西,可能会让你大吃一惊。"雷说,"等我们仔细看过你们俩的背景,很可能会找到什么线索把你和她放在同一时间的同一个地点,你说是吧?干脆现在就承认,省得大家麻烦。"

"就算我认识她,"他说,"也证明不了什么。"

"依我看,事情的经过如下,"我说,"她跑来酒店,告诉你她想用假名登记入住。你想了个更好的主意:她连登记都不必,你帮她找个房间。这一来起码可以帮她每晚省下一百五十美元。"

"你凭什么认定我会做出这种事?"

"酒店业也不是没发生过这种事,"我说,"前台借此赚点小钱,倒也不失为一个好办法,就像酒保忘了收酒钱一样,会有心照不宣的顾客付超额小费表示感激。不过凯伦·卡森麦尔提供的可不只是让你通过背地里租给她房间来捞几美元的机会。她付得起房费,因为你提供的不仅仅是住处。你有办法让她进入安西亚·朗道的房间。"

"她何必找我帮忙?你已经说了她是职业小偷。"

"她对偷东西很专业,"雷说,"不过档案上可没说她哪一次不用钥匙就能打开门。"

"你可以让她进去,"我说,"这一点她一定会好好谢你。你可以找一把朗道房间的备用钥匙或者借给她万能钥匙。而且你可以通知她朗道什么时候不在酒店,这样一来,她就可以从容进出,而且不会碰到那个女人。"

"几年前我们遇到过类似的案子,"雷说,"是城里的一家大酒店,我们开始接到报告说盗窃案不断。没有强行闯入的迹象,而且失窃的都是现金,另外——受害人几乎无一例外都是日本商人。"

"城里好几家酒店都有这种事,"埃丽卡说,"你们只知道这一家。"

"这一家发生了多次,"雷说,"很明显是盗窃,而且摆明了把他们当作目标。我们介入调查以后,发现比原先想的还糟,因为很多日本人被偷了,又嫌报案麻烦,所以没报案。我们知道一定是内部人员搞鬼,嫌疑范围缩小到一个职员身上,可是证据不足。"

"结果呢?"

"你说呢?有一个我们取证的日本人,他被偷了,也认识另外几个受害者。我们告诉他哪个职员有嫌疑。"他看着远方,回忆起那时的情景。"有趣的家伙,"他说,"他妈的会是个顶尖的扑克好手,因为他的脸上什么表情都没有。他伸手的时候,能看见腕上的刺青,等他松开领带解开领扣,露出来的刺青就更多了。还有另一件有趣的事,如果他是美国人的话,你会认为他小指上戴戒指。可见鬼了他就是不能戴。"

有人很尽责地问为什么。

"没地方戴,"雷说,"两根小指头都不见了。有意思吧?"

"日本黑道。"我说,"那个职员怎么样了?"

"呃,肯定是拿着钱跑了,"雷说,"因为他不见了,而且再也没出现过。"他耸了耸肩。"不过为了保险起见，之后一个月左右我都没去寿司店。"

卡尔露出不小心吃多了乌兹别克菜的表情。看来他不喜欢酒店职员失踪的故事。

"或许你跟她合作过一笔买卖，"我告诉卡尔，"因为某种原因她知道你不是个虔诚的教徒，所以就出了个主意，你也很感兴趣。事实上，你自己又出了个主意。"

"我听不懂你在说什么。"

"大伙总是这么说，"我说，"但从来都不是实话，你很清楚我在说什么。你跟她提过，有个女人就住在帕丁顿，是戏剧界人士，说她戴的项链珍贵无比，还搭了配套的耳环。"

艾西斯的下巴都掉下来了，飞快地转向卡尔。"你这个婊子养的，"她说，"我还以为我们是朋友。"

"别听他的，艾西斯。"

"那你说，我为什么该听你的，卡尔。"

"看在老天的分上，这个人自称小偷。"

"事实上，"卡洛琳插嘴说，"我觉得'承认'要比'自称'更恰当。他又没四处向人宣传。而且，对于自己是个小偷这件事，他还真有一点儿惭愧呢。"

"那他为什么不洗手不干？"艾西斯想知道。

"别告诉别人，我觉得他上瘾了。"

"他试过心理治疗吗？或者什么十二阶段疗法？"

"好像什么都没用。"

"不过我活在希望里,"我说,"卡尔,你和艾西斯都是演员。你还在酒店大堂做前台,可她已经有了角色,还戴着红宝石。或许你因此怀恨在心,或许你只是觉得这笔钱好赚。你给了你朋友凯伦一把钥匙和房间号码,告诉她该找什么。而且我看她的确很专业,因为她只拿走了珠宝,房间里其他的东西原封未动。"

"我都不知道有人进去过,"艾西斯说,"我以为小偷会把房间弄得很乱。"

"只有最低级的才这样。"

"我只知道项链和耳环不见了。我找过,没找到。原以为是自己放错了地方,可我又一想,哦,或许是被我的朋友拿回去了。后来我发现你是小偷,心想一定是你拿的。"

"呃,没错,"我说,"不过是卡森麦尔先拿走的。她把东西塞进了她内衣抽屉的最里面。"我摇摇头,"鞋匠的小孩没鞋穿,这话还真没错。卡森麦尔这种专业人士竟然拿了宝石就藏在小偷首先会找的地方,我看她是急着去办她来此地要办的事——偷走菲尔伯恩和朗道的信。"

我吸了口气。"现在要讲的事关系到时间的先后顺序,"我说,"朗道案发生当天正是我来帕丁顿的第一天。我差不多午餐时间登记入住,领了小熊以后就进了房间。"

"你拿了只小熊?"艾西斯问,"你来这儿打算偷东西,房间里还想摆只熊?"

"我可看不出来这两件事有什么冲突,"我告诉她,"熊很可爱。重点是,我登记入住的时候,从地板上捡起了一个信封。信封会在地上等着我捡,是因为我两秒钟之前刚刚扔下它。上面有安西亚·朗道的名字,可以用这个办法找出她住在哪个房间。我只要看看卡尔把信放到哪儿就行了。"

"我哪儿也没放,"卡尔说,"信就留在柜台上。"

"当时没有,"我说,"可等我把东西收好,回到楼下时,你已经把信塞进了朗道的信箱。"

"怎么看出来的呢?"莱斯特·埃丁顿问道,"至少也有一打信摆在一打信箱里吧。"

"这一封是紫色的。"

听到这话,他的眼睛一下子亮起来了,希里亚德·莫菲特也一样。"和格列佛·菲尔伯恩写的所有信一样。"莫菲特说。

"我用了显眼的信封,"我说,"才方便辨认。选紫色是因为我知道菲尔伯恩喜欢用这个颜色的信封。所以我就到文具店买了几张紫色信纸和信封。"我从胸前的口袋里拉出一张纸,朝四面挥了挥,"像这样的。"我说,然后把纸放回去,"我在信封里放了一张空白纸,交给前台,后来临出门前,我把钥匙交给前台保管,那时,信封已经进了安西亚·朗道的邮箱。当晚我拿回钥匙时,信不见了。"

"她拿了信。"

"我原以为是这样。不过近几年来安西亚·朗道愈发深居简出,很少离开酒店,也难得踏出套房半步。"

"当初我得去她房间,才能检查她打算委托给我们的信,"维克多·哈克尼斯插嘴说,"'你得来酒店才行。'她说,跟我约定在大堂碰头。我从大堂打电话上去时,她说:'你得上楼来。'"

"所以我看她应该不会下楼拿信,"我说,"我觉得她会找人拿上去给她。"

众人看向卡尔。"那又怎么样?"他质问道,"这又能把我和什么扯上关系?我中间休息的时候把她的信拿上去,塞进她房门底下。有几个房客可以有这种待遇。朗道小姐是其中之一。"

"所以你就把信塞到她的门底下。"

"没错。"

"是吗?如果我说有人看到你敲了她的门呢?"

"我把信塞到她门下。如果我敲了门,也只是让她知道我拿来了信。我偶尔是会敲门。"

"不等门打开就离开。"

"对。"

"如果我说有人看见你一直等到她开门呢?"

"没人看见我,"他的脸红了,"有谁分得清到底是哪天?她也许开了门。有时是会——如果我敲门时她正好站在门边的话。开或没开有什么差别呢?"

"我其实是猜的,"我说,"不过应该非常接近事实。我知道你敲了门,也确定她让你进了门,之后,我想你是动了手脚,以保证她会熟睡。当时她在喝茶吧?你在茶里放了什么?"

"太可笑了。"

"也许不是茶,"我说,"而且,可能不是当你在场的时候喝——不管喝的是什么。反正你想办法在她的饮料里下了药。"

"如果是这样,"雷说,"应该留了痕迹。在杯子里——如果她没洗的话;在她体内——如果她喝了的话。"马丁问他们是否找到了什么。"没有,"雷说,"因为我们没有找。那个女人遭人重击头部,用刀刺死,所以通常警方不会检查体内的毒素,看她有没有服毒。不过现在下令也一样,如果她服毒了,我们会知道的。"

"不是毒药,"卡尔说,"天哪,我不会下毒杀人。"

"只是帮她入睡的东西。"

"她一直睡不好,"他说,"又总守着房间不出门,而且我知道凯伦已经等得很不耐烦了。凯伦会趁朗道小姐睡着时进去,如果她没睡熟——呃,我很担心后果。"

"理由充分——后续发展就是证据。"

"哦,天哪,"卡尔说,"也许我不该再说下去了。我已经说得太多了。"

"你有权保持沉默，"雷沉稳地说，把卡尔所有的权利说了一遍，"房间里所有的人也都一样，"他补充道，"你们全都有权保持沉默，还有我刚才念的所有的话。不过，如果你问我的意见，你现在闭嘴可就疯了。"

"为什么？"

"你触犯了某些法律，"他说，"而且毋庸置疑，你是从犯，不过如果你帮我们查清案情，把整件事和开斯米尔连在——"

"卡森麦尔。"我说。

"都一样。你这么做的话，就能全身而退。再说她已经死透了，说了又能有什么坏处？"

"她杀了朗道小姐，"卡尔说，"我是说，这你已经知道了，对吧？"

"你为什么不告诉我们事情经过呢？"

"没多少好讲的，我留了些时间，等药起作用，然后打电话给朗道小姐。她没接，所以我就假设她睡熟了。接着我就打电话到凯伦房间，要她下楼来拿钥匙。她照办了，然后拿着上楼。接着，朗道小姐就死了。"

"事情经过呢？"

"我只知道凯伦讲的部分。她进了门，朗道小姐醒来和她理论。凯伦捅了她，然后跑了，没有人看见。"

"你没漏掉什么？"

"应该没有。"

"他们在我公寓里发现卡森麦尔的时候,"我说,"她肩膀中弹了,而且不是在西端大道受的伤,因为伤口已经清理过,包扎好,开始愈合了。是朗道开枪打了她,对吧?"

"哦,没错,"他说,"我忘了这段。"

"像这样的细节是容易忘记。她给你打了电话,对吧?从朗道的公寓里,说她的肩膀刚中了一枪。你要她待在原处别动,然后上楼领她到你的房间——从你二十几年前搬到帕丁顿后就一直住在里面的那间。比你安置卡森麦尔的那一间更近,而且你那里还有急救箱、胶带纱布和消炎药。你帮她包扎好,留下她在那儿休息。之后你就回到了朗道的公寓。"

"我为什么要去?"

"看看你能帮那女人做些什么。你不会扔下她不管,对吧?"

"对,当然不会,"他表示同意,"可是我也帮不上什么忙,所以我——"

"当然可以帮上。"

"你说什么?"

"关于枪伤有个有趣的事,"我说,"我在朗道的房间里闻到火药味。起先不知道那是什么味道,后来知道了,才发现我和一个死人同处一室。我理所当然地以为她是被枪杀的,后来才得知她的脑部遭到了撞击,还被刀捅了,这让我一头雾水。不过等弄清楚了是朗道开的枪,也就说得通了。她在自己的房间里吓着了小偷,还朝小偷开了枪。"

我停下来,和卡尔听到日本黑道让酒店前台失踪时的感觉一样。我可不喜欢小偷中弹的故事。

"之后,凯伦用刀捅了她。"我继续说,"如果你停下来仔细想想的话,这挺奇怪的。有人朝你开了一枪。子弹击中了你的肩膀。你想拦住她,让她别再开枪,结果你是怎么做的呢?你拿出一把刀来捅她。"

"听来像是自卫,"雷说,"但不是,如果当时你正在犯罪就不能算。这叫谋杀,没什么可说的。"

"而且也不太可能。有人朝你开枪,你却拔刀自救?"

"凯伦随身带着刀,"卡尔说,"以前就给她惹过麻烦。"

"我知道,"我说,"不过她干活的时候可从来没有捅过人。她留着刀子在平时用。所以她在朗道的套房里走来走去的时候,手里不可能拿着一把弹簧刀,对吧?就算有刀,应该也是在她皮包里,而且她或许一走进房门就放下了——如果她原先真的带了皮包的话,不过我对此很怀疑。而且就算朗道射出子弹的时候,皮包还在她身上,你说她会动手在包里翻找那把刀子吗?"

"带没带皮包有什么不一样?"艾西斯想知道,"总之这个卡森麦尔用刀捅了朗道,对吧?"

我摇摇头。"不对,"我说,"门儿都没有。"

"可是——"

"她打了朗道的头,"我说,"她捡了个稍有分量的东西,朝老小姐挥过去。不用使多大的劲儿就可以打昏老小姐。"

"然后又捅了她一刀。"卡尔说。

"为什么?"

"为了以防万一吧,我想。"

"以防万一构不成谋杀罪?她当时只想逃离现场,包扎肩膀。朗道已经完全不省人事,对卡森麦尔构不成威胁。她只要拿了菲尔伯恩的档案夹回家就好。"

"还有谁有理由杀她呢?"

"假设说,卡森麦尔跑出门后,朗道睁开眼睛。也许她给前台打了电话,或者她是在你回到犯罪现场以后醒过来的,卡尔。你想收拾残局,也许卡森麦尔还没拿到信,你得自己动手。不然,你也许只是想看看还有什么别的可偷。"

"可笑。"

"如果你翻找过卡森麦尔的皮包并带着刀去的话,就是预谋杀人。如果卡森麦尔忘了把皮包带走,你回去拿,然后朗道醒了,你才拿出了刀,纯粹出于冲动。哦,按这种说法,你的运气可能好一点儿。"

我见过最好的瞠目结舌来自杰克·本尼①,当时有个抢匪问他:"要钱还是要命?"卡尔的口才可以跟他媲美——他站在那儿,大张着嘴巴。

"嗯,"我说,"真是会狡辩。不过不着急。你有很多时间可以编故事。"

"等一等,"他说,"我什么都不该讲,而且是从一开始就不该讲,对吧?看在老天的分上,我演过《法律与秩序》。我知道你们这种人在玩什么花样。"

"那你差不多也算是执法人员喽,"雷说,"所以我们才给你这么个机会列入官方记录。"

卡尔翻了个白眼。"饶了我吧,"他说,"我知道这是陷阱,可我不在乎。我这就跟你实话实说,也只是为了理清头绪。无所谓了。反正没有人会信。"

"我有个感觉,你说得没错,"我说,"不过我们还是听听看。"

"前一段你都说对了,"他告诉我们,"一直说到我在前台,凯伦从朗道小姐的房间打电话过来,还是对的。她当时歇斯底里,我只听得懂她中弹了。我丢下前台工作不管,到了那儿,发现她的肩膀在流血,朗道小姐倒在地板上昏迷不醒,不过还活着。朗道小姐有一边的脸上有淤青,我想应该是凯伦用胶带打的。"

---

①杰克·本尼(Jack Benny,1894—1974),美国喜剧电影演员,广播家。

"她用胶带打朗道?"

"朗道小姐把胶带固定在书桌上一只很重的黄铜座上,凯伦就是用那个东西打了她。她顺手拎起来砸过去,显然砸到了朗道小姐身上,把她砸昏了。那东西有一吨重。"

"我知道他在说什么,"雷确认说,"我们在前面那个房间的书桌上找到了。"

"整理房间的时候,"卡尔说,"我摆在那儿的。凯伦或许也是在那儿找到的。有关系吗?"

"依我看是无所谓,"雷说,"开斯麦尔也无所谓了,因为她现在已经什么都无所谓了。讲下去。"

"我碰了朗道小姐,"他说,"我知道不该那样做,可我总不能把她就那样留在地板上。她是个瘦小的老太太,你知道,轻得像羽毛一样。我抱起她,放在床上。"

"也就是我到那儿时她躺的地方,"我说,"不过有个差别。她当时已经死了。"

"我知道,"他说,"我后来又回去的时候她就断气了。我先回到我的房间,凯伦在那儿,当时她至少还能走路。我房间里有急救箱,像你说的一样,我把伤口清洗干净,包上消毒纱布,几年前我帮《综合医院》拍了几个星期的戏,所以对这种事不是毫无经验。不知道你们看过这个电视剧没有,我是里面那个人人都不抱希望的红斑狼疮病人。我让大家吃了一惊。"

"可不是最后一次,"我说,"这么说,你把她放到床上去了。"

"当然。之后我就赶到楼下大堂,确定没有等候入住的客人在排长队。那里很安静,所以我又回到六楼,进了朗道小姐的公寓。我没着急马上去看她,因为我知道我得叫救护车来,不过在那之前,我必须先整理好套房。我擦了胶带座,摆回书桌上,然后关上凯伦拉开的抽屉,找到了落在地板上的枪,还有凯伦留下的皮包。还有,顺便说一下,她进套房的时候是带了皮包,以便在离开时把信塞进去。是个大皮包,大到可以容纳一个厚厚的九乘十二英寸的信封。"

"听起来像是她遇害时带的皮包,"雷说,"里面没有什么厚信封,不过有把方便携带的小手枪,说不定就是朝她开火的那把。"

"我做了所有能想到的事,"卡尔说,"然后我就跑去看朗道小姐,她躺在床上,就在我把她放上去的地方。可她死了,凯伦的刀插进了她的心脏。"

"你怎么知道是卡森麦尔的刀?"

"因为她随身都带着那种刀,弹簧刀,手柄两侧是珍珠母贝,刀身长四英寸。插在她胸口上。"

"我没看到刀,"我说,"当然有可能是被毯子盖住了。"

"我们赶到现场的时候没有什么刀子插在她身上。"雷说。

"我把刀拿走了,"卡尔说,"我知道不应该拿,可是——"

"看在上帝的分上,"警察说,"你做的那些事根本没一样是应该做的。"

"我知道。"

"至少不该拿走刀。"

"我知道。"

"好啦,说下去吧,"警察说,"我没有打断你的意思。说下去。你拿了刀。"

"洗掉了上面的血,"他说,"虽然我知道法医检验的时候痕迹应该还是会露出来。这我知道。"

"嗯,当然,"雷说,"你演过《法律与秩序》。"

"不过感觉上应该采取防范措施。"

"之后你拿了刀——"

"放进了她的皮包。"

"和枪一起。"我说。

"哦,对。"

"那里面还有什么别的东西?"

"皮包里吗?"

"对。该不会刚好有个厚厚的九乘十二英寸的牛皮纸信封吧?"我耸耸肩。"我是说,挺明显的,是不是?要不然你怎么会那么确定信封能放进去?"

"我找过信封,"他说,"因为她跟我说了,朗道小姐向她开枪以前,她有机会找到信。可我没找到信封,所以我就想,不管刀是谁插上去的,那个人应该同时也找到了信。不过皮包不应该那么重,所以我就又看了一次,只见皮包外层的后面还藏了一道拉链。装满信的信封就塞在里面。"

"所以你就不用翻找所有档案了。"

"没错。我得尽快处理所有的事。"

"你是怎么处理那些信的?"

"我把皮包拿回了我的房间,"他说,"凯伦在那儿休息。我不知道事发经过,所以也不知道该说什么。是谁捅了朗道小姐?我很确定,第一次看到她时,她还活着,而且我知道当我回到那儿时她已经死了,可我对天发誓,捅我的绝对不是她。"他停下来,皱起眉头。"我,"他说,"捅她的不是我。"

"也不是她,"雷告诉他,"那就说下去吧。"

"你把皮包拿回房间。"我说。

"对。"

"刀子还在里面。"

"对。"

"还有枪,当然。朗道的枪。"

"对。"

"信呢?

"信怎么了?"

"你怎么处理的?因为你不可能交给卡森麦尔,要不然她就会像风一样溜走——任务完成。你把信塞到哪儿去了,卡尔?"

他叹了口气。"另一个房间。"

"哪一个房间?三〇三号房?"

"对。凯伦在我的房间,所以我想……我也搞不清楚我想了什么。其实我连想的时间都没有。"

"所以你回房以前,就把信藏到那儿了。"

"呃,在我回房间的路上。不顺路,回房是不用经过,不过……"

"知道了。我还真够浑的。艾西斯和我正在六楼走廊迈向称名不道姓的亲昵阶段时,你八成正在藏信。你在我进去之前的几分钟把信拿出了朗道的房间,之后你又刚好赶在我从防火梯钻进三层楼底下的房间以前,把信塞进了那里。你怎么不把信封塞到内衣抽屉里?这样一来还真可以省掉我所有的麻烦。"

"我……"

"你把信放在哪儿了?"

"衣柜的一个架子上。"

"之后你就回到自己的房间,告诉凯伦你把信放在了哪里。"

"呃……"

"你没说,对吧?"

"没全说。"

"你怎么跟她说的?"

"我说朗道小姐死了。不过没提刀子,所以我认为她大概以为朗道是被胶带座砸死的。"

"这种死法可真惨。"卡洛琳说。

"所以她以为人是她杀的。"

"我想是的,不过后来电视新闻播报这一段的时候,她知道朗道小姐中了刀。"

"那她一定想到是你干的喽。"

"我跟她说我没有,我说拿到信的那个人,不管是谁,一定同时也发现了她的刀,于是就用在了朗道小姐身上。我不知道这话她信不信。"

"所以你没告诉她你把信藏在哪儿。"

"没有。我原以为她回自己房间以后,应该会看到,不过她没有。她只发现她的红宝石不见了。"

"我的红宝石。"艾西斯说。

"对,不过当时凯伦是把红宝石当成她自己的,而且东西不见了。她告诉我时,我不知道该怎么想。她是在撒谎,免得和我分成?如果是真的,宝石到哪儿去了?"

"与此同时,"我说,"我被抓住了。而且你早就知道我是贼。"

"可你去三〇三房干什么呢?所以我判定偷宝石和捅死朗道小姐的是同一个人。"

"嗯，会拿把刀刺杀小老太婆的人，也许不会规定自己不许偷盗珠宝。"我说。

"先不管珠宝，就说那个人吧。你说是谁呢？"

"不知道。"

"你知道，"我说，"你这话我很难相信。我觉得你心里挺清楚。"

他垂下眼睛。"我仔细想过。"他承认道。

"真的啊。"

"老实说我不知道。"

"不过老实说你的确有个人选。"

"不对，我——"

"那个人就是你没把信藏到自己房间里的理由，"我说，"你没告诉你的老朋友凯伦，她搜走的信就在她自己衣柜的架子上面，原因也是这个人。是你自己玩的花样，对吧？"

"我可没跟凯伦耍两面派，"他说，"我打算还信。"

"什么时候？"

"再过一两天。等我有机会——"

"复印以后。"我说。

"对。"

"因为某人想要复印件，"我说，"你实在拒绝不了那个人开给你的价钱。"

"这个人我连见都没见过，"莱斯特·埃丁顿立场坚定地说,"我需要格列佛·菲尔伯恩所有信件的复印件,可我财力有限,付不了多少钱,而且我是绝对不会跟人合伙犯罪的。"

"别紧张,"我说,"不是你。"

"可另外还有谁会要复印件呢?莫菲特是收藏家。他想要原件,承认原来见过凯伦·卡森麦尔的也是他。苏富比已经取得信件拍卖权了。"

"而我也只是想把信还给原先写信的那个可怜虫,"我说,"要复印件的另有其人,这个人想自己写书。所以她才找到了我,不过她可不想碰运气,我去偷信,结果扑了个空以后,她加倍努力。怎么样,卡尔?你说杀掉安西亚·朗道的会是她吗?"

卡尔没搭腔。

"被猫咬了舌头。"我说完,转身狠狠地盯了爱丽丝·科特雷尔很久。"怎么样?是你杀了她吧?"

22

"伯尼。"她说,她的反应仿佛是被人一刀捅进了心脏,而且此人和她非常亲密,就像布鲁图和恺撒的关系一样①。"伯尼,真不敢相信你觉得我有办法杀人。"

"你有办法做到很多事啊,"我说,"一开始就是你把我卷进了这堆麻烦里,编了个故事,说是出于好心,想帮格列佛·菲尔伯恩讨还信件。这样一来,你不用花一分钱就能拿到信。"

"可那是实话啊,"她说,"我就是为了帮他。"

"因为菲尔伯恩写信寄给了你在夏洛茨维尔的家。"

"我也许撒过几个小谎。"

"小谎?"

"善意的谎言吧。我不住在夏洛茨维尔,格利也没写信给我。可我知道他的心情会有多差,也知道要是那些信

---

① 公元四十四年,恺撒被以布鲁图所领导的元老院成员暗杀身亡。之前,恺撒十分喜欢并信任布鲁图。他最后的遗言还在感叹为什么是布鲁图杀了他。

能凭空消失,就是帮了他一个大忙。再说,我又在你的店门前走过几次,知道店主的副业是小偷——"

"他的正业是小偷,"雷插嘴道,"副业是卖书。"

"所以我就想,我或许可以说服你帮一个伟大的作家做点儿好事。"

"顺便帮一帮平庸的作家。"

"你说什么?"

"我店里会收到《出版者周刊》,"我说,"通常我都没时间看,里面也没有多少旧书交易商能用得上的消息,不过我还是抽出时间翻看了几期旧杂志,猜猜谁得到了一个写书的提案?我忘了你的经纪人是谁,反正不是安西亚·朗道。你打算写本回忆录,对吧?主要内容就是你和格列佛·菲尔伯恩的恋情。"

"不仅仅是那个,"她说,"我的生活很丰富,大家也会有兴趣读我的事。"

"不过万一没人有兴趣的话,能抹黑菲尔伯恩也不错。关于你打算写的内容,你已经给了我一个大纲,关于我的文学英雄,我不想知道的事你都讲了。原来,你连你不知道的事也讲了。"

"我写小说,"她说,"给事实稍稍做些艺术加工是很正常的。"

"你没打算把信还给他,对吧?"

"也许最后还是会还给他。不然我可能就干脆把信毁了。或者有可能卖给你，莫菲特先生，或者转交给你，哈克尼斯先生，而且说不定我会多印一套给你，埃丁顿先生。不过我可能会做什么又有什么关系呢？我没拿到信。"

"不过，你一心想要拿到手。就算我住进了帕丁顿，你还是成功地接近了卡尔，提出了相似的建议。不过你没有向他的同情心哀求，也没把这件事讲成是做慈善，你用身体做了交换。"

"说得可真难听。"

"你拿不出多少钱，"我说，"不过你够性感，卡尔又禁不起诱惑。而且你讲得很清楚，他帮你拿到信，但不会有任何损失。你会复印一份，把原件还给他，他愿意怎么处理信都行。"

"卡尔真受欢迎，"卡洛琳说，"他和凯伦上床，可又拒绝不了爱丽丝。"

"凯伦和我从来都不是一对。"卡尔说。

"只是好朋友，"艾西斯说，"你让她睡你的床，可你坐怀不乱，从来没动心？"

"我一直怀疑卡尔是同性恋，"雷说，"可他怎么会被爱丽丝勾引？"

卡尔翻了个白眼。"男人要是有绅士风度，"他说，"或者举止稍有戏剧性，就有人妄下断言说他是同性恋。我偏偏不是。不过我有几个好朋友是，凯伦就是一个。严格说来，她不算很好的朋友，不过她的确是同性恋。"

"所以你对她没兴趣。"

"嗯。"

"可你对爱丽丝有兴趣。"

"她妩媚动人,"他说,"很会挑逗,又有说服力。她出价两千美元,这钱我还在等——"

"别指望了。"爱丽丝说。

"——而且她还说,事成以后,我们庆祝的方式一定会让我满意。朗道小姐遇害的第二天早上,她打电话来问事发经过。我告诉她信我已经拿到手了。"

我转向爱丽丝。"我原来就一直奇怪为什么没有你的消息,"我说,"其他人全都打来电话,或者登门造访,可你倒躲得远远的。就算不为别的,你也应该想知道我有没有拿到信。不过你早就知道了。"

"这些都没错,"她说,"不过我没杀朗道。当晚我根本不在那里。"

"你有可能在那里,"我说,"卡尔四处奔波、触犯法律、背叛老朋友的时候,你有可能轻松溜过前台。"

"可我为什么要杀安西亚·朗道?"

"她是经纪人,"我说,"你不是说过她拒绝了你吗?你可能怀恨在心。"

"这话连你自己也不信。"

"完全不信,"我说,"因为你怎么知道要在凯伦·卡森麦尔的皮包里找刀子呢?再说了,杀朗道的人几乎可以确定就是杀卡森麦尔的那位。凶手可能用的是同一把刀。仅仅是这一点就差不多洗清了你的嫌疑,因为卡森麦尔在我的公寓里被人捅死的时候,你正在三〇三号房里和卡尔速战速决。"

"当时你躲在浴帘后面,"她说,一抹微笑隐隐出现在她的嘴角,"就和偷听哈姆雷特谈话的老臣波隆尼尔一样,只不过你没被刺死。而且你还认出了我的声音,伯尼。真是甜蜜。"

"你匆匆穿上衣服,"我说,"没浪费时间掀开床罩,免得还要浪费更多的时间铺床。卡尔从他藏信的架子上拿下信,交给你,然后你就出门了。不过现在我无法断定你是否真的没时间马上搭出租车来到我的住处,碰到凯伦,然后往她身上插了一把刀,可你他妈的又是何苦呢?信你已经到手了,再也没你的事了。"

"没错。"

"何况你又为什么要在乎她呢?你又怎么会知道她皮包里有刀呢?"

"卡尔有可能提过,"埃丽卡·达比说,"天知道他们在床上都说了什么。"

"可我没提,"卡尔说,"我连凯伦的名字都没提过。我们,呃,做爱的时候,就在凯伦房间里,因为信就在那儿。不过我没告诉爱丽丝房主是谁。"

"你跟我说房主是长期住客,正在东岸客串演出什么情景喜剧,"她说,"所以你知道信在那儿很安全,而且不会有人骚扰我们。"

"还是说凯伦·卡森麦尔吧,"我说,"信的事你是怎么跟她说的?"

"我什么也没说。她告诉我放在皮包里的信不见了,我就说,一定是杀了朗道小姐的那个人拿走的。"

"也就是说,她知道人不是被她砸出去的胶带座打死的,之后,她向你问起了信的事。"

"对。"

"当时她有什么打算?"

"呃,她断定信已经不见了,"他说,"而且没必要为泼出去的牛奶或者溅出去的血痛哭流涕①。至少红宝石在她手上。后来,她回到房间,发现宝石失踪了,我实在无法相信她。她觉得有可能是我拿的,因为别人不知道珠宝藏在哪儿。可我不知道珠宝藏在哪儿,也无法知道我到那个房间里、把信藏进衣柜时,宝石是否还在。不过我没说这个,因为她根本不知道衣柜里有信。"

"嗯。"

"然后她就判定东西在你手上。"

"你是说信?"

"不,红宝石。你是个贼,她说,而红宝石是从上锁

---

①不必为泼出去的牛奶痛哭,意为覆水难收。

的酒店房间里偷走的，所以理所当然你就是嫌犯。总之，她听说了宝石在你那儿。不知是谁告诉她的。"

"不是我，"艾西斯说，"我没见过那个女人，总之就算见过，我跟她也没有什么话可说。"

"她知道你住在哪一间，"卡尔继续说，"她跟我说，对于红宝石，她打算再试最后一次手气，如果不行，她会搭最早一班能搭上的飞机回堪萨斯城。说这话时已经很晚了，然后她就出门了。我马上打电话给爱丽丝，一起去了她的房间，因为我知道她起码得在外面待上两个小时。"

"可她一直没回来，"我说，"有人在我的公寓里遇到了她，也许就是那个人把她引去的。那个人能帮她开门，因为她自己不能动手。凯伦的偷窃技术很好，不过没有开锁的技巧。"

"谁有呢？"雷纳闷道，"这个故事里有这么多门要开了又关，伯尼。而且到目前为止，唯一具备开锁技巧的就是你。可你怎么会需要这个技巧开你自己的门呢？"

"确实，"我表示同意，"而杀了凯伦·卡森麦尔的那个人也不用。"

"你知道是谁？"

"嗯，"我说，"我知道是谁。"

"那就说出来吧，"卡洛琳提高音量，"因为至少我就没有半点儿线索。你所讲的内容，到现在我大致都还能理清，伯尼，虽然很复杂。不过我根本想不出有谁会下手。

也许最后发现原来是凯伦·卡森麦尔杀了安西亚,朗道,然后她去了你的公寓,突然良心发现,举刀自尽。"

"然后把刀子吃了?"

"什么,刀子不见了吗?那就是另外有人在尸体被发现之前跑过来,觉得那把刀刚好可以用来削苹果。好吧,是有人杀她。不过不可能是这个房间里的某个人,而且我也想不出另外还会有谁,所以——"

"是这房间里的某个人,"我说,"可以不说的话,我真不愿说出来,卡洛琳,可我别无选择。就是坐在你旁边的女人,埃丽卡。"

"怨气久久没消,"我说,"也许她们有过一段,结果不欢而散。也许她们追过同一个女人。不管原因是什么,总之,埃丽卡·达比对凯伦·卡森麦尔怀恨在心,积怨多年。"

埃丽卡看着我。她的表情很难解读,自从我指出她是凶手以后,她就一句话也没说。也许她还记得雷向房间里每个人宣读过的宪法权利——虽然态度不够严肃。也许她只是没什么话可讲。

"埃丽卡想报仇,"我继续说,"而且她显然熟知西西里的名言:报仇这道菜放凉了吃最好。因为她等着事件完全平息下来,卡森麦尔根本不知道她的恨意还在蠢蠢欲动。卡森麦尔一到城里就和她联络了，还让自己的老朋友知道了自己的来意和住处。

"凯伦打算行动的当晚，埃丽卡来到了酒店。我不知道有多少是她的预谋，又有多少是即兴演出，不过卡尔离开前台的时候，她一定已经到了那儿。她知道凯伦打算去偷哪一间，所以只要从挂板上抓一把钥匙上楼就行了。卡尔在楼下展示他的医护技巧时，她来到了六楼，走进朗道的房间，看到之前的两个人留下的现场——朗道躺在床上不省人事，地板上放着一把枪，椅子上放着凯伦的皮包。

"也许朗道醒过来，开始大呼小叫，埃丽卡成功地让她闭上了嘴。不过我觉得老小姐可能一直都没睁开过眼睛。我想，埃丽卡看到她躺在那里，想起自己的老朋友会随身携带刀子，就把一块手帕包在手上，从皮包里抽出刀来——这样一来，刀子上就只有凯伦的指纹。之后便一刀插进了朗道的胸口，没有拔出来。

"然后埃丽卡就离开酒店去报警了。艾西斯也通知前台说她在走廊里看见了我，于是卡尔也报了警，不过当时警察已经上路了。他们来得这么快，原因正是如此。埃丽卡以为这样应该就成功了——凯伦·卡森麦尔是喜欢带着刀的知名小偷，而且就在案发的酒店里，带着她指纹的刀稳稳地插在受害者的胸口，而她的皮包又在几码以外。警察会像发现腐尸的秃鹰一样抓住卡森麦尔，如果她有个好律师的话，也许等二十年左右就可以看到外面的马路。如果律师不得力，她就会得到一个无法保释的无期徒刑，或者在手臂上挨一针。

"你没考虑到的是，"我跟埃丽卡说，"卡尔会在警察抵达之前，抢先一步到了那个房间。所以警察到的时候，尸体上已经没有刀子了，椅子上也没了皮包，总之没有任何证据可以把嫌疑指向你的老朋友凯伦。不过她倒也不是安然无事。来纽约要拿的信没到手，而她顺手摸走的珠宝也莫名其妙地不见了。

"不过这样你还不满意。你告诉她——卡洛琳对你说漏嘴了——你知道我拿到了红宝石，甚至有可能还拿到了信。而且你很清楚我把东西藏在了公寓的哪个地方。

"你让她在你的公寓等你。你出门吃晚餐，回到了卡洛琳的住处，而不是你的，然后一等卡洛琳熟睡，你就偷偷溜出门。之后，你回到你的公寓，接卡森麦尔出来，一起到了七十一街和西端大道交会处。一进我的公寓，你就伺机行动——先得从她的包里拿到刀子，然后就要像你对付安西亚·朗道一样对付她。这一次，你的受害者神志清醒，所以比较麻烦。你们弄出了动静，所以我的邻居赫施太太注意到了，不过没有马上报警。之后你便径自出门回家了。"

"她们是怎么进去的？"是那个警察，这会儿他似乎有了兴趣，"你说了卡森麦尔没有开锁工具。这位女士是个贼吗？"

"就我所知,不是。"

"那她怎么进门的?"

"她有钥匙,"我说,"卡洛琳是我的好朋友。我们都有钥匙可以进出对方的公寓和店铺。前几天她用了书店的钥匙开门帮我喂猫。"

"而且她把钥匙给了这位女士?"

"这位女士名叫埃丽卡,"我说,"埃丽卡·达比,等会儿你开逮捕令以双重谋杀的罪名逮捕她时,名字一定要写对。她带着卡洛琳出门狂欢了一晚,而且只有这一晚,她没管卡洛琳喝酒。事实上,她还怂恿了卡洛琳多喝。"

"我们说好要庆祝的。"卡洛琳说。

"之前,她对我的兴趣超乎寻常。问你我住在哪里,还有起居作息之类的事情。所以她知道我的地址,知道你有我的钥匙,也确定你喝了足够的酒,饱尝了足够的……呃……"

"刺激,"卡洛琳提示说,"之后我就昏过去了,睡得像被木棒敲了一下头。然后呢?她怎么知道去哪儿找钥匙?"

"你通常把钥匙放在哪儿?"

"门旁边,布告栏上的一个钩子上。"

"钥匙圈上的小标签写着什么?"

"'伯尼',"她说,"看来应该不难找。"

"门卫呢?"警察质问道,"你们的楼里二十四小时都有门卫看守,对吧?"

"二十小时还差不多,"我说,"他们可不是每分每秒都坚守岗位,而且偶尔还会打瞌睡。不过就算当时门卫就在门口,非常清醒,又能怎么样?两名衣着入时的中产阶级白人女性,下了出租车,一起走进大堂,就像走进自己家里一样。"

"轻轻松松就过关了。"警察说道。

"没错。之后,埃丽卡把卡森麦尔的尸体关在里面,上了锁,搭出租车回到阿伯巷,把我的钥匙放回原位。她应该也拿了你的钥匙,以便事后可以进门,也一起放了回去。然后她就回到家里,做起不义之人的好梦。"

"就这样?"

"就这样,"我说,"故事讲完了。她杀了两个人,因为其中一个很久以前做了一件让她怀恨在心的事。等这件案子送到法庭,我想地方检察官应该可以查出真相。不过就算不知道真相,我觉得也不错。整件事感觉上就是这样不合情理。"

"故事很精彩。"埃丽卡说。

"非常荣幸,"我表示同意,"也许里面有几处遗漏的地方,不过说得通。"

"我唯一要讲的就是,"她说,"你这席话连一点证据也没有。"

"我就知道你会这样说。很有趣,无辜的人不会开口大喊没有证据。他们只会说自己没做。不过事实摆在眼前，证据充足，而且警方开始调查以后还会有更多。比如说，会有人知道你和凯伦·卡森麦尔的往事。把你和凯伦送到我公寓的出租车司机或许还记得你——如果拿着你们俩的照片四处向人展示的话。安西亚·朗道遇害当晚，在酒店看见你的人会站出来，而如果警察找到了你的指纹我也不惊讶——现在已经有了一组指纹能比对，而且他们又知道该找什么。

"与此同时，当然，还有刀。"

"什么刀？"

"你用来杀两个人的那一把，四英寸刀刃的弹簧刀。我打赌就在你公寓里，你和我赌多少？"

"无稽之谈。"

"我有预感警察会在那里找到，"我说，"泡在一碗漂白剂里，就在厨房橱柜上、弗吉尼亚牌淡烟的月历下面。我猜目的是为了除掉血迹，主意不错，不过为什么不把刀子扔掉？比如说丢进水沟里，或者扔到垃圾桶里？"我看着她，"要当纪念品？呃，也许是比杀人狂杰弗里·达默[①]的收藏品好一些吧，不过保留着还是会有危险啊。"

"我的公寓里没有刀。"

"看来是我的消息有误。那你是怎么处置那把刀的

---

①杰弗里·达默（Jeffrey Dahmer, 1960—1994），美国连环杀人狂，杀死了十七名年轻男子，并将受害人的尸体藏在自己家中。

呢?"

"我根本没……你怎么知道我的厨房里有弗吉尼亚牌月历?"

"大概是卡洛琳提到过玛蒂娜那张美丽的照片。"

"你这个狗杂种,是你用那把刀栽赃我。可是——"

"我是怎么进去的?"

"我知道你怎么进去的,你是个贼。可你是从哪儿弄到了那把刀?不可能是同一把,刀子不一样。你在我公寓里放了另一把刀!"

"如果你仔细想一想,"我说,"你就会发现房间里的人都已经明白的原因。要知道刀子不同只有一个办法。"

"你有权保持沉默。"雷·基希曼吟诵着。他之前已经讲过了,对着一屋子的人,不过现在他在对她讲,而穿着警察制服的男孩正往她的手腕上戴手铐。我对众人讲述事情经过的时候,他已经走到了她的身边,空间很充裕,因为卡洛琳已经躲开了。

然后,两名警察把她带出了房间,门在他们身后关上了。

23

我必须承认,能呼吸到新鲜空气感觉不错。艾西斯·戈蒂耶的房间比我住的那一间更大,而窗子开着也有帮助,不过里面总是感觉有点儿闷。这时让空气对流一下有益无害。

即便如此,房门打开时,房间里的人好像全都屏住了气。等门弹回来,咔嗒一声合上以后,房间里的能量顿时高涨起来。

"呼。"希里亚德·莫菲特舒了一口气,顺手梳理起他那头鬈毛,"真高兴挡路石被移开了。"

"没错。"莱斯特·埃丁顿说。

"时间也拖得够久了,"维克多·哈克尼斯说,"不过已经结束了,坏人已经被绳之以法,咱们总算可以继续进行了。"

"等一等,"我说,"一连串复杂的事件才刚理清,凶手一曝光就束手就擒。可你们觉得这只是移开的挡路石?"

"我们来这儿是为了别的原因。"莫菲特说。

"我把各位找到这儿来的原因就在于此,"我说,"如果各位还不明白的话。"

"不过我们不是为了这件事而来的,"莱斯特·埃丁顿说,"你是为了这件事才来的,还有那个女人——埃丽卡吗?"

"是埃丽卡,"卡洛琳说,"也许她是为了这个原因来的,显然警察也是为此而来。不过有些人为的是信。"

"啊,"我说,"信。"

"格列佛·菲尔伯恩写给他经纪人安西亚·朗道的信。"

"那些信啊。"我说。

"上次听说,"莫菲特说着,朝爱丽丝点了点头,"信在她手上。"

"但没拿多久。"爱丽丝说。

"到底是谁的错呢?你打电话告诉我,你已经碾碎了信,还烧掉了碎屑。信全毁了,你跟我保证,还说已经通知了菲尔伯恩,他也放心了。当时你在回弗吉尼亚的路上。事实上,你还不得不切断我们的谈话,去赶飞机呢。"我递了个我最棒的媚眼过去。"又一个小谎,对吧,爱丽丝?"

"你为了我,将自己置身险境,"她说,"束手就擒,又在牢里待了一晚。我不希望你继续去追你无法找到的东西。所以,没错,我就又跟你撒了个小谎,让你安心,免得你遭到不测。"

"真体贴，"我说，"真的把我打动了。但自那之后我也没能脱身。"

"不过那之后你就把信从我手上偷走了，"她说，"对吧？"

"我有一个你的号码，"我说，"虽然你好像从来不接。雷查到了那个号码所在的地址，我就收拾好钻子和探针，做了我最拿手的事。"

"所以信在你手上？"莫菲特质问道。

"一定在，"爱丽丝说，"因为肯定不在我这儿。"她悲伤地摇了摇头，"如果我曾经有机会复印的话，"她说，"我可不在乎信的下落。我原打算马上复印，可又决定不用赶时间，不如先从容看过再说。之后我就可以复印下来，然后毁掉原件。"

"天哪，"维克多·哈克尼斯说，"这……这叫破坏艺术财产！"

"不可能，"我说，"其实你会想办法卖给这里的某位绅士。"

她做出要抗议的样子，又耸了耸肩作罢。"也许吧，"她说，"信已经不在我手上了，怎么说又有什么差别？"

"咱们把话说清楚。"莫菲特看起来更像牛头犬了，而且，可以感觉到，他咬人和狂吠的本事一样厉害，"信归谁？"

"我只需要复印件,"莱斯特·埃丁顿说,"只要给我个机会,让我以合理价格买下一套复印件,原件交给不管两位绅士中的哪一位,我都无所谓。"

"我也一样,"爱丽丝说,每个人都回过头瞪着她。"我还有本书要写,"她说,"有个故事要讲,信可有可无,不过有了当然没害处。而且我会付合理的价格,和埃丁顿先生一样。事实上,就算我们一人一份,也不会损伤原件,信也不会因此贬值,你没理由拒绝我们。"

"这得由信的主人决定,"莫菲特说,"等我拿到信以后,我会决定谁能拿到复印件。"

"我是不是漏掉了什么,"艾西斯说,"你什么时候成了信的主人?"

"等眼前的过场走完,"他告诉她,"我就是信的真正主人。在座的人当中,夺标者非我莫属,这就是我的打算。这场小型拍卖会由你主持,罗登巴尔先生,所以咱们现在就开始吧。"

"等一等,"维克多·哈克尼斯说,"你也许财力雄厚,先生,不过法律站在苏富比这一边。信件的产权归安西亚·朗道所有,她一过世,信件自然就是遗产的一部分。我们和她达成的协议依然有效。我们很乐意付一笔丰厚的佣金,加速事情的进程。不过,我们可不会眼睁睁地看着对这笔智慧财富既没有权利、产权,也没兴趣的人把东西转手。"

"去告我吧。"莫菲特提议道。

"我们有这个打算。"

"或者省下这番剑拔弩张，现在就跟我达成协议。我完全可以开出两张支票，一张给罗登巴尔，一张给苏富比。我说支票，只是要表达这个意愿。要付现金其实一样容易，绝对足够支付你们公司拍卖成功所得的佣金，而且还要多。"

"这不合公司规定。我们的人恐怕不会批准。"

"你不告诉他们的话，我也不会讲，"莫菲特说，"这样一来，你想让现金去哪儿，你说了算，对吧？"

哈克尼斯同时做出吃惊和动心的表情。看他会倒向哪一边应该很有趣，不过今晚已经熬得够久了。我举起手，打了个信号，马上有人接收到。

"我说啊，"马丁·吉尔马丁说，清了清喉咙，"虽说我没有立场讲话，因为信件不在我的处理范围之内，不过各位先生是否过于心急了呢？"

有人问他这话是什么意思。

"你们为之争执不休的信，"他说，"也许已经不存在了，而且也不一定在我们这位朋友的手上。你们急于下结论之前不是应该先把这点搞清楚吗？"

"说得好，"莫菲特道，"要是你把信带来了，罗登巴尔，现在也该让我们看一看了。"

"如果没带，"哈克尼斯说，"现在去拿应该是个好时机。"

我把手伸进胸前的口袋,拉出之前展示过的紫色信纸。这一次我把纸展开,交给马丁。"我带了样本过来,"我说,"你来念一下吧。"

他戴上老花眼镜,眯起眼,看着信。"'亲爱的安西亚,'"他念道,"'意大利的版权已经卖掉了,我还没收到支票。告诉他们我打算囤积意大利面,所以钱最后还是会回到他们手里的。与此同时,他们倒是悠闲自在地拿着我的钱一边玩滚球戏一边喝卡布奇诺。我对此并不满意,in high dudgeon,格利。'"

"我看看。"莫菲特和埃丁顿异口同声地挤到马丁身边说。

"是他的签名,"莫菲特说,"到哪儿我都认得。"

"我也是,"埃丁顿说,"当然认得——我见多了。虽然不能发誓,不过看起来像是那些年他用的皇家牌手提打字机。e的上半部分被墨填满了,g则打得稍稍偏高。"

"这话我信。"我说,我真的相信。

"这一封是真品,"莫菲特说,"我相信你把其他的都放在安全的地方。所以咱们现在就说清楚。你想要什么?"

"你已经跟我说了你要什么,"我说,"现在你想知道我要什么?"

"不对吗?"

"好像没人关心,"我说,"格列佛·菲尔伯恩会要什么。"

"他人不在这儿,"莫菲特说,"所以咱们不能问他。说重点,老兄。"

"总之,"哈克尼斯说,"他与此事无关。"

"哦,依我看好像与他最有关。信是他写的。"

"可从他投进邮筒的那一刻起,信就不是他的了。他保有版权,可是依照法律,这些信件作为实物可是收信人的财产。"

"我知道。"

"所以他要什么或者不要什么根本不重要。"

"我不同意,"我说,"我卷进这个烂摊子不是为了钱。相信我,昧着良心赚钱还有更好的办法。我想帮一个写了一本改变我一生的书的人做点儿好事。"

"说重点,老兄。"

"好吧,"我说,这时我已经移到壁炉边。我抬头看看猫王,他回眼看向我。这念头很蠢,我知道,不过我感觉到摇滚歌王对我的下一步表示赞同。

所以我就把手伸向炉网顶端,让信滑进去。"看,"我说,"爱丽丝,你说过你把信烧掉了。好吧,就当作你真的烧了吧。就当作这是唯一逃过火舌的一封吧。现在它可以加入火葬行列了。"

众人的反应慢了半拍,不过一旦反应过来,他们可没浪费一秒钟,一把推开我,狠狠扯开炉网。他们刚检阅过的信躺在即将熄灭的火堆顶端，大家就这样看着它噼啪燃成了火焰。

一幅美丽的画面，那张紫色信纸在半焦的木材和星星余烬上绚烂地燃烧着。他们瞪眼看过去时，发现下面还有紫色的纸片——他们刚才在听我讲是谁杀了信札的合法主人时，其他的信纸一直在燃烧，现在只剩下焦黑的残骸。

"天哪。"维克多·哈克尼斯说。

"无法取代的宝藏，"莫菲特说，"独一无二的智慧财富，这下子全部化为乌有。你这个狗娘养的大浑蛋。"

"后世学者的权利就这样被你剥夺了，"莱斯特·埃丁顿说，"现在你高兴了吧。"

"你触犯了法律，"哈克尼斯说，"我们可以提请上诉，你知道，以朗道遗产的名义。拿法律开玩笑，任意毁坏他人财物……"

"法律制定了就是要被人触犯，"我说，"若想让以上罪名成立，你们可有得忙了。不过我又有什么选择呢？咱们之中谁又有过什么选择呢？"

艾西斯问我这话的意思。

"我们都是偏执狂，对吧？爱丽丝执着于写书，埃丁顿执着于研究，莫菲特执着于收藏，哈克尼斯执着于工作。至于埃丽卡·达比呢，她是执着于报仇。看看那带来了什么后果。"

"你呢，伯尼？"

我看着卡洛琳,然后看了看每个人。"没错,我也许是罪犯,"我说,"可这并不表示我是坏人。听起来是陈词滥调,不过我是执着于做应该做的事。"

这话说出来,众人沉默以对,深深笼罩下来的沉默,直到我拿起拨火钳搅动灰烬时才被打破。原先还没完全烧掉的紫色小纸片接触到了星星余烬,乍地燃起了明亮的火焰——虽然只是一瞬间。纸片太小了,不值得去救,不过看着它们全部消失还是令人感到惊心动魄。

"就这样了,"我说,"派对结束了。除非各位还想多待一会儿。这儿的客房服务如何?卡尔,咱们可以打电话到楼下点些饮料吗?"

他摇摇头。

"那就到此为止,"我说,"谢谢光临,各位。你们可以一起回家了。"

三位智者——哈克尼斯、莫菲特和埃丁顿——一起离开了。几分钟前他们还是敌人,不过,现在他们对我的同仇敌忾之心把他们连在了一起。卡尔·皮尔斯伯里晃了几分钟,想找出个办法保住工作。如果丢了工作,他质问道,他要去那儿落脚住宿?艾西斯告诉他,他可以另找地方重新开始。

"头发灰的话就让它灰吧,"她提出忠告,"看起来有贵族气质。"

"你是说真的?"

"哦,毫无疑问,"她说,"你的男性魅力十足,配上灰发就是万人迷了。"

我觉得他相信了。毕竟,他是个演员。他的脸色一下子亮了,跟大家说了声再见,走出门去。

爱丽丝是下一个。她等了一会儿,向我保证说我是狗娘养的,毋庸置疑。不过她很佩服我如此恪守原则。"这样你可就是个有原则的狗娘养的,"她说,"谁知道呢?说不定我会把你写进我的回忆录。"

她气呼呼地跑了。等她离开后,我从裤袋里掏出了珠宝盒,掀开盖子。艾西斯拎起项链,打开扣钩,套上脖子,再度扣好。她从皮包里掏出粉盒,检查着镜中的影子,然后把卡洛琳叫过去看一看。

"真美。"卡洛琳说。

"可是,你知道吗?"艾西斯说,"只怕以前戴这些宝石的感觉永远回不来了。两个女人被杀,虽然不是为了宝石,但总甩不开阴影。你明白我的意思吗?"

"我想我明白。"卡洛琳说。

"所以,"她说着,取下项链放回盒子里。我盖上盖子,她从我手里取走盒子,递给马丁。"希望辛西亚·康西丁戴着高兴。"

"她永远不可能像你这么可爱,"马丁说,"不管有没有红宝石陪衬,亲爱的。"

"你真体贴。"艾西斯说完,仍在那儿等着。

他没让她久等。他打开珠宝盒亲自清点珠宝——经过这一晚的各种波折之后,谁能责怪他太谨慎呢?然后他便把东西放进了口袋,从另一只口袋里掏出一个厚厚的信封,递给艾西斯。

她说:"两万?"

"两万五千美元,"他说,"我说服约翰再大方一点儿。"

"你真好,"她说着,吻上了他的脸颊,然后收下信封放进皮包里。"据说钻石是女人最好的朋友,红宝石应该也是,不过女演员的生活不稳定,两者都要让位给现金。人总得实际点儿,是吧?"

"千真万确。"

"可你却不实际,伯尼。你是个贼,所以你有阴暗面,可你的阴暗面却有它自己的光明面,对吧?起初听说你拿了一只熊,我就有了这种怀疑。拿着泰迪熊的贼!"

"是啊。"我说。

"然后你又放弃了一笔小财,帮助一个素未谋面的陌生人。你偷了我的红宝石,又还回来,而且这笔生意你一分钱也没赚,对吧?"

"我不会做生意,"我向她承认,"书店经营得也不怎么样。"

"我觉得你做得很好,"她热情地说,"你很特别,伯尼·罗登巴尔,很特别。"

之后她握了我的手,握的时间好像比我预期的要久一点儿。

24

几天以后,我在书店里丢纸团——白色的,不是紫色——给拉菲兹。对于这项训练计划它似乎已经玩腻了,不过还是忠心耿耿地尽它那一头的职责。然后,门开了,是爱丽丝·科特雷尔。

"信真的在你手上,"她说,"对吧?你该不会只是耍花招把我骗来的吧?"

"不可能,"我说,"不过说到花招,倒是想请你先让我看看钱。"

"我要先看你的货,伯尼。"

我摇摇头。"卡尔没先拿钱,他的下场你也看到了。我只是向你讨回你答应过他的两千美元而已,钱没拿到手,我就什么都不能让你看。"

"看来我是罪有应得。"她说着,从皮包里抽出一沓纸钞。全是百元面额的钞票,总共二十张。我知道这个数字,是因为我数过了。

我在我的皮夹里帮它们找到了家,从柜台底下拉出一个牛皮纸信封。这个信封和凯伦·卡森麦尔皮包里那个没什么不同。同样的信封还出现过两次:一次是在帕丁顿酒店三〇三房里,一次是在爱丽丝自己位于东区的公寓里。我打开信封,抽出一沓和原先那个信封里类似的信纸。不过这一沓是白色的,和我一向丢给拉菲兹的纸团一样。

她一把抓过去,一页页地翻过。"这是你烧掉的最后一张,"她说,"'in high dudgeon,格利。'听起来像是伦敦哪个郊区,是吧?'你住在哪儿?''in High Dudgeon,只隔投石之遥就到……'到哪里?"

"柏德汉。"我提议道。

"听起来不错。说不定格列佛·菲尔伯恩在 High Dudgeon 度过了许多时光呢。伯尼,真不知道怎么谢你。"

"你付给我钱了。"

"你为这两千美元真是忙坏了。你知道,我答应卡尔的可不仅仅是这个。"

"我知道。"

"你躲在浴室里的时候,真的听出了我的声音?我说话声音很小,而且没说几个字。"

"我不需要几个字就能认出来。"

"说不定你还会听到,你知道。"

"啊?"

"要是你出对了牌的话。"

"我会再给你打电话。"我说。

"你有我的号码?"

"可以这么说。"我说。

不到一小时,门又开了,这回是个瘦骨嶙峋的男人,他的格呢衬衫上罩了件斜纹呢外套。是莱斯特·埃丁顿,而且我没先跟他要钞票。我递给他一个信封,和先前给爱丽丝·科特雷尔的那个一样,他抽出里面的东西时抱歉地微笑起来。

"凡事谨慎为妙,"他说,"我只看过一封,显然是真品,可是……"他皱皱眉,点了点头,连连咂舌,自顾自嘀咕起来,最后终于正色抬起眼,"这是金矿,"他说,"弄丢了可是百分之百的大悲剧啊。"

"所以我事先复印了。"

"感谢上帝你印了,"他热切地说,"我不该这么说,不过我很高兴原件消失了。这样就不用担心别人在我之前使用这些资料了。"

"菲尔伯恩在世的时候你都用不上。"

"绝对保证。在他离世后没法反对——或者起诉——以前,我一个字也不会出版。"

这回数钱的是他,数字稍微大一点儿——混杂着面额为五十和一百的钞票,总共三千美元。我心想这些钱一定是他努力工作赚到的,所以起念要还他。我依惯例处理了这种念头——毫不留情地把它碾碎。

"致谢那一页会列出你的名字,"他说,"不过不会标明你提供的是哪一种帮助。"

"是啊,"我说,"凡事小心为妙。"

维克多·哈克尼斯穿着西装,打着领带出现了,还提着一个派头十足的公文包。看起来起码要花掉他一千美元,不过在我看来,和塞内加尔人铆足了劲想推销给我的仿制品没什么两样。我是说,我怎么知道如何分辨呢?

当时我有一个顾客——一位戴着贝雷帽留了一把银胡子的长者——所以我就把哈克尼斯领进了后面的房间,从档案柜上拿下一只九乘十二英寸的牛皮纸信封。他坐下来,打开信封,抽出几十张紫色信纸。

"太棒了。"他说。

"少了一张,"我说,"必须烧掉以说服其他人我已经毁掉了整批的那一封。"

"讲到滚球戏和卡布奇诺的那一封?"

"还有 high dudgeon,"我说,"其他的全在这儿。"

"本公司深表感激,"他说,"我也一样。佣金倒无所谓。我们已经对外宣布要拍卖信件,如果做不到,可有损颜面。"

"大家都不愿意见到。"

"当然。不过还有文学史上无法计算的损失,以及受益于安西亚·朗道遗产的慈善机构在金钱上的损失。只可惜他们不会知道,他们欠了某个二手书店老板多少情。"

"人情就算了。"

"拿现金就好,对吧?"他打开公文箱,抽出银行用的信封。"五千美元,说好的。相信你会满意。"

十二点刚过,我在熟食店买了午餐,带到贵宾狗工厂。一点多一点儿,我出门左转,而非右转。我在百老汇路口再次左转,往上城走了两个路口,迈进某家咖啡店。希里亚德·莫菲特在后面的雅座里等我。我坐在他对面,然后把一个——没想到吧——牛皮纸信封放在桌上。

他已经吃过了,而我只想点杯咖啡。等咖啡凉下来时,他用如我预期的那种谨慎态度审视着信封的内容。他用了一个袖珍放大镜,而且看得很慢,检验结束后,他在椅子上坐直了身子,而且脸上他妈的还真发了光。他是收藏家,眼下摆在面前的正是值得收藏的物品,仅仅这一点就可以叫他容光焕发。

"你烧那封信的时候,"他说,"我的心一沉。你把炉网拨开,展示其他所有的信——那些你在说明是某个恶女人杀死了另外两个恶女人的时候已经化成灰烬的信。我觉得我就要心脏病发作、一命呜呼了。"

"我知道会给你带来困扰,"我说,"不过没想到那么严重。"

"可你毕竟没烧掉。"

"得做个样子,"我说,"要不然怎么有可能转交给你。苏富比有合法处理权,而维克多·哈克尼斯可不会因为你提议要帮他搔搔肚子、就乖乖躺下来翻过身。不过现在他认定了信件全都不见……"

"他永远不会知道真相,"莫菲特发誓说,"不会有人知道,没有任何一个学者会有渠道得知。我一定低调珍藏。"

"必须这么办才行。"我往前倾过身子,声音压低。"我听到一个谣言,"我说,"据说苏富比就要拍卖一批信件,说是菲尔伯恩写给朗道的。"

他的眼睛微微瞪出了一点儿。"这些信?"

"不可能。页数一样吧,加减几张,不过内容不同。也写在紫色信纸上,看起来像真品,不过……"

"其实是赝品吗,你觉得呢,罗登巴尔?"

"必须是,对吧?记不清我听说了什么或者在哪儿听到的了,不过我看那些信准是可以乱真的赝品。展示的时候你会想去看看的,我认为。"

"当然。"

"你甚至有可能想买下来,"我说,"虽然你有把握它们是赝品——如果价钱可以的话。因为——"

"因为这样一来菲尔伯恩—朗道信件的所有权就会列入官方记录,我想什么时候展出,在哪儿展出都行。想得好,罗登巴尔。想得太好了。我付给你一大笔钱,可我得说这是你应得的。"

"说到这个……"

他点点头,把手伸进口袋,抽出信封。

"嘿嘿嘿,"雷·基希曼说,"望眼欲穿啊。真高兴看到你,伯尼。"

"非常荣幸,雷。"

"进行得怎么样,和那些人碰过面了?"

"是的。"

"做了一点儿交易?"

"没错。"

"真希望,"他说,"能亲眼目睹他们眼睁睁看着美梦落空的表情。你怎么这样看着我,伯尼?"

"美梦到头来总是落空,"我说,"算了,不说了。不过是挺好看的,这我同意。"

"你给他们看了一张在紫色信纸上写的信,把信烧了,他们看着你烧掉一堆其余的烂信,然后会怎么想?其实你只是把紫色的纸烧掉了,外加一张真信,加强说服力。"

"看起来好像奏效了。"我表示同意。

"然后你把信卖了,"他说,"而且咱们是同伙,对吧?"

"平均分配,谁也不多拿一分。"我说着,递给他一个信封。

六点钟,亨利帮我把特价桌抬进来。我把打烊的牌子挂上橱窗,之后两人就一起到后面的房间坐下来。我叹了口气,想想今天真是忙碌漫长的一天,能喝上一杯该有多好。而亨利——还是这样叫他吧,如果你觉得怎么称呼都一样的话——亨利从他外套的胸前口袋里掏出一只银色扁平罐。我找到两个我觉得还算干净的杯子,而他则为我们俩倒了两杯纯酒。

我灌下我那杯,拒绝了他为我续杯。"全办完了,"我说,"可以说进行得很顺利。"

"归功于你,伯尼。"

"不,归功于你,"我说,"打出五十页假信,外加签名,再从头打出五十页完全不同的信,外加签名。"

"挺好玩。"

"总之,感觉一定像是在工作。"

"所以我觉得好玩。必须承认,这是个挑战。不过比写小说容易多了。没有情节,无须连贯,除了内容要像我的语气以外,没有别的条件,还有什么事比这个更简单呢?"

"或许吧。"

"不过最好玩的事是捉弄那个恐怖的爱丽丝,因为我知道,她付钱买下的复印件只会破坏她的名誉。'亲爱的安西亚,有一个讨厌的女孩没完没了地烦我,听名字就像是个装腔作势的人,叫爱丽丝·科特雷尔。这个人你也许知道,因为《纽约客》刊登过她品位低下的评论。这个人很善于用早熟兼弱智的一套唬人,再加上厚脸皮纠缠人的劲头。她可悲得让人不忍伤害,可又总是哭得让人烦心,长相叫人看了反胃,真想把她送进毒气室。'看她要怎么在她的回忆录里诠释这一段吧。"

"我特别留意把这封信放进复印件那一批里了。"

"很好。"

"你不介意那些人全都有你的信?埃丁顿、莫菲特,还有无论哪个即将买下苏富比拍卖的那些信的人?"

他摇摇头。"让他们自得其乐吧,"他说,"反正他们不会把头放在我的肩膀旁边,读起我的私密想法。他们会相信我为了蛊惑他们才编出的故事。他们都被书信小说蒙骗了,而且永远不会发觉。"

"整件事你都乐在其中吧?"

"很多年都没这么快活了,"说着他又给自己添了一小杯,"近来写作不顺,你知道。我觉得这趟快活的旅行可能已经打通了我的思路。等不及要回去再拿起笔了。"

"太好了。"

"没错,"他说,"唯一伤感的部分就是道别。甜蜜的哀伤,正如莎士比亚所说,必须承认,这句话他说得一针见血。我已经退了帕丁顿的房间,伯尼,得赶飞机去了。我把你当作真正的朋友,不过你也知道我的生活方式。我们以后也许永远都碰不上面了。"

"也很难说。"

"的确。也许我会给你寄信。"

"那我就静候紫色信封,"我说,"看完以后马上烧掉。不过你忘了一样东西。"

"什么?"

我递给他一个信封。"放到安全的地方,"我说,"里面有三万美元。"

"太多了。"

"我们讲好了一人一半的,记得吗?我向爱丽丝要了两千,埃丁顿三千,维克多·哈克尼斯五千,华盛顿州贝林厄姆的希里亚德·莫菲特五万。加起来是六万,一半是三万,这是你那份。"

"你冒了所有的风险,伯尼。"

"但你做了所有的工作,更何况,说话算话,你也用得上这些钱。别忘了放到安全的地方,小心扒手。"

25

"我不明白,伯尼,"卡洛琳说,"你把我弄糊涂了。"

"最近很多人都这样,"我说,"我看或许我也会传染上。"

"我知道,常言道'感冒要吃,发烧要饿。'不然就是刚好倒过来,不过现在两句都不适用。糊涂时你怎么办?"

"可以试试把它淹死。"

"这倒是个点子,"她说着,绝望地朝玛克辛招手——这人有时要等很久才会过来。"嗨,玛克辛,"亲爱的女孩终于现身了,卡洛琳说,"我要双份苏格兰威士忌,别想再给我端漱口水了。伯尼,你呢?还是黑麦威士忌?"

"我已经很久不碰黑麦了,"我说,"我也喝苏格兰威士忌,玛克辛。"

"亨利回家去了,是吧,伯尼?"

"亨利其实没有家,"我说,"所以他要怎么回去呢?不过没错,他是继续走下去了。我还是第一次看到他没留银胡子的模样——除非你把当初我在帕丁顿大堂里看到他的那几次也算进去,当时他只是个在看杂志的陌生男人。今天下午他在店里上了厕所,出来时下巴光溜溜的,胡子都包进卫生纸里了。他说,要是能长出那种颜色的胡子,他会留一把真的。"

"总是可以染嘛。"

我们谈到卡尔,谈到大家都说染发一定看得出来,就像戴假发也会被识破一样。不过,这只是表示,我们俩都觉得头发染坏了或者假发太明显罢了。然后我们就一起纳闷说,为什么女人染发或者借助一点儿手术来隐藏时间的侵袭都很正常,却不知为什么男人这样做就是不对劲。

"或者化妆,"我说,"讲到这里,看得出来你没化妆。还有,我很喜欢你新剪的头发。"

"我一向这样剪,伯尼。从我们认识起我就剪这个发型。"

"最近刚剪的。"我说。

"是过渡期。"她说,"现在已经过完了,真是见鬼。我现在不觉得指甲短了。看起来就是我该有的指甲。"

"我也喜欢你的衬衫,"我说,"什么牌子,宾尼男装吗?"

"你有意见吗?"

"他们的东西就是耐穿,"我说,"而且格子纹永远不会过时,对吧?"

她瞪了我一眼。"我知道我看起来比平常还要 T，"她说，"可我才不在乎。我这叫过度反应，行吗？过度补偿。会过去的。与此同时，伯尼，我还是很糊涂，而且我讲的不是穿着。"

"什么把你搞糊涂了？"

"刀子。"

"哪一把刀？埃丽卡用来杀掉两个受害者的那一把，还是警察在她公寓里找到的那一把？"

"这么说，不是同一把？"

"怎么可能是同一把？她把刀拿走了，而且如果还有点儿脑子，应该已经处理掉了。我到时报广场仅剩的几家还没因为迪士尼入侵而倒闭的商店里，买了一把放进她的公寓里。"

"我就说嘛，伯尼。之后你就让刀浸在漂白剂里，也可以解释为什么上面没有血迹。可你怎么知道要买哪种刀？卡尔说是镶了珍珠母贝的弹簧刀，可那时你已经进出过埃丽卡的公寓。之前你和他私下聊过吗？"

我摇摇头。"我是猜的。"

"只是猜的？你凭直觉买了把和凶器完全相符的刀？"

"没有完全相符，"我说，"甚至也不太像。只是时报广场通常卖的普通弹簧刀，刀刃比凶器稍长。没有匕首的柄，而且两侧是黑色，不是珍珠母贝。"

"哦。"

"不过这把刀和那把用来杀死两个女人的凶器的大小和形状都差不多,还泡在埃丽卡厨房的一碗漂白水里,我想她要解释清楚也很困难。她打算怎么说?'不是我用的那把!我的刀上有珍珠母贝装饰!'"

"'这辈子我从来没用过这种男人用的刀!'我明白你的意思。"

"我只是想吓吓她,"我说,"让她乱了阵脚,不要自以为都在她的掌控之中。"

"呃,起效了。伯尼,我和一个凶手上床。我本来要说'女凶手',不过这有性别歧视,对吧?"

"都一样。"

"不管用哪个词,"她说,"我就是那么做了。而且从没起过疑心。我知道她这个人很过分,尤其是昨晚,我们搭上那两个气象学家,又浇了他们一大盆冷水。"她打了个冷战,然后满心感激地拿起酒,"一想起来我还是会心烦意乱,"她说,"不过把我搞糊涂的还不是这个。"

"哦?"

"你在艾西斯房间的火炉里烧掉了格列佛·菲尔伯恩的信,"她说,"在场的人全看到了。"

"对。"

"不过他们看到的其实是,"她说,"之前检查过的一封信扔进了火里。之后他们看见很多紫色信纸留下的余烬。可你其实没烧掉。"

"哦,这你本来就知道。"我提醒她,"是你买来的紫色信纸,帮我打了一批假信,记得吧?"

"我可没忘记那只懒狗,"她说,"还有得了狂犬病的棕色狐狸。我打好信,然后你全烧了。"

"对。"

"与此同时,亨利开始写假信。我还是把他当成亨利,伯尼。"

"我也一样,"我说,"不过他没写假信,因为信全都是真的。他是格列佛·菲尔伯恩,所以他写的不管哪封信都是格列佛·菲尔伯恩的信。"

"不明白你怎么可以说它们是真品。"

"那就说它们是虚构的吧。不是真品,也许,不过也不是赝品。"

"好吧。他动手写起虚构的信。然后你把虚构的信拿去复印。"

"复印其中一组,"我说,"他捏造了——"

"好,捏造,这个词我喜欢。"

"两组信,我拿了其中一组到复印店,姑且称作A组,印了两份。"

"给莱斯特·埃丁顿和爱丽丝·科特雷尔。"

我点点头。"我没有告诉他们还有另一个人拿到了复印件,"我说,"就是那种省略性的小谎。"

"爱丽丝也许会说是省略性的善意谎言,伯尼。"

"或许吧。总之,我把 A 组信给了维克多·哈克尼斯。这样一来,万一苏富比展出那批信时,埃丁顿或者爱丽丝去了会场的话,他们就会看到一组和他们的复印件完全相同的原件。而且他们还会多一样苏富比那一组没有的东西。"

"是什么?"

"我在众目睽睽之下烧掉的那封信的复印件——寄自 High Dudgeon。烧信前就复印好的证明。"

"这你是怎么办到的?"

"哦,并不困难。那天下午我们聚在艾西斯·戈蒂耶的房间里以前,我先复印了那封信。"

"哦,是这样。"

我尝了尝我的酒。"另外一组信,"我说,"B 组,到了希里亚德·莫菲特手里,而且我没有这一组的复印件。所以他手上的可是独一无二的信,很公平,因为他比其他三个人加起来还多付了四倍的钱。他一定会非常珍惜他得到的。依我说,这笔钱花得值得。"

"依你说吗?我真正觉得糊涂的就在这里,伯尼?"

"什么把你搞糊涂了?"

"把我搞糊涂的是,"她说,"这些钱转过来转过去,可你却两手空空没赚到一分。你在红宝石上捞到钱了吗?"

"我捞到了一个朋友,"我说,"也还了人情。马丁的人情。他保我出狱,这是任何人能为我做的最好的事了,我也想办法给了他回馈。辛西亚·康西丁拿回了她的项链和耳环,约翰·康西丁又开始享受婚姻生活——至少在下一位性感女演员出现以前。艾西斯失去了耳环,不过得到了耳环留下的金蛋,如果红宝石是人工合成的话,不管价钱会跌多少,对她都没有影响了。马丁则享受了和艾西斯之间的短暂爱情,现在全身而退,依然感觉不错。"

"这些都是人情。新朋友是谁?"

"艾西斯,"我说,"当初在走廊里遇见她时,我们都看对方不顺眼,等到发现我偷了她的红宝石以后,情况更糟。不过那天晚上在她房间里上演了摊牌大戏以后,我在她眼里加了很多分。"

"再加上她很欣赏你拿了小熊。"

"还是一只和她打扮相同的呢。明晚我和她有个约会,如果顺利的话,她就可以凑近帕丁顿仔细看一看了。"

"在哪儿看?"

"我的公寓,"我说,"这些天它都住在那儿。其实可以把它交还酒店,要回押金,不过我决定还是留下这个小家伙。这笔交易也算是后续的好处之一,卡洛琳。我还了份人情,交了个新朋友,还赢得了一只泰迪熊。"

"而且你的新朋友明天就能看到小熊。说不定她还可以听到梅尔·托美。"

"希望总是有的。"

"好啊,都很好,"她说,"可是钱呢?艾西斯·戈蒂耶拿到了钱,亨利,又名格列佛·菲尔伯恩拿到了钱……"

"别忘了雷。"

"他也拿到了钱?"

"我们说好的,记得吧?五五分账。"

"再把数字跟我讲一遍,伯尼。"

"爱丽丝付了两千,"我说,"莱斯特·埃丁顿付了三千——这比他原先要付复印费的提议好一些。另外,维克多·哈克尼斯代表苏富比付了五千。"

"再加上希里亚德·莫菲特付了五万美元。"

"没错。"

"两千加三千等于五千,再加五千是一万,一加五是六。六万美元?"

"你不用铅笔和纸就能算出来,真神奇。"

"而你给了亨利……"

"一半。三万。"

"然后你跟雷五五分账?"

"我们说好了的。"

"亨利拿到他那份以后剩下的一半,对吧?"

我摇摇头。"雷不知道亨利的存在,"我说,"只知道这个时髦的老家伙常在我店里晃荡,甚至帮我看过一两次店。就雷所知,只有一组信,而且是二十年前某个他从没听过的知名作家写的。我假装烧了信,然后又把复印件卖给了两个人,原件给了第三个人。所以我不能告诉他我给了亨利三万美元。那样只会把他搞糊涂。"

"所以替代方案是,把另外三万给了他?自己落得两手空空?"

"我原本就没有期望能拿到什么,"我向她指出来,"爱丽丝撒谎骗我,说我们是在帮格列佛·菲尔伯恩一个大忙,最后竟然成了真的。我真的想办法帮了他一个大忙。"

"所以现在你心里暖暖的很舒服,"她说,"可是除此以外只是一场空。"

"哦,"我说,"也不完全是一场空。"

"怎么说?"

"雷只知道一组信,"我说,"如果提起第二组的事,只会把他搞糊涂。我给了他从爱丽丝、埃丁顿和苏富比那儿拿到的那一万美元的一半,而且没有扣除额外花费的钱,连复印的费用都没算。他拿到整整五千美元,一分不少,而且好像对此非常满意,我觉得五五分账做到这个地步也就不错了。"

"所以结果你拿到了……"

"两万五千美元,"我说,"我出生入死,卖力工作,这笔钱算不上多么高的报酬,不过离一场空还有一大段距离。我得卖很多本书才能净赚两万五千美元。"

"我得洗很多只狗才行。不是大笔财富,不过你说得没错,离一场空也很远。知道吗?这和艾西斯拿到的数字一样。"

"没错,"我表示同意,"我们还有一个共同点。"

"梅尔·托美,保护好你的嗓子。伯尼,你还有样东西呢。"

"有吗?"

"信。"

"什么信?"

"真正的信,伯尼。那组原件——凯伦·卡森麦尔从安西亚·朗道那儿偷来,然后卡尔·皮尔斯伯里又从凯伦·卡森麦尔的皮包里偷走,再转手给爱丽丝·科特雷尔,最后你又从她公寓里偷走却假装烧掉,但没烧的那些信啊。"

"哦,"我说,"那些信啊。"

"怎么样?"

"什么怎么样?"

"在你手上,对吧?其他人手上都没有,而且信没被丢进火里。"

"亨利以为投进了火里。他不知道你打了一组替代品让我烧掉。"

"所以你留了下来,"她咧嘴笑道,"又一个纪念品,伯尼?就像你公寓里那幅蒙德里安①?大家全以为是赝品,

---

① 皮特·科内利斯·蒙德里安(Piet Cornelies Mondrian,1872—1944),荷兰画家,风格派运动幕后艺术家和非具象绘画的创始者之一。自称"新造型主义",又称"几何形体派"。

可你我知道那是真的①。就像你书房里那本《长眠不醒》,对吧?雷蒙德·钱德勒②题字送给达希尔·哈米特③的,但没有人知道这本书的存在④。"

"属于同一等级,"我说,"我不能卖,连向人展示都不行。不过我完全可以安享占有的乐趣,就和那本书、那幅画的情况一样。不过这次行不通。"

"这话是什么意思,伯尼?"

"我知道亨利无论如何也不会发现,"我说,"而且说不定我这辈子都不会再看到他,不过我自己会知道。这一点让我很烦心。他以为那些信被毁了,要是他知道信还在的话,他会觉得被我出卖了。"我皱了皱眉,"如果他永远不知道的话,还算出卖吗?我不知道。我只能说这一点一直困扰着我。如果我有个完好的壁炉,我会烧了信。"

"那你打算怎么办?"

"我已经处理了。你知道纽约有些公司出租碎纸机吗?"

"没什么奇怪的。纽约有些公司还出租大象呢。你租了台碎纸机?"

"昨天送到的,"我说,"于是昨晚我就把菲尔伯恩给

---

①见《像蒙德里安一样作画的贼》。
②雷蒙德·钱德勒(Raymond Chandler,1888—1959),美国著名侦探小说家,硬汉派的重要作家,代表作有《漫长的告别》《长眠不醒》等。
③达希尔·哈米特(Dashiell Hammet,1894—1961),美国著名侦探小说家,硬汉派创始人,代表作为《马耳他之鹰》。
④见《图书馆里的贼》。

朗道的信一张一张地塞进了机器。爱丽丝撒过小谎，说她把信纸送进了碎纸机，把机器吐出来的碎片全烧掉了。其实没有这个必要。全世界的人加起来都无法让碎片复合。我把纸片扎成一捆，扔进了垃圾处理机。"

"所以信件全都不在人世了。"

"总之不是以可读的面貌存在了。"

"可你把它们送进机器以前读过，对吧？"

"本来是这样打算的。"我说。

"然后呢？"

"然后我决定放弃，"我说，"我认为这叫侵犯隐私。"

"你一天到晚都在侵犯别人的隐私，"她说，"伯尼，你闯进别人家里翻箱倒柜，找到喜欢的就拿回家。相比之下，读几封旧信根本不算什么。"

"我知道，"我说，"不过这可是格列佛·菲尔伯恩。卡洛琳，这个人写了《无名之子》。"

"而且那本书改变了你的一生。"

"没错，"我说，"所以我觉得我欠他一份情。"

The Burglar in the Rye
Copyright © 1999 Lawrence Block
First Published in the United States by Signet/Penguin Putnam, New York, New York. This edition is published in agreement with the author, c/o BAROR INTERNATIONAL, INC., Armonk, New York, U.S.A. through Chinese Connection Agency, a Division of the Yao Enterprises, LLC.
Simplified Chinese edition copyright © 2018 New Star Press
All rights reserved.

图书在版编目（CIP）数据

雅贼全集：精装典藏版：全11册/（美）劳伦斯·布洛克著；王凌霄等译. —— 北京：新星出版社，2018.10
ISBN 978-7-5133-3168-5

Ⅰ. ①雅… Ⅱ. ①劳… ②王… Ⅲ. ①推理小说－小说集－美国－现代 Ⅳ. ① I712.45

中国版本图书馆 CIP 数据核字（2018）第 155987 号

雅贼全集精装典藏版⑨

麦田贼手

（美）劳伦斯·布洛克 著；易萃雯 译

责任编辑：王　欢
特约编辑：郑　雁
责任校对：刘　义
责任印制：李珊珊
装帧设计：周伟伟

出版发行：新星出版社
出 版 人：马汝军
社　　址：北京市西城区车公庄大街丙3号楼　　100044
网　　址：www.newstarpress.com
电　　话：010-88310888
传　　真：010-65270449
法律顾问：北京市岳成律师事务所

读者服务：010-88310800　　service@newstarpress.com
邮购地址：北京市西城区车公庄大街丙3号楼　　100044

印　　刷：北京盛通印刷股份有限公司
开　　本：889mm×1092mm　　1/32
印　　张：11.875
字　　数：155千字
版　　次：2018年10月第一版　　2018年10月第一次印刷
书　　号：ISBN 978-7-5133-3168-5
定　　价：638.00元（全十一册）

版权专有，侵权必究；如有质量问题，请与印刷厂联系调换。